U0030306

石黑一雄

KAZUO ISHIGURO

諾貝爾文學獎得主

被埋葬的記憶

THE BURIED GIANT

全．球．好．評

★儘管故事中有食人魔、戰士和龍，但這本書其實非常現代。它呈現石黑一雄一貫的主題：具有缺陷的人在個人衝動與國族忠誠之間掙扎……經由一位深具天賦的作家之手，加以處理及運用。讀來讓人如癡如醉，冶奇幻、政治、哲學、文學於一爐。絕妙之處，在於以奇幻設定來探討記憶、認同和權力的意義。這本書和石黑一雄之前的小說很不一樣，但其核心關懷是一致的。

——新共和雜誌書評，愛蓮納．湯 Elaine Teng

★一段抒情又晦澀的旅程，享譽文壇的小說家石黑一雄帶領你進入英國的迷霧傳奇……石黑一雄是手法大師，故事中這一個線索、那一個線索，到最後我們才看出驚人的真相……以豐富的文學傳統為根基，一本賞心悅目的小說，也是給成人的寓言故事。

——柯克斯書評雜誌 *Kirkus Reviews*

★就像石黑一雄所有的小說，特色鮮明，觸動人心又令人惴惴不安……充滿想像，巧妙的敘事語調，情感真切，非石黑一雄莫屬。即便在你讀完書好幾天之後，還是會不停想到它。

——金融時報書評，傑森．考利 Jason Cowley

★《被埋葬的記憶》披著騎士浪漫與奇幻的外衣，巧妙運用這樣的框架顛覆國家的神話……如此引人入勝。故事結局讓人情感震撼，我忍不住翻回開頭幾頁，重新進入這令人驚艷又紓鬱的神奇迷霧中。

——美國石板雜誌，馬克．歐康尼爾 Mark O'Connell

★一段愛的故事，一則冒險的傳奇，一個神祕的寓言。它也是一本讓人難以忘記的關於遺忘的書。一旦你讀了它，你會想要不斷回味。

——澳洲出版評論網站，艾瑞奇．邁爾 Erich Mayer

★一位無與倫比的小說家……寫作風格優美又古典，就如同石黑一雄的其他作品，隨著你一路讀下去，你會被角色的苦痛給迷惑。這是一本故事鮮明又扣人心弦的書。這段旅程或許是想像的，但它確實存在，而且如此美麗又充滿力量。

——英國《展望》雜誌，喬安那．凱維納 Joanna Kavenna

★它達到經典的境界：讀完很久之後，仍然迴盪心中不願離去，讓人一再回味……一本無與倫比的小說。

——紐約時報書評，尼爾·蓋曼 Neil Gaiman

★石黑一雄是偉大的作家，天生的小說家。《被埋葬的記憶》創造一個毋須明言的場域，深深刻畫愛、時間、死亡和記憶這些模糊難解的真實事物，而這是許多小說家得靠聲嘶力竭去爬梳的。那是真正的藝術的魔法。

——芝加哥論壇報書評，查爾斯·芬奇 Charles Finch

★石黑一雄是英國最傑出的當代小說家。他堅持探問，是什麼將人類凝聚在一起；他提出關於歷史的深遠意義，以及真真實實的愛是什麼。

——英國電訊報書評，蓋比·伍迪 Gaby Wood

★不同於石黑一雄過去的寫作類型，卻同樣是典型的石黑一雄的故事。帶有傳奇色彩，但同樣優美、原創且充滿人性。我向你保證，當你看完最後一頁，你不會很快忘了這個故事。結局會縈繞你心中。

——華盛頓郵報書評，瑪瑞亞·艾倫納 Marie Arana

★石黑一雄傳遞了一則美麗的寓言，核心是一個重要訊息……我認為《被埋葬的記憶》是今年度最重要的一本小說。

——英國泰晤士報書評，約翰·蘇塞蘭德 John Sutherland

★檢驗記憶和罪惡感，也檢驗我們如何回憶過往的創傷。它營造出非凡的氛圍和引人入勝的故事。它是《權力遊戲》的道德版，是《石中劍》的成人版，是關於記起和遺忘的一本美麗又扣人心弦的小說。

——英國衛報書評，亞歷士·普力斯頓 Alex Preston

★石黑一雄的作品從不簡單。他總是像個魔法師，勇敢地在小說的寫作形式上探索，這本新的小說也不例外。文字清晰簡潔，但故事深具力量且牽動人心。這本小說無疑會引起各式意見，但它也激起了強烈的情感，徘徊在心中久久不散。

——經濟學人書評 *The Economist*

★《被埋葬的記憶》是一段關於愛和遺忘的故事。它是奇幻和文學的組合，是給成人的寓言。在石黑一雄的小說中，就像在生命中，愛征服一切，除了死亡。

★這本小說的核心是一個關於婚姻、記憶和原諒的溫柔敘事，一對年長的夫妻出發尋找記憶中的兒子。隨著一路上遇到的撒克遜戰士、狡猾的船夫或隱修士，問題一一浮現，而這些問題深深擊中生命這道難解的謎題。

——大西洋月刊書評，納丹尼爾．瑞奇 Nathaniel Rich

——舊金山紀事報書評，邁克．大衛．盧卡斯 Michael David Lukas

★故事令人著迷之處不在於那些怪獸或神奇迷霧的想像，而是寫作風格如此獨特，筆尖所及的每樣事物，不論多麼虛幻，都變得真實。小說並未回答它所挑起的關於戰爭、愛和記憶的每個問題，但一切盡在不言中。

——英國獨立報書評，亞瑞法．阿克巴爾 Arifa Akbar

第一部

I

英國常見的那種蜿蜒的巷弄或靜謐的草地，要過了很久以後才看得到。這時候只見綿延不絕的荒蕪瘠土；粗鑿的小徑點綴著崎嶇的山丘和蕭索的沼澤。羅馬人留下的道路多半已年久失修或雜草叢生，隱沒在荒野間。霜似的濃霧籠罩大地，對當時仍出沒其間的食人魔來說是再好不過了。住在附近的人恐怕很害怕這些鬼怪吧，真不知道他們究竟有多麼走投無路，才會在這種鬼地方落腳。而往往還沒看見醜怪的身影走出濃霧，就可以聽到牠們的喘息聲。但是這種怪物不足為慮。在那個年代，有太多其他的事需要操心，像是如何在不毛之地上種植作物、如何準備夠用的柴火，以及如何防堵讓十幾隻豬在一天內死光、讓孩子的臉頰起綠疹子的怪病，所以人們早把這些怪物當作日常的危險。

總而言之，只要不去挑釁，食人魔倒也沒那麼可怕。每隔一陣子，或許是在牠們起了什麼內訌之後，就會有隻食人魔在盛怒之下闖進村子裡，儘管村民大聲喊叫，拚命揮動武器，牠照樣橫衝直撞，躲避不及者難免慘遭毒手。偶爾食人魔會把小孩給擄進迷霧裡。當時人們對這種暴行只能冷靜以對。

在廣大的沼澤邊緣，險峻山陵的陰影下，住著一對老夫妻，艾索和碧亞翠絲。或許這不是他們的本名，但為了方便起見，我們就這樣稱呼他們吧。我會說這對夫婦過著離群索居的生活，不過在那個年代，所謂的離群索居和我們現在的理解完全不同。為了保暖和安全起見，當時很多村民棲身在山洞裡，透過地下通道和隱蔽的走廊往來互通。艾索夫婦和其他大約六十個村民，就住在這種朝四面八方延伸的洞穴裡，若說這樣的地方是「建築」未免太過抬舉。走出洞穴，沿著山路走上二十分鐘，就會抵達下一個聚落。從肉眼看來，這些洞穴都長得一模一樣。但對居民而言，應該有很多令他們自豪或羞愧的獨特細節。

我無意讓大家覺得當時的英國就是這個模樣，當世界其他地方的偉大文明正如火如荼地發展時，我們才剛脫離鐵器時代不久。假如你可以到鄉間走走，還是會發現有著音樂、美食、體能健將的城堡，或是人人學識淵博的修道院。但其實你哪兒都去不了。即使騎上駿馬，天氣又好，你可能會連續騎上好幾天，都看不到半座古堡或修道院。你會看到的大多是我剛才描述的那種村落，而且除非你帶了食物或衣裳作為贈禮，或是身懷凶猛兵器，否則恐怕未必會受人歡迎。我很遺憾把當時的英國描繪成這副德性，不過確實如此。

回頭說艾索和碧亞翠絲。這對夫婦住在洞穴群的外沿，他們的住處比較不能夠遮風擋雨。聚落中央有個大堂，夜裡大堂會升起火，人人都聚在那裡，但大堂裡的火對他們家沒什麼用處。或許他們曾經住在離爐火比較近的地方；當時他們可能和子女住在一塊兒。事實上，艾索只有在天亮前，妻子還在他身邊睡得熟，而他躺在床上無所事事時，才會不經意想到這件事，然後一股莫名的失落感會啃蝕著他的心，讓他無法再入眠。

或許就是因為如此，艾索才會在這一天的清早，一骨碌地從床上爬起來，悄悄溜到外面，坐在洞穴口的板凳上，等待第一抹曙光。已經春天了，但空氣仍然冷冽刺骨，即使他出來的時候順手把碧亞翠絲的斗篷披在身上。他想什麼想得出神，等他意識到自己有多冷的時候，天邊已泛魚肚白，幽暗中傳來了幾聲鳥鳴。

他慢慢站起來，後悔自己在外面待了這麼久。他身體健康，但上回發燒時費了好一陣子才好起來，他可不想再來一次。他感覺得到腿上的濕氣，轉身要進入洞穴的時候，他突然覺得一陣心滿意足，因為他剛剛成功記起了好幾件他有好一段時間想都沒想過的事情。此外，他感覺到自己即將要做出什麼重大的決定，一個擱置了很久的決定。他打從心裡感到興奮，亟欲把這份好心情和太太分享。

進屋之後，通道上伸手不見五指，距離他的房門只有一小段路，他摸黑走過去。洞穴裡有很多拱形的開口，代表各個房間的入口。村民們不覺得這種開放式的安排會侵犯誰的隱私，反而能讓大堂裡的爐火或一些比較小的火苗，藉由通道把一絲溫暖送到各個房間。不過艾索和碧亞翠絲的房間離火源太遠了，因此才有那種所謂真正的門：一個很大的木架，中間交錯著小樹枝和藤蔓，可以阻擋寒氣竄入，只是每次有人進出時，都得把門抬到旁邊。艾索原本寧願不要這扇門，但這些年來，這道門已經成了碧亞翠絲非常自豪的一樣東西。他常常看到妻子抽出門上的枯枝，換成她在白天砍來的新鮮枝條。

艾索把這礙事的東西稍微移開一點兒，足夠他進去就行了，而且盡量不發出任何聲音。清晨的光線從牆上的裂縫滲入房間。他目光模糊地看著自己的雙手，然後看向躺在草床上、裹著厚毛毯的碧亞翠絲。

他很想把妻子叫醒，因為他相信，如果她此刻醒著，而且正在和他說話，那麼不管是什麼理由曾阻止他做出決定，這些阻礙最終都會瓦解。但還要等上好一會兒，洞穴裡的人們才會醒來開始工作，所以他坐在房間角落的矮凳上，身上仍然緊緊裹著妻子的斗篷。

他很想知道這天早上的霧到底有多濃，以及當黑暗退去，會不會看得到濃霧從裂縫滲進屋內。不過這些念頭很快就消失了，他又想起先前讓他想得出神的事。他們是不是一直都像現在這樣，就他們夫妻兩住在洞穴群的邊緣？還是以前的情況和現在不一樣？剛才在外面的時候，他想起了片段的記憶：曾經有那麼一刻，他彎著身，一手攬著自己的孩子，穿越洞穴裡漫長的走道，但可不是因為像現在年紀大了所以彎腰駝背，而是因為他不想在朦朧的光線下一頭撞上橫樑。或許是孩子跟他說了一件好笑的事，他們兩都笑開了。不過現在和剛才在外面一樣，他心裡亂糟糟的，他愈專心想，這些回憶似乎就愈模糊。或許這些只是一個老糊塗的想像。或許神不曾賜給他們一兒半女。

你可能會好奇，艾索幹麼不去找其他村民幫忙他回想過去，但事情不像你以為的那麼容易。洞穴群的村民很少討論過去。並不是說過去是個禁忌，我的意思是，所謂的過去似乎已經消失在和沼氣一樣沉重的迷霧裡。這些村民想都沒想過要回憶過去，即使是剛成為過去的過去。

舉個例子，有件事困擾了艾索好一陣子：他確定不久前，洞穴裡有個留著一頭紅色長髮的女人，她應該是個重要人物，因為不管任何時候，只要有人受傷或生病了，就會馬上去找她。但這位女士不見了，也沒有人懷疑到底發生了什麼事，甚或對她的消失表示遺憾。有天早上，艾索和三個鄰居一起在幹活兒，要挖開結霜的田地，這時他提起了這件事，但從鄰居們的反應看來，他們是真的不知道他在說什麼。其中一個人甚且停下手邊的工作，努力回想，最後還是搖搖頭。「一定是很久以前的事了，」他說。

「我也完全不記得有這麼一個女人，」有天晚上他提起這件事，碧亞翠絲這麼對他說。「或許這是你為了滿足自己的需要而夢想出來的人，即使你的妻子就在旁邊，背挺得比你還直。」

這段對話大概是在去年秋天發生的，當時四下一片漆黑，他們並肩躺在床上聆聽雨水打在牆上的聲音。

「這些年來妳真的一點都沒有變老，我的公主，」艾索說：「那個女人不是我夢想出來的，如果妳花點時間想一想，妳就會想起來的。她一個月前才出現在我們家門口，她人很好，問我們需不需要她帶點什麼過來。妳一定記得的。」

「但她為什麼要帶東西給我們？她是我們的親戚嗎？」

「我想應該不是。她只是好心。妳一定記得的。她常常站在門口，問我們有沒有凍著或餓著。」

「我要問的是，她幹麼對我們特別好？」

「我也很好奇。我記得當時我在想，這個女人的工作是照顧病人，可是我們明明和村子裡其他人一樣健康。是不是有人說瘟疫會傳到村裡來，所以她才來看我們？結果發現根本沒有瘟疫。她還站在那裡叫我們不要介意那些無禮的孩子們。就這樣。然後我們再也沒見過她。」

「這個紅髮女子不只是你幻想出來的人物，她還笨到去擔心幾個小孩在玩的把戲。」

「我當時就是這麼想的。外面天氣太糟糕了，孩子們打發時間惡作劇，能把我們怎麼樣。我告訴她說我們根本不當一回事，但她畢竟是一片好意。然後我記得她說過，可惜我們晚上不能點蠟燭。」

「如果她真的可憐我們沒有蠟燭，」碧亞翠絲說：「那她至少說對了一件事。我們的手和其他人的手一樣穩，他們竟然不准我們在這樣的夜裡點蠟燭，這簡直是一種侮辱。那些有蠟燭的人，有的喝酒喝到不省人事，不然就是放任小孩到處亂跑。他們拿走我們的蠟燭，現在我連你的臉都看不清楚了，艾索，儘管你就在我身邊。」

「人家不是故意要侮辱我們的，只不過這裡的規矩一向如此。」

「不只是你夢到的那個女人覺得他們不應該拿走我們的蠟燭。昨天還是前天，我從兩個女人的身邊經過時，她們以為我聽不到她們說話，但我聽到她們說，像我們這麼正直的夫妻，居然每天晚上都要在漆黑中度過，實在很丟臉。所以不是只有你夢到的那個女人這麼想。」

「我跟妳說了很多次，她不是我做夢夢到的女人。一個月前，這裡每個人都認識她，對她讚譽有加。怎麼現在每一個人，包括妳在內，都忘了她曾經存在過？」

在這個春天的早晨回想起這段對話，艾索忍不住都要承認紅髮女子那件事是他記錯了。畢竟他年紀大了，難免會犯糊塗。不過這種莫名其妙的事情經常發生，紅髮女子不過是其中一例。洩氣的是他現在想不起太多的例子，但可以確定的是這種事不在少數，好比說瑪塔那件事。

這個九歲或十歲的小姑娘是出了名的大膽，關於小孩迷路之後遭遇種種不幸的駭人傳說，似乎完全沒有降低她的冒險心。那天晚上，距離天黑不到一小時，大霧瀰漫，狼嚎聲四起，一聽說瑪塔不見了，每個人都嚇得把手邊的事情停下來，整個洞穴都是叫喚瑪塔的聲音，腳步聲匆匆忙忙，村民翻遍每一間臥室、儲藏糧食的洞穴、樑柱下方的凹槽、任何一個小孩可能躲在裡面取樂的地方，尋找她的蹤跡。

就在這一陣驚慌中，兩個牧羊人結束工作回到家，走進大堂靠在爐火旁取暖。其中一個牧羊人大聲說起他們前一天在牧羊的時候，看到一隻鶻鵜在他們頭頂上盤旋，一圈、兩圈、三圈。沒錯，就是鷦鷯。話很快在洞穴裡傳開，沒多久就有一群人圍在爐火邊，聽牧羊人說故事。連艾索也趕忙過去聽，因為他們這地方從來沒出現過鷦鷯。鷦鷯很有本事，其中一樣是牠們有辦法把狼給嚇跑，據說其他地方的狼都被鷦鷯嚇得跑光了。

大夥兒問東問西的，硬是要牧羊人把故事說了一遍又一遍。然後聽眾慢慢起了疑心。有人說，常常聽到類似的說法，結果每次都證明是空穴來風。還有人說，這兩個牧羊人去年春天才跟他們說了一模一樣的故事，但後來再也沒有人見過鷦鷯。牧羊人氣沖沖地否認，在場的人很快分成兩派，有人站在牧羊人這一邊，有人表示記得去年發生的事。

雙方人馬愈吵愈凶，艾索覺得那種熟悉的感覺又來了，他就是覺得哪裡不對勁，於是離開了叫囂和推擠的群眾，走到外面看著漸漸漆黑的天空，以及籠罩大地的迷霧。過了好一會兒，片片段段的回憶逐漸在他心裡拼湊起來，他想到失蹤的瑪塔，想到可能的危險，想到不久前每個人都在找她。但這些回憶已經愈來愈隱晦，如同夢境會在睡醒後變得模糊不清，眾人則繼續為了鷦鷯爭吵，艾索必須全神貫注，才能記住小瑪塔的片段。他就這樣站在洞穴外面，這時候他聽到了小女孩哼著歌的聲音，接著便看到小瑪塔走出迷霧，出現在他眼前。

「妳真是奇怪，孩子，」艾索在她蹦蹦跳跳到他面前時說：「妳不怕黑嗎？不怕狼或食人魔嗎？」

「噢，我怕啊，先生。」她微笑著說：「但我知道怎麼避開牠們。希望我爸媽沒有到處找我。

我上星期找到一個很適合躲藏的地方。」

「找妳？他們當然在找妳。全村的人都在找妳。聽聽裡面鬧得不可開交，都是為了妳啊！」瑪塔笑著說：「好了，先生，我知道他們根本沒有發現我不見了。我聽得出來，他們吵的不是我。」

艾索覺得這個小姑娘說得對極了，裡面的吵鬧聲根本不是因為她，而是為了完全不相干的事。他探頭到洞穴裡聽得更清楚些，這才想起他們吵的是牧羊人和鷦鷯。他正在想是不是應該向瑪塔解釋他們在吵什麼時，她又一蹦一跳地進到洞穴裡。

他跟著她進去，以為她的出現會讓大家放心和高興。坦白說，他以為和她一起進去，多少可以沾一點把瑪塔平安帶回來的功勞。可是當他們走進大堂時，村民們仍然為了牧羊人的事吵個不停，大多數人根本懶得看他們一眼。瑪塔的母親倒是走過來對孩子說：「妳回來了！不准這樣跑出去！要我跟妳講多少次？」然後又繼續加入爐火旁如火如荼的爭執。看到這個情況，瑪塔對艾索咧嘴一笑，彷彿是說：「我剛才不就說了？」然後便消失在黑暗中，尋找她的玩伴去。

房裡的光線亮了很多。他們的房間位在洞穴外圍，有扇朝外的小窗子，只不過窗戶太高了，非得站在小凳子上才能看到外面。窗上蓋了一塊布，日光從窗角射進來，照在碧亞翠絲睡覺的地方。在朦朧的光線下，艾索看到一隻像是昆蟲的東西懸在妻子的頭頂上。他後來才發現那是一隻蜘蛛，有條肉眼看不見的蜘蛛絲吊著牠往下降。艾索靜靜起身，走到房間的另一頭，伸手在熟睡的妻子頭上一揮，一把抓住蜘蛛。接著他低頭凝視她一會兒。她熟睡的臉龐帶有一種安詳的感覺，這種神情在她醒著的時候已經很少見到了。他突然一陣歡喜。他知道自己已經下定決心，他很想把妻子叫醒，將這個決定告訴她。但他知道這麼做很自私，再說他怎麼知道她會有什麼反應？於是他又悄悄走回小凳子那裡，坐了下來，他想起那隻蜘蛛，慢慢把手張開。

先前坐在洞穴外面等待曙光的時候，他曾經試著回想他和碧亞翠絲當初是怎麼討論到要出門旅行的。他依稀記得有一天晚上兩人在房裡聊天。而現在，看著掌心裡的蜘蛛一溜煙跳到泥地上，他突然記起來了，他們第一次提到這個話題，是在穿著破爛黑衫的陌生人經過村子的那一天。

那是一個灰濛濛的早晨。是不是去年十一月的事？當時艾索大步走在河邊一條垂柳處處的小徑上。他急忙要從田裡趕回洞穴，可能是回去拿一些工具，或是接到工頭的新指令。走著走著，右邊的樹叢裡突然傳來叫嚷聲，他不禁停下腳步。他首先想到的是食人魔，於是趕忙四下尋找石頭或棍子。後來他聽出那是幾個女人憤怒又激動的聲音，比較不像是遭遇食人魔攻擊時的那種驚慌失措。於是他穿過杜松樹叢形成的圍籬，來到一片空地，看到五個年紀不小的女人緊挨在一塊兒。她們背對著他，朝遠處喊叫。一直等到他走近了，其中一個女人才驚訝地發現他，其他幾個人跟著轉過頭，不屑地瞥了他一眼。

「這可好了，」其中一個人說：「或許是巧合，或許是天意。不過人家的老公來了，希望他能讓她理智一點。」

最早看見他的那個女人說：「我們叫你太太不要過去，但她就是不聽。她非要拿東西給那個陌生人吃。那個人極可能是什麼妖魔鬼怪，不然就是扮成人樣的精靈。」

「我太太有危險嗎？女士們，拜託妳們說清楚點。」

「有個陌生女子一早上都在我們周圍晃來晃去的，」另一個女人說：「長髮及肩，披著一件破爛的黑色斗篷。她自稱是撒克遜人，但她的穿著和我們見過的撒克遜人一點也不像。我們在河邊洗衣服的時候，她偷偷溜到我們後面，還好被我們及時發現把她趕走了。可是她一直跑回來，一副傷心欲絕的模樣，不然就是跟我們要東西吃。我們猜她早就鎖定你太太，對她施展巫術，因為碧亞翠絲鐵了心要去找那個惡魔，已經被我們拉住過兩次。後來她從我們幾個手中掙脫，跑到老山楂樹那裡，那個惡魔一直在那裡等她。我們盡力阻止了，先生，但她一定是被施了法，因為像她這樣骨瘦如柴的人，照理說沒那麼大的力氣。」

「老山楂樹……」

「她才剛走過去。不過那準是個惡魔，如果你要去找她，千萬得小心，不要絆倒或被毒薊割傷，那可永遠治不好的。」

艾索極力隱藏他對這些女人的厭惡，很有禮貌地說：「非常感謝各位。我去看看我太太在幹什麼。失陪了。」

對村民們來說，「老山楂樹」是一個美麗的地方，那棵樹本身彷彿從石頭裡長出來的，就位在岬角邊，走一小段路就到了。如果天氣晴朗，風又不會太大的話，這裡確實是個消磨時間的好地方。站在這裡可以清楚看到海岸線、彎道和更遠處的沼澤。星期天的時候，孩子們常常在盤根錯節的樹下玩耍，有時還大膽地從那裡跳下水，其實岬角不怎麼高，小孩也不會受傷，只是像個木桶似的沿著斜坡往下滾。不過像今天早上這種時候，大人小孩都忙著幹活兒，照理說應該沒有人會到這裡來。艾索穿過斜坡上的薄霧，一如預料地看到兩個女人在那裡，白色的天空襯著她們的身影。坐在岩石上的陌生女子果然打扮得怪模怪樣的，至少從遠處看過去，她的斗篷好像是用好幾塊不同的布料縫在一起，此刻正在風中舞動著，看起來像是一隻大鳥，準備凌空飛起。站在她旁邊的碧亞翠絲顯得弱不禁風。她們兩個人談得正起勁，但一看到艾索從斜坡爬上來，馬上就住口。碧亞翠絲走上前對他說：

「別再過來了，停在那裡！我下來找你。你不要上來，這個可憐的女人好不容易能歇歇腳，吃一點昨天的麵包，你不要上來打擾她。」

艾索聽她的話在下面等，沒多久碧亞翠絲就順著小徑走下來。她走到他面前，低聲對他說話，想必是擔心兩人的話會順著風傳到那個陌生人耳邊。

「是那些笨女人叫你來找我的？我在她們那個年紀的時候，以為老人家滿腦子恐懼和愚蠢的迷信，相信石頭都是受了詛咒，每隻迷路的貓都是惡靈。但現在我自己年紀大了，卻發現年輕人才滿腦子迷信，好像他們從來沒聽過上主的應許隨時與我們同在。看看那個可憐的陌生人，你自已看看她，筋疲力盡、孤苦伶仃，在森林裡流浪了足足四天，一個又一個村子都命令她離開。她所處的可是基督的國度，結果她卻被當成惡魔或是痲瘋病人，雖然她臉上沒有疤痕。我可不希望你是來叫我不准安慰這個可憐的女人，拿些剩菜剩飯給她吃。」

「我不會跟妳說這種話，老婆大人，因為就我親眼所見，妳說的一點都沒錯。我剛才過來之前還在想，我們現在已經不再善待陌生人了，說來真是丟臉。」

「那就去做你的事吧，我敢說他們又會埋怨你做事慢吞吞的，要不了多久，又會叫小孩子來奚落我們。」

「沒有人說過我做事慢吞吞的，這句話妳是打哪兒聽來的？我從來沒聽誰這樣埋怨過，而且我能負擔的工作可不比年輕我二十歲的人少。」

「我是逗你的。你說的對，從來沒有人埋怨你事情做得慢。」

「如果有小孩羞辱我們，那無關我動作快慢，而是他們的爸媽太蠢了，或者是醉得不像話，沒辦法教他們的小孩什麼叫禮貌或尊重。」

「別激動，老伴。我說過我只是逗你的，我不會再開這種玩笑了。那個陌生人剛才說了一件我很有興趣的事，也許你也會感興趣。但我得讓她先說完才行，所以你趕快回去做你該做的事，讓我留下來聽她說，也盡量安慰安慰她。」

「要是我剛才話說得太重了，我跟妳道歉。」

但碧亞翠絲已經轉身踏上小徑，回到老山楂樹下那個斗篷隨風擺動的人影身邊。

過不了多久，任務完成後，艾索打算回到田裡繼續幹活兒，他也不怕讓工作伙伴等得不耐煩，再度繞路到老山楂樹那裡。儘管他和妻子一樣，看不起那幾個疑神疑鬼的女人，但他沒辦法不把那個陌生人視為某種威脅，想到碧亞翠絲跟她在一塊兒，他心裡始終惴惴不安。當他看到妻子獨自佇立在岬角上，抬頭遙望天空，他才終於放下心頭大石。她似乎想什麼想得入神，直到他開口喚她，她才發現他來了。他看著她走下小徑，速度比從前慢了一些，他再一次發覺她最近走路的樣子有點不對勁。也不是跛腳，但總覺得她不知道哪裡痛，所以不敢用力。她走近時，他問她那個古怪的女人到哪兒去了，碧亞翠絲只說了一句：「她上路了。」

「她應該很感謝妳的好心。妳陪她聊了很久嗎？」

「沒錯，她有很多話要說。」

「我看得出來她說了什麼讓妳不安。或許那些女人說的對，碰到這種人最好能躲就躲。」

「她沒有讓我不高興，艾索。不過她確實讓我開始思考。」

「妳怪怪的，妳確定她沒有對妳施什麼法術？」

「你走到山楂樹那裡就會看到她已經離開了，才剛走不久。她希望山上的人對她不會像我們這麼狠心。」

「既然妳沒事，那我就先回去工作了。妳向來善良，上帝會保佑妳的。」

但是這一次他妻子似乎不想要他走。她抓著他的手臂，像是要站穩一些，然後把頭靠在他的胸前。他本能地伸手撫摸她被風吹得糾結的頭髮，低頭看了她一眼，詫異地發現她的雙眼仍然睜得大大的。

「妳真的很不對勁，」他說：「那個陌生人對妳說了什麼？」

她繼續在他胸前靠了一會兒，然後直起身子。「現在想想，艾索，你經常掛在嘴邊的那句話可能有幾分道理。人們會忘記昨天或前天才出現的人和事，實在令人費解。就好像所有人都病了。」

「我就是這個意思，看來那個女人……」

「別管那個女人了，重點是我們還忘記了什麼。」她說這話的同時，望著朦朧的遠方，接著又看向他，眼神充滿哀傷和渴望。就在這一刻，她對他說：「我知道你一直不想去，但我們現在應該重新想想。有一趟旅程我們非去不可，而且要馬上去。」

「旅程？什麼樣的旅程？」

「去我們兒子的村莊。不會很遠的，即使我們慢慢走，最多幾天就會抵達，就在大平原往東一點點。再說春天就快到了。」

「我們當然可以去旅行，老婆大人。但是不是那個陌生人跟妳說了什麼，妳才會想到要去旅行。」

「這件事我想了很久，只不過那個可憐的女人剛才說的話，讓我不想再耽擱了。我們的兒子在他的村莊等我們。我們還要讓他等多久？」

「等春天一到，我們當然可以考慮走一趟。但妳為什麼說是因為我不想去，所以我們才無法成行？」

「我想不起來我們對這件事做過什麼討論，我只記得你一直不想去，即使我一直很想去看看他。」

「這樣吧，等沒有工作要忙，鄰居們沒得說我手腳慢吞吞的時候，我們再來談談這件事。現在我得去上工了。我們回頭再說。」

接下來幾天，即使他們腦子裡都有旅行的想法，卻沒有再好好談過。因為他們發現，只要一提起這個話題，兩人就莫名地不自在，沒多久雙方就有了默契，盡可能避免這個話題。我說的是「盡可能」，因為偶爾這個想法會變成強烈的需求，像是一種不得不的選擇。但每次他們在這種情況下討論這件事，最後不是落得顧左右而言他，就是有人會大發脾氣。有一次艾索乾脆直接問妻子，那個陌生女子那天究竟在老山楂樹下跟她說了什麼，只見碧亞翠絲臉色一沉，差點哭了出來。從此以後艾索就小心翼翼，再也不去提那個陌生人。

過了一段時間，艾索再也想不起來當初他們是怎麼提到旅行的事，或是這趟旅程對他們究竟有什麼意義。不過今天早上，當他頂著清晨的寒氣，坐在洞穴外面的時候，他的部分記憶似乎清晰起來，他想起很多事情：紅髮女子、瑪塔、穿黑斗篷的陌生人，還有其他林林總總的回憶。他清楚記得幾個星期前發生的事，那天他們搶走了碧亞翠絲手裡的蠟燭。

通常星期天是村民休息的日子，至少不用到田裡做事。不過牲畜還是必須照料，而且還有很多事情等著完成，連神父也承認，禁止從事任何可能算是勞務的事情，未免不切實際。因此在那個星期天，艾索補了一早上的靴子，之後他走出洞穴，沐浴在春日的陽光下，看著鄰居們也都走到戶外，有人坐在草地上，有人坐在凳子或木頭上聊天。孩子們到處跑，一群人圍著兩個在草地上打造馬車車輪的工匠。這是開年後的第一個星期天，天氣很好，有種節慶的氣氛。儘管如此，當艾索站在洞穴門口，凝視著村民後方向沼澤逐漸傾斜的土地，他看到薄霧再度升起，心想傍晚時天空又將會飄起毛毛雨。

他站了好一會兒，才發現柵欄邊起了一陣騷動。一開始他沒多留意，但後來聽見隨風傳來的聲音，他馬上站直身體。他很受不了自己的眼力一年比一年差，不過他的耳朵仍然敏銳，在吵鬧聲中，他聽到了碧亞翠絲痛苦的哀嚎。

其他人也停下手邊的工作或玩樂，轉過頭去看個仔細。艾索趕忙穿過人群，差點撞上四處亂竄的小孩。在他趕到之前，推擠的人群忽然散開，碧亞翠絲從中間跑出來，胸前緊抱著什麼東西。四周的人大多一副幸災樂禍的表情，那個追在他妻子後面的婦女氣得五官扭曲，她先生是前年才過世的鐵匠。碧亞翠絲甩開這個找麻煩的人，一臉嚴肅冷酷，當她看到艾索朝她跑過來時，臉上才有了血色。

現在回想起來，艾索覺得當時妻子臉上的表情像是鬆了一口氣。倒不是她以為只要他一到，什麼事都可以解決，而是他的出現對她來說很重要。她看著他的時候一臉如釋重負，還帶有懇求的意味，好像要把什麼珍貴的東西交給他。

「這是我們的，艾索！我們再也不用待在黑暗裡了。快拿去，這是我們的！」

她把一根有些畸形的短蠟燭遞給他。那個寡婦想把蠟燭搶走，但碧亞翠絲撥開她的手。

「拿去，老公，這是小諾拉那個孩子親手做的。今天早上她把蠟燭送給我，她覺得我們已經受夠了漆黑的長夜。」

這番話又引起一陣叫囂，有人笑了出來。但碧亞翠絲直直望著艾索，臉上盡是信任和哀求的神色。今天早上坐在洞穴外面等待天亮時，艾索最先想到的就是這樣的表情。這件事頂多才過了三個星期，他怎麼竟然就忘了？他怎麼一直到今天才想起來？

當時他雖然伸出手臂，卻沒能拿到蠟燭，因為眾人不斷拉著他。他扯開嗓門，自信地說：「別擔心，老婆大人，別擔心。」在說話的當下，他就意識到這是一句空話，因此當他看到群眾突然鴉雀無聲，連那個寡婦都往後退了一步時，他不禁詫異。後來他才明白，眾人會有這種反應，不是因為他的話，而是因為神父走過來了。

「你們在主日怎麼如此放肆？」神父大步走過艾索身邊，瞪著這會兒已經一片靜悄悄的群眾。「說啊？」

「是碧亞翠絲，神父，」那位寡婦說：「她拿了一根蠟燭。」

碧亞翠絲的神情又嚴肅起來，但她沒有躲避神父的目光。

「我看得出來這是真話，碧亞翠絲夫人，」神父說：「妳該不會忘了，根據這兒的規定，妳和妳丈夫不能在房間裡點蠟燭。」

「我們兩這輩子沒有翻倒過任何一根蠟燭，神父。我們不想要夜復一夜在黑暗中度過。」

艾索看見她眼中的怒火。「這是在欺負我們。」她這句話說得小聲，差點就聽不見了，但她的雙眼仍然直視著神父。

「把她手上的蠟燭拿走，」神父說：「照我的話做。拿走。」

好幾隻手伸過來拿蠟燭。艾索覺得妻子好像沒有聽懂神父說的話，她一臉茫然地站在人群中，本能地緊抓著蠟燭不放。接著她彷彿陷入恐慌，即使被撞得失去重心，也要把蠟燭遞給艾索。她沒有被推倒，重新站穩了，又把蠟燭拿給他。他伸手要拿，但被另一隻手搶走了蠟燭。

「夠了！別再打擾碧亞翠絲夫人，每個人都不准對她無禮。她是個老太太，不清楚自己到底做了什麼。我說夠了！這不是主日該有的行為。」神父大聲訓誡。

艾索總算來到她身邊，把她擁入懷裡，眾人紛紛退開。回想起那一刻，他覺得他們好像在原地站了很久，兩人彼此依偎著，她把頭靠在他胸口，就像陌生女人來到村子裡那一天，彷彿她只是累了，想喘口氣。他抱著她，神父命所有人散去。等他們終於放開對方，四下張望，才發現只剩他們兩人站在柵欄旁邊。

「算了，老婆大人，」他說：「我們要一根蠟燭做什麼？我們早就習慣在黑暗中走來走去。不管有沒有蠟燭，我們兩個談天說地，不也是很愜意嗎？」

他仔細打量她。她有點恍神，但沒有生氣。

「對不起，艾索，」她說：「蠟燭沒了。我應該保持祕密的。可是看到那個小姑娘把蠟燭拿給我，而且還是她親手為我們做的，我實在太高興了。現在蠟燭沒有了。」

「那一點也不重要。」

「他們當我們是一對老糊塗。」

她往前一步，再度把頭靠在他的胸口。就在這個時候，她開口說起旅行的事，聲音很低，一開始他以為是自己聽錯了。

「我們的兒子啊，艾索，你記得他嗎？他們剛才推我的時候，我想起我們的兒子。一個乖巧、健壯、誠實的人。我們為什麼非要待在這個地方？我們到兒子的村莊去吧。他會保護我們，不會讓任何人欺負我們的。你會不會改變心意，畢竟這麼多年過去了？你還是堅持我們不能去找他嗎？」

她幽幽地說出這些話。許多片段的記憶勾動了艾索的心，多到他差點無法承受。他鬆開緊抱著她的手，後退一步，擔心自己會站不穩，害她也跟著跌倒。

「妳這麼說是什麼意思？難道是因為我，我們才沒有去兒子那裡？」

「當然，艾索。當然是因為你。」

「我什麼時候說過不想去看兒子？」

「我一直認為是你不想去。不過你現在問起來，我反而記不得了。我們幹麼站在外面，是因為今天天氣很好嗎？」

碧亞翠絲似乎又犯糊塗了。她看著他的臉，接著看看四周，再抬頭看看美好的陽光。鄰居們依然盯著他們的一舉一動。

「我們回房間休息吧，」過了一會兒之後，她說：「天氣真的很好，但我累壞了。我們進去吧。」

「妳說的對，坐下來休息一會兒，別再曬太陽。妳很快就會覺得舒服一點。」

艾索的回憶告一段落。村民們陸續醒了。牧羊人想必早就出去了，只不過他想事情想得出神，根本沒聽見任何動靜。在房間的另一頭，碧亞翠絲咕噥了一聲，彷彿準備要高歌一曲，卻只見她在毯子底下翻了個身。艾索知道這些動作代表什麼，於是悄悄走過去，坐在床邊等著。

碧亞翠絲躺在床上，眼睛半睜半閉地望著艾索。

「早安，」她說：「很高興神靈沒有趁我睡覺的時候把你帶走。」

「老婆大人，我想跟妳談一件事。」

碧亞翠絲繼續凝望著他。然後她坐了起來，方才照亮蜘蛛的光線，此刻打在她的臉上。枯槁的灰髮披在她的肩上，看到沐浴在晨光下的她，艾索仍然不由得歡喜。

「我都還來不及揉揉眼睛，趕走睡意。艾索，你想說什麼？」

「我們先前談過了，關於旅行的事。是這樣的，既然春天來了，或許我們應該啟程了。」

「啟程？什麼時候？」

「準備好就走。我們去幾天而已，村子少了我們也沒差，只要先跟神父說一聲。」

「我們要去看兒子了？」

「沒錯，去看兒子。」

外頭的鳥兒正在歌唱。碧亞翠絲轉頭望向窗戶，陽光穿透掛在窗戶上的棉布灑進來。

「有時候我記得他，」她說：「可是隔天好像又忘記了。但我們的兒子很乖巧聽話，這一點我很肯定。」

「為什麼他現在沒跟我們住在一起？」

「我不知道，可能是他和長老們吵架，不得不離開這裡。我問過其他人，這裡沒有一個人記得他。但他絕對不會做出讓自己丟臉的事，這一點我很清楚。你完全不記得了嗎？」

「剛才在外面的時候，四下無聲，我拚了命地回想，想起了很多事情，但就是不記得我們的兒子，我想不起他的長相，也記不得他的聲音。雖然有時候我覺得好像看到他小時候的模樣，我依稀記得我牽著他的手在河邊散步，或是有一次他哭了，我伸手要安慰他。但他現在是什麼模樣、住在哪裡，或者他是不是生了自己的孩子，這些我完全沒有印象。我本來還指望說妳會記得比較清楚。」

「他是我們的兒子，」碧亞翠絲說：「就算記憶模糊，我也能感覺到和他有關的事。我知道他巴不得我們離開這裡，去和他住在一起，讓他保護我們。」

「他是我們的骨肉，怎麼會不希望我們跟他一起住呢？」

「不論如何，我會想念這個地方的。想念我們的這個小房間和這個村子。要離開自己待了一輩子的地方，不是件容易的事。」

「沒有人要求我們離開。剛才在外面等待天光的時候，我一直在想，我們必須到兒子住的地方去一趟，和他談一談，因為即使我們是他的父母，也不能突然就跑去，還要求在他的村子裡住下來。」

「你說的對。」

「另外我也擔心一件事。就像妳說的，那個村子離這裡只有幾天的路程。但我們怎麼知道上哪裡去找呢？」

碧亞翠絲沒有答腔，雙眼望向虛無，肩膀微微顫抖。「我相信我們到時候就會知道該怎麼走了，艾索，」她最後說：「即使我們不知道他究竟住在哪一個村子，但我曾經和其他幾個兜售蜜蜂和錫罐的女人去過附近的村子不知道多少趟了。就算蒙著眼，我也知道怎麼去大平原，以及在平原後面的那個撒克遜村落。我們經常到那裡歇腳。我們兒子的村落應該再過去一點就是了，不難找到的。艾索，我們真的就要啟程了嗎？」

「是的，老婆大人。我們今天就開始準備。」

2

在啟程前，他們有很多事情要處理。生活在這種聚落，旅途上要用的很多東西，像是毛毯、水壺、火絨，都是公家的財產，要費很多脣舌和鄰居交涉才能取得。此外，艾索和碧亞翠絲的年紀雖然大了，但也有他們必須負責的日常職務，不能沒經過大家的同意，就這麼一走了之。總算等到他們可以啟程了，又因為天氣變化而耽擱下來。畢竟若明知天氣很快就會轉晴，幹麼要冒險在起霧、下雨和寒冷的天氣遠行。

他們終於在一個晴朗的早晨出發了，當時天空飄著薄薄的白雲，吹來一陣陣涼爽的微風，他們拄著枴杖，背起了包袱。艾索原本希望天一亮就出發，他相信那一天的天氣應該會很好，但碧亞翠絲堅持要等太陽升高一點再上路。她說他們第一天晚上要過夜的撒克遜村落，不消一天就能走到，而且他們的首要目標是盡可能在正午時分穿過大平原，因為這時候妖魔鬼怪最不可能出來作怪。

他們已經很久沒有一起長途旅行了，艾索擔心妻子的體力不支。但一小時之後，他總算放心，因為儘管她的腳步緩慢，而且他注意到她走路的姿勢有點歪斜，彷彿想減輕什麼疼痛，但她一路迎著風穩定向前，即使碰上荊棘也不害怕。不管是上坡路，還是泥濘到必須一步一拔的泥地，她就算放慢速度，仍然續奮力前進。

在他們啟程之前的那幾天，碧亞翠絲對於他們此行的路線愈來愈有自信，她認為至少一定可以順利走到這些年來她常去的撒克遜村落。可是這會兒一旦看不到他們村落上方的陡峭山坡，又穿過了沼澤後面的河谷，她就不再那麼有把握了。每次碰到岔路，或是遇到迎風的曠野，她就停下腳步，站上老半天，環顧四周，露出慌張的眼神。

「別擔心，老婆大人，」在這種時候，艾索會說：「慢慢來，慢慢找。」

「可是艾索，」她會轉頭對他說：「我們沒有時間了。為了安全起見，我們必須在中午穿過大平原。」

「我們的時間很充裕，妳儘管看。」

我得說，在那個時代，要穿越一望無際的大平原比現在難上許多，不只是因為欠缺可靠的羅盤和地圖。當時還沒有現在那種灌木樹籬，把鄉間整整齊齊地分成田野、小徑和草坪。那個時代的旅人們，看到的多半是平坦的大地，不管轉到哪個方向，景觀幾乎一模一樣。地平線的盡頭有一排石柱、小溪、高低起伏的山丘，他們只能靠這些線索分辨旅行的路線。只要轉錯一個彎，往往會賠上性命，更別提還有可能在惡劣的氣候中死去。各種加害者潛藏在人跡罕見的地方，不管是人類、動物或超自然的力量，而一旦你走錯路，隨時可能慘遭毒手。

這對夫妻通常有一肚子的話和對方說，你恐怕怎麼也想不到，他們在路上幾乎沒有任何交談。在一個腳踝骨折或受傷感染就可能造成生命危險的時代，人人都知道踏出每一步的時候，最好全神貫注。你也會發現，只要路窄到沒辦法並肩而行，走在前面的總是碧亞翠絲。這一點或許會讓你驚訝，畢竟男人以身犯險似乎是自然而然的事，當然，在樹林或可能有野狼或熊出沒的地方，他們就會自動調換位置。不過大多數的時候，艾索會讓妻子先走，因為眾所周知，他們可能遇到的魔鬼和惡靈，都會以落後的人當作獵物，大概就像老虎會冷不防地對走在隊伍最後面的羚羊下手。常常有旅人往後一瞥，才發現同伴已經消失無蹤。碧亞翠絲就是害怕發生這種事，所以在路上不時會問一聲：「你還在嗎，艾索？」而他照例回答：「我還在，老婆大人。」

將近中午的時候，他們抵達大平原的邊緣。艾索建議兩人繼續走，但碧亞翠絲堅持等到中午再上路。他們在山頂的一塊岩石上坐下來，下了山坡就是平原，兩人把枴杖筆直地插進前方的土裡，仔細盯著逐漸縮短的影子。

「天空晴朗，我也沒聽說過有誰在這一帶碰上什麼妖魔鬼怪。」她說：「儘管如此，還是等中午再上路，到了那時候，那些鬼怪根本懶得探頭出來瞧我們一眼。」

「就照妳說的等吧，而且妳說的對，這裡畢竟是大平原，即便是平靜無波的一隅。」

他們就這樣坐了一會兒，低頭看著眼前的大地，沒有說話。後來碧亞翠絲先開口：

「等我們見到兒子的時候，他一定會堅持要我們住在他的村子裡。即使原本村子裡的鄰居有時候會嘲笑我們的白頭髮，但相處了這麼多年，突然要離開他們，感覺不是很奇怪嗎？」

「現在還言之過早，等見到兒子的時候，我們會把事情都說清楚的。」艾索繼續凝視著大平原。然後他搖搖頭，緩緩地說：「好奇怪，我完全想不起他的長相。」

「我昨天晚上夢到他了，」碧亞翠絲說：「他站在井邊，稍微轉了身，叫喚著某個人。其他的情節我忘了。」

「至少妳看到他了，即使是在夢裡。他長什麼模樣？」

「一張堅定、俊俏的臉，我只記得這些。但他眼睛的顏色、他的輪廓，我一點都不記得了。」

「我連他是什麼樣子都想不起來，」艾索說：「一定是迷霧的關係。很多事情我樂得放下，但不記得這麼寶貴的回憶，真的很殘忍。」

她靠向他，把頭枕在他的肩膀上。風拂過他們身上，她的斗篷稍微被吹開了。艾索伸出一隻手臂環抱著她，把斗篷壓住，緊緊貼在她身上。

「我敢說我們其中一個人很快就會想起來的，」他說。

「我們試試看，艾索。我們兩個都努力看看。這種感覺就好像是丟了一塊寶石，但只要努力，我們一定能找回來的。」

「這個當然，不過妳看，影子幾乎要消失了，我們該走了。」

碧亞翠絲坐起身，把手伸進包袱裡翻找。「找到了，我們可以拿著這些。」

她遞給他兩枚鵝卵石，仔細一看，每顆石頭的表面都刻了複雜的圖騰。

「把它塞進你的腰帶裡，記得圖案一定要面向外面，這樣主耶穌才可以保佑我們平安。其他的由我帶著。」

「給我一個就夠了。」

「不，我們平分。我想起來，下面有一條小路，除非被雨水沖垮了，否則應該比我們先前走的路更好走。不過有個地方要小心。艾索，你在聽我說話嗎？我們會經過埋葬巨龍的地方。在不知情的人眼裡，那只是一座普通的山丘，但我會指給你看的，當你看到我的手勢，就要跟著我閃遠一點，從旁邊繞過去，直到下了山我們再繞回同一條路上。不管是不是日正當中，從這種墳墓踩過去，對我們都沒有好處。我的話你都聽到了嗎？」

「別擔心，我聽得很明白。」

「那我就用不著再提醒你了。如果在路上遇到陌生人，或是聽到有人叫我們，或是看到任何可憐的動物誤觸陷阱或掉進水溝裡受了傷，或是有任何類似這樣的事情吸引你的注意，你都不要開口或放慢腳步。」

「我不是傻瓜，老婆大人。」

「那麼我們該上路了。」

就像碧亞翠絲說的，他們經過大平原的路只有一小段。雖然有時泥濘，但路徑一直很清楚，也不曾通往陽光照不到的地方。一開始是下坡，然後是平緩的上坡，接著他們來到一片高聳的山脊，兩側都是沼澤地。風勢強勁，舒緩了正午的炎熱。滿地石南花和金雀花，最多只到人的膝蓋高，偶爾才看到一棵乾癟的樹種，被無盡的強風吹彎了腰。不久他們右手邊出現了一座山谷，讓他們感受到大自然神祕的力量。

兩人一前一後靠得很近，艾索簡直是緊跟在妻子後面。儘管如此，穿越大平原的過程中，碧亞翠絲每走五六步便問一次：「你還在嗎，艾索？」彷彿在唸連禱文，然後艾索會回答：「我還在，老婆大人。」除了這種例行的對話，兩人幾乎不發一語。即使接近巨龍的墓塚，碧亞翠絲趕緊比著手勢示意兩人繞路時，他們仍然保持平淡的語氣，彷彿是想要誤導任何偷聽他們對話的鬼怪。艾索一直留意著迷霧的移動或是天色有沒有突然暗下來，但沒有出現任何跡象，然後他們就走出了大平原。兩人穿過一座鳥鳴處處的小樹林，碧亞翠絲默不作聲，但他看得出來她整個人都放鬆了，不再壓抑自己。

他們在溪邊休息、洗洗腳、吃麵包、把水壺重新注滿。從現在開始，他們要走的是羅馬時代留下來的一條凹陷的便道，兩側長滿橡樹和榆樹，走起來輕鬆得多，但必須對路上的其他旅人保持警覺。在第一個小時裡，迎面而來的有一個帶著兩個孩子的婦女、一個趕驢的男孩，以及一對趕著和戲班會合的流浪藝人。每次他們都停下來和對方談天說笑，不過有一次，聽到車輪和馬蹄的答答聲愈來愈近，他們趕忙躲進壕溝裡。還好平安無事，不過是一個撒克遜農夫駕著一輛馬車，載著堆得老高的木柴。

向晚時分，天空烏雲密病，看似暴風雨即將來襲。他們躲在一棵大樹底下，背對著道路，來往的人車都看不到他們。

「別擔心，」艾索說。「我們在樹下躲雨，等太陽出來再上路。」

但碧亞翠絲站了起來，探出頭，雙手遮在眼睛上方。「這條路前面有個轉彎處，那棟舊別墅離這裡不遠了。以前和那些女人來的時候，我們曾經到那裡躲雨。那差不多是一座廢墟，而且那時候屋頂還沒塌下來。」

「暴風雨來臨之前能趕到那裡嗎？」

「如果現在出發就可以。」

「那我們得快一點。沒必要讓大雨給淋死，再說這棵樹看起來到處都是洞，幾乎可以看透大半片天空了。」

那棟殘破的別墅比碧亞翠絲記憶中的更遠。當雨水滴下，天色變黑的時候，他們還在小徑上奮力前進，兩旁的蕁麻齊腰，他們必須用枴杖撥開蕁麻才能前進。雖然已經看得到那棟廢墟，但小徑卻被樹木和簇葉給遮掩，當他們發現自己總算抵達時，除了鬆了一口氣，也不免吃驚。

這棟廢墟在羅馬帝國時期想必有過輝煌的歷史，但如今只剩一小部分的屋樑尚未倒塌。曾經華麗的地板，經過風雨侵蝕，早被弄得不像個樣子，雜草從褪色的磁磚底下冒出來。殘餘的牆壁，有的只剩腳踝那麼高，隱約可見昔日廳室的布局。穿過一座石拱，就是別墅僅存的部分，艾索和碧亞翠絲小心翼翼走進去，在門檻處駐足聆聽。最後是艾索大聲喊著：「裡面有沒有人？」沒有回應。「我們是兩個不列顛老人，想找個地方躲避暴風雨。我們沒有惡意。」

還是沒有反應，於是他們穿過如今只剩屋頂的舊走廊，踏進灰暗的光線，裡頭是一個寬敞的房間，只不過也塌了一整面牆，藤蔓從外面攀爬進來。三面牆壁加上屋頂，暫供遮風避雨。曾經雪白的牆壁，現在成了汙濁的磚石，而磚牆前面有兩個人，一站一坐，中間隔了一段距離。

一個身材嬌小、身形如鳥、比艾索和碧亞翠絲還老的老婦人，坐在一塊倒塌的磚石上，她穿著一件黑斗篷，斗篷的帽子略微往後推，露出皺巴巴的五官。她的眼窩深到幾乎看不見眼珠子，佝僂的背沒辦法貼著牆壁。她的大腿上有個東西動來動去的，艾索定睛一看是一隻兔子，被她嶙峋的手緊緊攫住。

另外一個是瘦削的男人，高得出奇，站在同一面牆的另一端，彷彿盡可能要遠離那個老婦人。他身穿厚實的長大衣，像牧羊人在寒夜裡守夜時會穿的那一種，但他的小腿暴露在外。他穿的那雙鞋子，艾索在漁夫的腳上看過。這個男人全身僵硬地站著，背向房間，一手貼著牆壁，像是在專心聆聽牆壁的另一面發生了什麼事。艾索和碧亞翠絲走進來的時候，他回頭瞥了一眼，但沒說什麼。老婦人默默盯著他們看，直到艾索說「願你平安」時，他們才有了一點反應。那個高個子說：「進來一點，朋友，不然你們會淋濕的。」

當然，現在天空像打開了蓋子似的，雨水嘩啦嘩啦打在破敗的屋頂上，然後傾瀉而下。艾索謝過他，領著太太往牆邊走，選了一個位置安頓。他幫碧亞翠絲卸下包袱，然後把自己的包袱也放在地上。

他們四個人就這樣待了好一陣子，暴風雨愈來愈大，一道閃電照亮了破屋。高個子和老婦人僵硬的姿勢讓艾索和碧亞翠絲看得入神。這簡直就像他們偶然遇見的一幅畫，然後不經意地走進畫裡，被迫成了畫中人。

後來當滂沱的雨勢逐漸穩定，老婦人總算打破沉默。她一手撫摸兔子，另一隻手緊緊抓住牠，開口說：「願上帝保佑你們，朋友。請原諒我剛才沒跟你們打招呼，但我實在沒想到會遇見你們。雖然如此，我還是要對你們表示歡迎。今天是個外出的好日子，直到殺出這場暴風雨。但這種風雨來得急也去得快，你們的行程不會耽擱太久的，正好趁這個機會歇歇腳。你們要去哪裡？」

「我們要去兒子的村莊，」艾索說：「他等不及要迎接我們。但今晚我們得投宿在一個撒克遜村落，希望天黑之前能趕到那裡。」

「撒克遜人很野蠻，」老婦人說：「但他們對待出門在外的人，比對自己的同胞更好。坐吧，朋友。你們後面那根木頭是乾的，我經常坐在那兒，很是舒適。」

艾索和碧亞翠絲依言坐下，四個人又陷入沉默，只聽見下個不停的雨聲。最後是老婦人的一個動作讓艾索忍不住別過眼睛。她把兔子的耳朵往後扯，那隻小動物拚命想掙脫，而她爪子似的手牢牢圈住牠。艾索瞥見老婦人用另外一隻手舉起一把生鏽的刀，抵在兔子的咽喉上。碧亞翠絲大吃一驚，艾索這才明白，他們腳底下以及這附近一塊塊黑色的汙漬，其實是乾涸的血跡，同時藤蔓和石頭的潮濕氣味中，還混雜著一種微弱但久久不散的血腥味。

老婦人用刀抵住兔子的脖子以後，又再度陷入沉默。艾索發現她一直盯著站在牆壁另一端那個高瘦的男人，好像在等他發出信號。但那個男人依然保持僵硬的姿勢，額頭幾乎都要碰到牆壁了。他要不是剛好沒注意到那個老婦人，要不就是鐵了心對她視而不見。

「好女士，」艾索說：「如果有必要，就殺了那隻兔子。不過妳大可以乾淨俐落地擰斷牠的脖子，再不然就拿石頭用力砸下去。」

「我也希望自己有這個力氣，先生，但我手無縛雞之力。我只有一把鋒利的刀子。」

「我很樂意幫妳的忙，犯不著動刀子。」艾索站起來，伸出手，但老婦人並沒有放開兔子。她維持先前的姿勢，刀子架在兔子的咽喉上，眼睛盯著房間另一頭的男人。

最後那個高個子總算轉頭面向他們。「朋友，」他說：「剛才看見你們走進來我很驚訝，但現在我很高興，因為我看得出來你們是好人。我懇求你們，既然你們要在這裡等暴風雨過去，不妨聽聽我悲慘的遭遇。我是個卑微的船夫，划船載運旅人渡過湍急的水域。儘管起早爬黑地幹活兒，多數時候幾乎沒睡覺，划槳划到四肢痠痛，但我沒有嫌棄這份工作。不管颳風下雨，或是烈日當空，我都要上工。我一直打起精神，期待休假的日子到來。像我這樣的船夫有好幾個，我們輪流休假，即便要辛苦好幾個星期才能放一次假。在休假的日子裡，我們都會去特別的地方，而這裡就是我放假的地方。我在這裡度過無憂無慮的童年。現在這裡已經變了，但對我來說，還是充滿珍貴的記憶，我希望可以靜靜地在這兒重溫那些回憶。但現在，你們看看，每次我到這兒來，不到一小時，這個老婦人就會從那道拱門走進來。她就坐在那裡，一小時又一小時不停地辱罵我。她做出殘忍又不公平的指控。在黑夜的籠罩下，她還會用恐怖的詛咒來咒罵我。她不讓我安靜片刻。你們看到了，有時候她還會帶上一隻兔子，或是這一類的小動物。她會用鮮血汙染這個寶貴的地方。我已經想盡辦法要勸她離開，但不管上帝給了她多少惻隱之心，她早已學會視而不見。她不肯走，也不肯停止對我的辱罵。是因為你們意外走進這裡，她才沒有繼續折磨我。再過不久，我就得回去了，繼續辛苦划上好幾個星期的船。朋友，我求求你們，想辦法讓她走。讓她相信她這種行為是邪惡的。你們是外地人，說不定能說服她。」

船夫說完之後，又是一陣沉默。艾索事後回想起來，隱約中有一股難以抑制的衝動，讓他很想回答他的話，但又覺得這個人是在夢裡對他說話，他根本沒必要回應。碧亞翠絲似乎也不是很想回應，她依舊看著老婦人，現在她已經把架在兔子脖子上的刀拿開，用刀背愛憐地拍拍牠。碧亞翠絲忍不住開口說：

「老太太，我拜託妳，讓我丈夫幫妳殺兔子吧，犯不著把這種地方灑得到處是血，況且也沒有盆子可接。這樣不但會給這位船夫帶來霉運，還會殃及妳自己，還有其他偶然來這裡棲身的人。把刀子收起來，到別處去給這隻動物一個好死吧。妳這樣辱罵這個男人，一個辛苦工作的船夫，對妳有什麼好處？」

「別急著責備這位女士，老婆大人，」艾索溫和地說：「我們不知道這兩個人之間有什麼過節。這個船夫似乎很老實，可是話說回來，這位女士跑到這兒來，用這種方法消磨時間，也許是情有可原。」

「你的話再公道不過了，先生。」老婦人說：「我喜歡這樣度過我的風燭殘年？我寧願遠離這個地方，和我丈夫在一起。但我現在和他分隔兩地，就是這個船夫害的。我丈夫是個聰明謹慎的人，我們很早就計畫一起旅行，說了這麼多年，也夢想了這麼多年，等我們終於準備妥當，帶上所有路上需要的東西，便啟程上路了。幾天之後，我們來到附近的海灣，準備搭船去小島。我們在渡口等船夫，最後總算看到他把船划過來。划船的剛好就是這個人。你們看他的個頭多高。

他手握長槳，站在船上緩緩而來，高䠷瘦削的模樣，活像踩著高蹺的江湖藝人。我丈夫和我站在岸上，他走過來，把船繫好。直到今天，我都不知道他是怎麼辦到的，把我們騙得團團轉。我們太容易相信人了。小島近在眼前，這個船夫載走了我丈夫，把我留在岸上等，我們當了四十幾年的夫妻，幾乎沒有分開過一天。我想不通他是怎麼辦到的。一定是他的聲音讓我們神智不清，因為我一個不留神，他就把我丈夫載走了，而我還站在陸地上。我無法相信。誰會相信世上竟有這麼殘忍的船夫？於是我在岸上等呀等。我告訴自己，純粹是因為那天水勢洶湧，天空又幾乎和現在一樣黑，所以他一次只能載一名乘客。我站在岩石上，看著那艘船愈來愈小，然後變成一個黑點。我繼續等，最後黑點又逐漸變大，是船夫回來了。不一會兒我就看到他像鵝卵石一樣光滑的腦袋瓜子，船上則一個乘客也沒有。我以為輪到我了，我很快就可以和我的愛人相聚。可是他把繩索綁在樁柱上之後，卻朝我搖搖頭，拒絕載我渡海。我又哭又鬧，對他大聲咆哮，但他就是不聽，反而給了我一隻兔子，說是在小島岸上的陷阱裡捕到的，多麼殘忍啊！他說我第一次一個人過夜，可以吃這個當晚飯。接著他看沒有其他人等著坐船，就把船划走了，留下我抓著他那隻該死的兔子在岸上哭泣。後來我讓兔子跑進石南花叢裡，因為那天晚上和之後的許多夜晚，我根本吃不下任何東西。那也是為什麼我每次到這裡來都會把他送的小禮物帶上，給他燉鍋兔肉，好報答他當天的好心！」

「兔子本來是我那天晚上自己要吃的，」船夫的聲音從房間另一頭傳來。「出於同情，我才送給她。我純粹是做好事。」

「我們不知道到底發生了什麼事，」碧亞翠絲說：「不過像這樣把這位老太太單獨留在岸邊，確實很殘忍。你為什麼要這麼做？」

「好女士，這個老婦人說的可不是普通的小島。多年來我們船夫已經載了不少人過去，現在島上的林野間住了幾百個人。但那個地方很古怪，到了島上的人總是獨來獨往的，看不見其他人。偶爾在月亮出來的晚上，或是暴風雨即將來臨的前夕，他們可能會察覺到島上還有其他居民。但在大多數的日子裡，每個旅人都覺得自己是島上唯一的居民。我很樂意載這名婦人過去，可是當她知道自己不會和丈夫在一起時，便說她不喜歡那樣獨自一人，所以拒絕前往。我尊重她的決定，便由她去了。就像我說的，我送她那隻兔子純粹是出於好心。你們看她是怎麼感謝我的。」

「這個船夫很狡猾，」老婦人說：「即使你們是外地人，他照樣敢騙。他會讓你們相信島上每個人都是獨來獨往的，但其實不然。我丈夫和我夢想了這麼多年，怎麼會是要去這種地方呢？事實上，很多夫妻是一起渡海的，他們到島上共同生活。很多人手挽著手，漫步在那片森林和寧靜的海灘上。這些事我丈夫和我都知道，我們從小就知道。朋友們，如果你們搜尋自己的記憶，就會想起這是千真萬確的。在那個小海灣等待渡船的時候，我們萬萬沒想到會遇上這麼一個殘忍的船夫。」

「她的話只有部分是真的，」船夫說：「偶爾確實會有一對男女可以一起搭船到島上，但這種情況很少見。他們的感情必須夠堅貞才行。我不否認有時候確實會有這種情況，所以當我們遇到夫妻，甚或未婚的戀人，等著搭船渡海時，我們有義務問個明白。我們的責任就是要弄清楚他們的情感是否夠堅定。而這位婦人跟她丈夫的感情實在太脆弱了，她只是不願意接受罷了。你們叫她捫心自問，看她敢不敢說我的判斷錯了。」

「這位老太太，」碧亞翠絲說：「妳怎麼說？」

老婦人一聲不吭，雙目低垂，繼續拿著刀子悻悻然劃過兔子的毛。

「這位女士，」艾索說：「雨停了之後，我們會繼續上路。不如妳和我們一起離開這裡吧？我們很樂意陪妳走一段路。我們可以聊聊任何妳喜歡的話題。別再打擾這個老實的船夫了，讓他趁這棟房子還沒全垮下來之前，好好回味一下。妳這樣坐在這裡有什麼好處呢？如果妳願意的話，我可以幫妳乾淨俐落地殺了那隻兔子。妳說好不好？」

老婦人沒有回答，也看不出她是否聽見艾索的話。過了一會兒，她把兔子緊緊抱在胸前，慢慢站了起來，往傾圮的那面牆走去。她的身形嬌小，斗篷拖在地上，雨水從天花板的一角灑下來，滴在她身上，但她一點也不在乎。她走到牆角處，望著外面的大雨和藤蔓，緩緩彎下腰，把兔子放到腳邊。那隻小動物已經被嚇得全身僵硬，起初一動也不動，後來才一溜煙消失在蔓徑荒草間。

老婦人小心翼翼地站起來。她回過頭，像是在看著船夫。她的雙眼出奇凹陷，教人難以捉摸她到底在看什麼。然後她開口說：「這些陌生人弄得我一點味口也沒有，但我相信我的味口一定會再回來的。」

她一邊說，一邊拉起斗篷，徐徐踏入濕透的草地，像是一步步潛入水池一樣。雨水不斷打在她身上，她把帽子往前一拉，走進漫天高的蕁麻叢裡。

「再等一會兒，我們跟妳一起走，」艾索從後面喚她，但他感覺到碧亞翠絲伸手按著他的手臂，他聽見她低聲說：「別招惹她，艾索。讓她走。」

艾索走到剛才老婦人踏入草叢的位置，以為會看到她困在那裡，舉步維艱。但她已經消失得無影無蹤。

「謝謝你們，朋友，」船夫說：「或許至少今天，我可以安安靜靜地追憶我的童年。」

「我們也不打擾你了，」艾索說：「等雨小一點，我們就走。」

「不急，朋友。你們剛才的話很中肯，我很感謝你們。」

艾索凝視著雨水，聽見妻子說：「這棟房子以前一定很氣派，先生。」

「噢，沒錯。小時候我還不知道這裡有多氣派，因為我沒去過其他地方。那時候這裡滿是名畫和珍寶，還有很多善良又伶俐的僕人。從那邊穿過去，就是宴會廳。」

「看它變成這個樣子，你一定很傷心。」

「它沒有全部倒塌，我已經感激不盡了。這棟房子見證了戰爭的歲月，其他不少像這樣的房子都被燒毀了，變成長滿野草的土堆。」

艾索聽見碧亞翠絲走過來的腳步聲，感覺她的手搭在他的肩膀上。「怎麼了？」她壓低嗓音問道。「你有心事，我看得出來。」

「沒什麼，只是因為這場雨，現在感覺好像是我在這裡追憶往事。」

「什麼樣的往事？」

「我也不知道。剛才那個人說到戰爭把房子給毀了，突然間我的某些記憶好像回來了。是在認識妳之前的日子，一定是的。」

「在我們認識彼此之前是什麼樣的時光？有時候我覺得我們準是從嬰兒時期就在一起了。」

「我也這麼覺得，只是在這個陌生的地方，我突然恍惚了起來。」

她若有所思地看著他，然後緊緊握住他的手，小聲說道：「這個地方真的很古怪，恐怕比雨水更傷人。我想趕快走了，免得那個老婦人跑回來，或是發生更糟糕的事。」

艾索點點頭。他轉頭朝著房間的另一邊說：「嗯，船夫，雲層好像散了，所以我們該上路了。很謝謝你讓我們在這裡躲雨。」

船夫沒有回應，但當他們背起包袱時，他走過來幫忙遞上枴杖。「一路平安，朋友，」他說。「希望令郎身體健康。」

他們再度謝過他，兩個人穿過拱門往外走，這時碧亞翠絲忽地停下腳步，回過頭。

「既然我們要走了，先生，」她說：「我們以後可能再也見不到你了，不知道能否容我問個小問題？」

船夫靠牆站著，仔細打量她。

「你剛才說過，你有義務詢問等待搭船的夫妻，你說你必須知道他們的感情是否深到足以一起渡海，一起在島上生活。嗯，我剛剛一直在想，你要怎麼問出他們的感情夠不夠堅貞？」碧亞翠絲問。

船夫猶疑了一會兒。「老實說，女士，我沒資格評論這種事。事實上，我們今天不該相遇的，但某種機緣把我們湊在一起，我覺得很慶幸，你們兩位很好心，又替我說話，這一點我很感激。所以我會盡力回答你們的問題。就像妳說的，我得詢問所有想到島上去的人。如果一對夫妻宣稱他們的感情很深，那麼我會請他們把最珍貴的回憶告訴我。我會先問其中一個人，再問另一個。這樣我很快就能知道他們的感情究竟如何。」

「但要看出一個人心裡究竟在想什麼，不是很難嗎？外表很容易騙人的。」碧亞翠絲問。

「沒錯，但我們船夫多年來閱人無數，很快就可以看穿謊言。再說，旅人們說起最寶貴的回憶時，根本不可能假裝。一對夫妻可能會宣稱他們彼此相愛，但我們看到的卻是厭惡、憤怒、甚至憎恨，或是單調無聊的生活。有時候純粹只是因為害怕寂寞，兩人才在一起。經得起歲月考驗的永恆之愛，偶爾才得見。如果看見了這種愛情，我們非常樂意把他們一起送到島上。好了，我已經說得太多了。」

「謝謝你告訴我。這純粹是滿足一個老太太的好奇心。那我們就不打擾你了。」

「一路平安。」

他們循著原路，穿過先前的小徑走出去。經過暴風雨的摧殘，土地泥濘難行，儘管他們急著遠離別墅，也只能戰戰兢兢地走著。等他們終於回到大路上，雨還下著，兩人連忙先到樹下躲雨。

「妳全身都濕透了。」

「別擔心，這件大衣很管用。你怎麼樣？」

「反正等太陽出來，衣服很快就乾了。」

他們放下包袱，倚著樹幹，好好喘口氣。過了一會兒，碧亞翠絲小聲地說：

「艾索，我很害怕。」

「為什麼，怎麼了？現在妳已經平安了。」

「你記不記得那天我在老山楂樹旁和那個黑衣女人說話？她看起來或許像個發了瘋的流浪漢，但她告訴我的故事和方才那個老婦人的遭遇很像。她丈夫也是被一個船夫載走，把她一個人留在岸邊。回家的路上，她難過得哭了出來，當時她正穿過一座山谷，看到前方小徑不斷綿延，而且一路上有很多像她這樣哭泣的人。聽到她的故事，我只有一點點害怕，我對自己說，這和我們不相干。但她接著說，這個地方已經被遺忘的迷霧所詛咒，這一點我們自己也常常說起。然後她問我：『如果妳和妳丈夫不記得共同擁有的過去，又要如何證明你們對彼此的愛？』後來我一直在想這件事。有時候想想，不由得膽戰心驚。」

「有什麼好怕的呢？我們又沒打算去那種島上，也沒這個興趣。」

「可是，萬一我們根本還沒有機會思考要不要去那種地方，我們的愛就消逝了呢？」

「妳在說什麼？我們的愛怎麼會消逝？我們現在的感情不是比少不經事時更加堅定嗎？」

「但是我們根本不記得那些日子，或是我們一起度過的任何歲月。我們不記得兩人有過的激烈爭吵，或一起歡喜的珍貴片刻。我們不記得我們的兒子，甚至他為什麼要離開我們。」

「我們可以把那些記憶都追回來。更何況，無論我記得或忘記什麼，我對妳的感覺依然不變。妳對我不也一樣嗎？」

「沒錯。但話說回來，我懷疑此刻我們心裡的感覺，難道不會像這些從濕透的樹葉間落下的雨滴，很快就不見了。我在想，如果沒有回憶，我們的愛只會褪色和死去。」

「上帝不會容許這種事情發生的。」艾索說得小聲，因為他心裡也湧起一股莫名的恐懼。

「在老山楂樹旁談話的那一天，」碧亞翠絲接著說：「那個女人警告我別浪費時間。她說我們一定要盡可能想起共有的回憶，不管是好是壞。剛才船夫那番回答，讓我期待又害怕。我們現在這個樣子，能有多少機會可以通過測試？萬一有人問起我們最寶貴的回憶是什麼呢？艾索，我好害怕。」

「好了，沒什麼好怕的。我們的記憶並不是永遠消失，只是這該死的迷霧，讓我們不小心忘了。我們會重新找回來的，必要的話，就一件一件找回來。我們這次旅行不就是為了這個？只要兒子站在我們面前，很多往事一定會逐漸浮現的。」

「但願如此。只是那個船夫的話讓我更害怕了。」

「別怪他，我們又不搭船去什麼小島。雨已經停了，我們別待在這棵樹下，走走反而乾得快些。咱們上路吧，別再煩惱這些事了。」

3

從地勢比較高的地方遠遠看過去，這個撒克遜村落應該比艾索和碧亞翠絲住的洞穴群更像你們所謂的村莊。首先，或許是因為撒克遜人的幽閉恐懼感比較強烈，所以這裡沒有人住在洞裡。如果你像艾索和碧亞翠絲一樣，順著陡峭的山谷往下走，就會看到谷底有四十幾棟獨立的房屋，約略排成兩個同心圓。因為距離還太遠，你可能不會注意到每棟房子的大小和氣派各有不同，但可以看出茅草搭建的屋頂，以及其中許多都是「圓屋」，和你們某些人或是你們的父母從小生長的房子差不了多少。而且，如果說撒克遜人樂於為了享受開放感而犧牲一點安全，他們倒也細心加以彌補：把木柱捆在一起，築成高聳的圍籬，柱頂削尖，宛如一枝枝巨大的鉛筆，把整個村莊包圍起來。不管在任何時候，籬笆至少都有兩個人那麼高，為了進一步打消外人攀上籬笆的意圖，籬笆外圍還挖了一圈很深的壕溝。

艾索夫婦在下山途中停下來歇腳的時候，朝谷底看到的應該就是這麼一幅畫面。此刻太陽漸漸西沉，眼力比較好的碧亞翠絲站在丈夫前面一兩步的地方舉頭張望，周圍的野草和蒲公英幾乎高到她的腰際。

「我看到有四個，不，是五個人，在村子口守衛，」她說：「而且他們手上握著長矛。上次我和村裡的女人過來的時候，頂多只有一個看門的和兩隻狗。」

「妳確定人家會歡迎我們嗎？」

「別擔心，現在他們跟我可熟了。再說，村裡有一位長老是不列顛人，即便不是出身同族，也被全村的人視為睿智的領袖。他會給我們找個安全的地方過夜的。話雖如此，我卻覺得有些不對勁，心裡七上八下的。這會兒又看到手握長矛的男人，還帶了一群惡犬。」

「誰知道撒克遜人是怎麼回事，」艾索說：「或許我們今晚應該找其他地方安頓。」

「轉眼就要天黑了，而且那些長矛不是衝著我們來的。再說，我想要拜訪這個村子裡的一位女士，她比任何不列顛人都更精通醫術。」

艾索以為她會再說下去，但她只顧著張望。他問說：「妳怎麼會對醫術感興趣？」

「我偶爾會覺得有一點不舒服，位女士或許知道該怎麼舒緩疼痛。」

「怎樣的不舒服？妳哪裡不舒服？」

「沒什麼，純粹是因為我們要投宿這裡，我才想起這件事。」

「到底是哪裡呢？妳哪裡痛？」

「噢……」她沒有回頭，用一隻手按在胸腔下面，笑著說：「沒什麼啦，你看我今天的腳程也沒有慢下來。」

「妳走起路來還是一樣快，反倒是我得哀求妳停下來休息一下。」

「你看吧，所以沒什麼好擔心的。」

「妳的腳程一點也沒有受到影響。說真的，妳的體力一點也不輸給年紀只有妳一半大的女人。儘管如此，既然這裡有人可以減緩妳的疼痛，去看看又何妨？」

「我就是這個意思，艾索。我帶了一點馬口鐵來換取她的藥。」

「誰沒有些小病痛？我們每個人都有，如果可以，誰都想藥到病除。不管怎麼說，如果那個女人在村子裡，我們就去吧，那些守衛會讓我們進去的。」

等他們通過架在壕溝上的小橋時，天色幾乎都黑了，村子口的大門兩側點起了火炬。守衛個個長得高大魁梧，但一看見陌生人走過來，似乎有些驚慌失措。

「等一下，艾索，」碧亞翠絲悄聲說：「我一個人先去跟他們說。」

「別靠近他們的長矛，那幾隻狗看上去很平靜，但那些撒克遜人好像被嚇壞了。」

「他們怕的是你這個老男人，我很快就會讓他們知道沒什麼好擔心的。」

她大膽地走到守衛面前。那幾個男人圍著她，一邊聽她說話，一邊用懷疑的眼神打量艾索。其中一個人用撒克遜語叫他走上前去，靠火炬近一點，應該是為了確認他不是年輕男子假扮的。

他們又和碧亞翠絲交談了幾句，這才讓他們進去。

他們正穿越村子裡狹窄的巷弄，艾索怎麼也想不通，遠處看來整整齊齊的兩圈房屋，現在居然像是亂七八糟的迷宮。他跟在碧亞翠絲後面，完全看不出這地方有什麼章法。走著走著會忽然出現一棟房子擋住去路，他們只得在不知道通往哪裡的巷道間鑽來鑽去。此外，在這裡走路要比在大馬路上更加謹慎：暴風雨讓坑坑窪窪的地面到處積水，而且撒克遜人似乎覺得可以隨意把東西擺在路中央，就算是石塊也無妨。但艾索最難以理解的，是一路上都聞得到時濃時淡的臭味。和他那個時代的人一樣，艾索對人類或動物的糞便味道根本不以為忤，但這股味道比糞便更難聞。他很快就發現臭味來源：村裡的人都把腐肉放在屋前或街道兩側，作為祭神的供品。經過某處時，一股特別濃烈的味道讓艾索吃驚，他轉頭一看，一戶人家的屋簷下吊著一塊黑漆漆不知道是什麼的東西，上面覆滿大批蒼蠅。又走了一陣子，他們看到一群小孩擰著一隻豬的耳朵把牠往前拖，許多狗、牛和驢子也都無人看管。他們沿路遇到的人要麼默默看著他們，再不然就是一溜煙躲到門後。

「今晚這裡有點古怪，」碧亞翠絲邊走邊說：「通常他們會坐在屋子前面，或是聚在一起說說笑笑。小孩們會跟在我們屁股後面問東問西的，不知道是要整人還是展現友善。現在整個村子靜得詭異，我覺得很不安。」

「我們迷路了嗎？」

「我本來打算先去找那個女醫求診。不過看這情況，也許我們最好馬上去那間長屋，免得出事。」

「我們離那位女醫的住處還很遠嗎？」

「我記得應該差不多要到了。」

「那就先看看她在不在。雖然妳的疼痛是小毛病，但如果能治好，沒必要繼續痛下去。」

「這件事可以等明天再說。要不是剛好說起，我根本不覺得痛。」

「儘管如此，但既然來了，何不先去拜訪這位女醫？」

「你這麼想去，我們就去吧。雖然我不介意等到明天早上，甚或等下次我經過這裡的時候再說。」

在他們說話的同時，一轉角便來到一個像是廣場的地方。廣場中央燃起熊熊營火，四周圍著一大群人，各種年紀的人都有，還有父母抱著幼兒。艾索原以為他們無意間撞見了一場異教徒的典禮。可是當他們駐足觀看，才發現眾人並沒有在做什麼，只不過表情都很凝重，或許是驚恐。竊竊私語聲伴隨著一股擔憂的氛圍。一隻狗朝艾索和碧亞翠絲吠了幾聲，立刻被幾個漆黑的人影驅趕走。有人注意到現場來了不速之客，卻也只是茫然地看了他們一眼。

「誰知道他們在擔心什麼呢？」碧亞翠絲說：「要不是那個女醫的家就在附近，我才不想待在這兒。我來看看還找不找得到路。」

兩人往右手邊的一排茅屋走過去，才發現有更多人站在暗處，靜靜看著營火旁的群眾。碧亞翠絲停下來和一個站在自家門口的女人說話，過了好一會兒，艾索才知道她就是女醫本人。黑夜下伸手不見五指，他看不清楚她的模樣，但依稀看得出來她身材高大，大概是中年，上身裹著一條披肩。她和碧亞翠絲低聲商量，有時瞥向群眾，有時往艾索這邊看過來。最後那個女人比了個手勢，叫他們進屋家去。

碧亞翠絲走過來，小聲地說：「我先跟她單獨談談，艾索。你幫我卸下這個包袱，在這裡等我。」

「我不能陪妳進去嗎？即使我聽不太懂撒克遜人在講什麼。」

「這些是女人家的事，讓我單獨跟她說，她說她會詳細檢查我這把老骨頭。」

「對不起，老婆大人，是我思慮不周。我幫妳把包袱拿下來，不管妳要講多久，我都在這裡等著。」

兩個女人進屋之後，艾索頓時感到疲憊不堪，特別是肩膀和雙腿。他放下身上的包袱，倚著土牆，看著前方的群眾。他們似乎愈來愈焦躁不安：有人從陰暗處快步走向營火旁，也有人匆匆離開，過一會兒又跑回去。沒多久艾索就看出來了，這些人想必都在等待著什麼人或什麼東西從營火左側的木造大廳裡走出來。那棟建築大概是撒克遜人集會的地方，想必裡面也燃著火炬，因為大廳的窗戶時暗時明。

他靠著牆壁差點就睡著了，裡頭傳來碧亞翠絲和女醫低沉的對話，這時群眾間起了一陣騷動，隱約傳來咆哮聲。幾個男人走出大廳，步向營火。群眾自動讓出一條通道，眾人不發一語，彷彿等著聆聽宣告。但沒有人宣告什麼，他們把剛從大廳出來的人團團圍住，聲音又大了起來。艾索注意到每個人都盯著最後一個從大廳走出來的人。他穿得跟個農夫差不多，但看上去和村裡其他人完全不同。他披著斗篷，露出腰間的皮帶和劍柄。他的頭髮比其他村民都來得長，幾乎垂到肩膀，他還用繩子把部分頭髮綁起來，免得遮住眼睛。艾索當時心想，這個人把頭髮綁起來以免在作戰的時候掉下來擋住視線。這個念頭很自然就出現在他的腦子裡，事後想起來他才猛然一驚，因為這表示他當下就看出了端倪。此外，他把手放在劍柄上，大步走到群眾中央的同時，艾索非常清楚這樣的動作會帶來安心、激動和恐懼交雜的情緒。他在心裡對自己說，待會兒再來思考這些奇特的感覺，此刻先專心於眼前這一幕。

此人的一舉一動和周圍那些人截然不同。艾索心想，儘管他裝作是個普通的撒克遜人，但他是一名戰士。如果他願意的話，恐怕有橫掃千軍的本事。

有另外兩個人神色緊張地跟在這位戰士後面，每次他往人群中多走幾步，那兩個人就想盡辦法挨過去，像是生怕跟父母走散的小孩。那兩個人都很年輕，同樣佩劍在身，還各握一枝矛，但一看就知道他們對武器非常生疏。此外，他們害怕到全身僵硬，面對其他村民加油打氣的話，似乎完全不知如何反應。即使大夥兒紛紛給他們拍拍背、捏捏肩膀，他們仍然慌張得不知道該往哪裡看。

「那個長髮的傢伙也是外地來的，只比我們早到一兩個小時，」碧亞翠絲的聲音在他耳邊響起。「同樣是撒克遜人，不過是從很遠的地方來的。他說自己來自東部的沼澤地，近來他都在那裡打海盜。」

艾索轉頭看到碧亞翠絲和她的東道主從屋裡走出來，就站在他後面。那位女醫用撒克遜語說了好一會兒的話，然後碧亞翠絲在他耳邊說：

「好像是今天稍早的時候，有個村民上氣不接下氣地跑回來，肩膀還受了傷，等大夥兒好不容易讓他平靜下來之後，他才說他和弟弟，還有他十二歲大的姪兒在河邊的老地方釣魚時，遭到兩個食人魔攻擊。照傷者的說法，那不是普通的食人魔，不但長得奇形怪狀的，也比他看過的食人魔更敏捷、更狡猾。那兩個惡魔——村民是這麼叫的——直接殺了他弟弟，一把擄走拚命掙扎的男孩。這個受傷的男人逃了很久，沉重的呼嚕聲在他後面緊追不捨，但終究沒有追上，他才有機會脫身。此刻正在和那個外地人講話，手臂纏著夾板的人就是他。儘管受了傷，他依然心繫姪兒的安危，急忙率領村裡的一班壯丁到河邊去，他們看到岸邊有營火還冒著煙，於是拿著武器躡手躡腳走上前，撥開樹叢，卻是那兩個惡魔設下的陷阱。女醫說，他們還來不及想到要逃命，當場就死了三個人，其他人雖然平安歸來，到現在都還躺在床上喃喃自語，害怕到不敢走出門祝福這幾位勇士。儘管黑霧重重，眼前這些勇士卻自願出征，做十二個健壯的男人在大白天都辦不到的事。」

「他們知道那個男孩還活著？」

「他們什麼都不知道，不過他們還是要到河邊去。在第一批人驚惶失錯地逃回來以後，儘管村裡的長老百般懇求，但沒有人膽敢組隊再去一趟。老天保佑，這位外來的戰士因為他的馬傷了腳，所以到村裡借宿一晚。雖然他和男孩的家人素昧平生，但他表示願意幫忙。那兩個和他同行的人，是男孩的另外兩個叔叔，看他們的神情，我敢說他們非但幫不上忙，反而會拖累那位戰士。你看他們嚇得臉色發白。」

「我看得出來，但他們勇氣可嘉，即使怕成這樣也要去。我們今晚來得不是時候，現在就聽得到不知哪兒傳來的哭聲，天亮前恐怕還有更多人要哭泣了。」

女醫好像明白艾索的意思，因為她接著用自己的語言說了幾句話，碧亞翠絲便向艾索說：「她叫我們直接到長屋去，天亮前不要出來。如果我們在村子裡四處晃，在這種時候，誰也不知道會遇到什麼狀況。」

「我也是這麼想，如果妳還記得怎麼走的話，咱們就照這位好心人的話去做吧。」

就在這時候，群眾突然大聲喧譁了起來，然後喧鬧聲變成了加油聲，人群動了起來，戰士和他的兩個同伴走在隊伍中央。群眾低聲吟唱，站在暗處的旁觀者也加入前進的行列，包括那位女醫。隊伍朝他們的方向走過來，透過火炬的光線，艾索隱約可以看到人們臉上的表情，有害怕也有興奮。而每次火光照到戰士的臉，只見他表情鎮定，左右觀望，對大夥兒的鼓勵表示感謝。隊伍經過艾索和碧亞翠絲身邊，穿過一排茅屋，離開了他們的視線，不過低沉的歌聲持續迴盪了好一會兒。

或許是受到這種氣氛的震懾，艾索和碧亞翠絲在原地呆立了半晌。後來碧亞翠絲開口問女醫，走哪一條路到長屋最好，艾索聽著聽著，覺得她們好像在討論怎麼樣去其他地方，因為她們兩個人都指著遠處的山丘。

直到村子恢復平靜了，他們才終於出發前往今晚要過夜的地方。在一片漆黑中，根本分不清東南西北，偶爾出現在轉角處的火炬，似乎只是讓人更搞不清楚方位。他們走的方向與方才的隊伍相反，沿途經過的房舍都一團黑，猶如杳無人煙。

「慢慢走，老婆大人，」艾索小聲地說：「如果我們在這裡摔得四腳朝天，恐怕沒有人會來幫忙。」

「艾索，我想我們又迷路了。我們走回上一個轉角，這次我一定會找對路。」

最後他們來到一條筆直的小徑，旁邊就是村落最外圍的籬笆。尖柱子在高處若隱若現，顏色比夜空更深一點。他們兩繼續往前走，艾索聽見有人在上頭竊竊私語。然後他發現在高聳的牆上，每隔一段距離就有一個人影，倚著圍籬眺望漆黑的荒野。他還來不及把這番觀察告訴碧亞翠絲，就聽見愈來愈多的腳步聲靠近。他們加快腳步，但一把火炬靠了過來，有幾道影子在他們面前快速閃過去。起初艾索以為是從反方向走過來的一群村民，後來才發現他和碧亞翠絲已經被團團包圍。是一群撒克遜男人，有人拿著矛，有人揮著鋤頭、鐮刀和其他工具，一步步擁上前來。有好幾個聲音在對他們說話，而且人好像愈來愈多。艾索感覺到一陣熱氣，同時緊緊抱著碧亞翠絲。他想看清楚帶頭的人是誰，但眼前每一張臉都充滿驚恐，他明白只要稍有不慎，就可能惹禍上身。一個年輕男子瞪大雙眼，顫抖著伸出一把刀子，艾索將碧亞翠絲一把拉開，不讓刀子碰到她，然後他搜索枯腸，想擠出幾句撒克遜話，結果腦袋一片空白，只能發出像是安撫的聲音，彷彿在哄一匹不聽話的馬兒。

「別這樣，艾索，」碧亞翠絲低聲說：「他們可不會感謝你唱搖籃曲給他們聽。」她用撒克遜語和一個男人說了幾句話，又朝另一個男人說，不過氣氛仍然緊張。有人開口大聲爭辯，這時一隻狗拖著繩索從隊伍中衝出來，朝眾人狂吠。

接著這些劍拔弩張的男人一下子全都成了洩氣的皮球。他們的聲音小了，最後只聽見遠處傳來的怒吼。怒吼聲愈來愈近，然後群眾紛紛讓開，只見一個矮胖、體型怪異的男人拄著一根粗楞杖，拖著腳走進火光間。

他年紀很大了，背挺得直直的，脖子和頭部以一種古怪的角度從肩膀上伸出來。但現場的人似乎都服從他的權威，連那隻狗也停止吠叫，一溜煙消失在暗處。儘管艾索會講的撒克遜語有限，但他聽得出來這個老人之所以大發雷霆，只有部分是因為村民這樣對待陌生人。他們主要是因為擅離職守才遭到斥責。在火光的照耀下，那一張張臉顯得垂頭喪氣，還帶著不明所以的表情。然後老人的聲音變得怒上加怒，那些人似乎才慢慢想起了什麼，一個個悄悄走回暗夜裡。即便所有人都已經離開，也聽到爬梯子的聲音了，老人仍然繼續咒罵。

最後他轉頭看著艾索和碧亞翠絲，並改用他們的語言字正腔圓地說：「他們怎麼能夠連這種事都忘了，畢竟才剛剛看著那位戰士和兩個村人出發，做他們沒有一個人有勇氣做的事？」

「他們很害怕，艾佛，」碧亞翠絲說：「現在就算是一隻蜘蛛掉在旁邊，也可能會讓他們互相殘殺。你派了一幫可憐的人來迎接我們。」

「我向妳道歉，碧亞翠絲夫人。還有你，先生。我們這裡平常不會這樣招呼客人的，不過你們也看到了，今天晚上確實風聲鶴唳。」

「我們要去那間長屋，可是迷路了，」碧亞翠絲說：「如果你能夠為我們指路，我們會感激不盡的，尤其是受到剛才那樣的招待，我們都很想進屋裡休息休息。」

「朋友，我很想向你們保證，在長屋一定會得到悉心的接待，不過在這樣的晚上，誰也不知道我的鄰居們會做出什麼事。如果妳和尊夫同意，不如就到我家裡過夜，起碼那裡一定不會有人打擾你們。」

「我們很樂意接受你的好意，」艾索插嘴說：「我太太和我都很需要歇歇腳。」

「那就跟我來吧，朋友。請務必跟緊，不要大聲說話。」

他們跟著艾佛穿過黑暗，最後來到一棟房子前面，這房子的結構和其他房子沒兩樣，規模卻大得多，而且獨門獨戶的。他們穿過低矮的拱門走進屋裡時，空氣中瀰漫著燒木頭的煙味，艾索一下子透不過氣來，卻覺得溫暖踏實。屋內正中央是一團悶燒的爐火，周圍鋪著織毯、動物毛皮，還有橡木家具。艾索伸手從他們的包袱裡抽出毯子，碧亞翠絲則滿懷感激地坐進一張搖椅。而艾佛仍然站在門邊，一臉心不在焉的模樣。

「你們剛才受到的對待，」他說：「我一想起來，就覺得羞愧汗顏。」

「咱們就別再想這件事了，先生，」艾索說。「你對我們的好意，我們實在擔當不起。我們知道發生了什麼事，也看到幾位勇士出發去執行危險的任務，所以村民會這麼害怕，我們是再清楚不過了，也難怪有人會做傻事。」

「如果你們這樣的陌生人都沒忘記我們遇上的麻煩，那些傻瓜怎麼反倒忘了？明明交代他們無論如何要駐守在崗哨上，連三歲小孩都聽得懂，事關全村的安全，更別提萬一那幾位英雄被怪物追到村口，我們還得助他們一臂之力。結果他們怎麼搞的？才兩個陌生人經過，就把我吩咐他們的事忘得一乾二淨，連為什麼要站崗都忘了，像發狂的野狼似地攻擊你們。如果不是這裡的人經常這樣莫名的健忘，我會懷疑自己是不是老糊塗了。」

「在我們住的地方也一樣，」艾索說：「我太太和我也經常看到鄰居們忘東忘西的。」

「真有意思，我原本還擔心這種病只在我們這個地方出現。我在想是不是因為我年紀大了，還是因為我是個住在撒克遜聚落的不列顛人，所以常常只有我還記得一些事情，而周遭的人全都忘記了。」

「我們那邊也一樣。雖然眾人飽受迷霧所苦——我太太和我是這麼說的——我們似乎不像年輕人那麼容易忘記事情。你知道是為什麼嗎，先生？」

「我聽過不少這樣的說法，不過多半是撒克遜人的迷信之言。但去年冬天，有個陌生人路過這裡，他對這件事的看法，我後來愈想愈覺得有道理。等等，現在外面又怎麼了？」一直拄著枴杖站在門口的艾佛突然轉身，他的身形古怪，沒想到動作出奇敏捷。「恕我失陪了，恐怕是我們的勇士已經回來了。你們暫時待在裡頭，千萬別出來。」

他走了以後，艾索和碧亞翠絲沉默了半晌，各自坐在椅子上，閉上眼睛，感謝終於有機會休息。然後碧亞翠絲小聲問道：「你看艾佛剛才本來想說什麼？」

「妳是指哪一件事？」

「他剛才說到迷霧，還有迷霧的原因。」

「只是他聽到的謠言罷了。無論如何，我們之後可以再請他多說一點。真是一個值得敬佩的人。他一直都住在撒克遜人的地方嗎？」

「聽說自從他很久以前娶了一個撒克遜女人，就一直住在這兒。至於那個女人後來怎麼樣了，我從來沒聽人家說過。艾索，要是能知道迷霧的原因，不是很好嗎？」

「確實很好，不過知道了有什麼用呢？」

「你怎麼能說這種話？你怎麼能說這麼無情的話？」

「怎麼了？怎麼回事？」艾索坐起身來，看著他太太。「我只是說，就算知道起霧的原因，也不能讓它消失啊，不管是這裡，還是我們自己住的地方。」

「只要有機會能弄清楚迷霧是怎麼來的，對我們來說就已經大不相同了。你怎麼能這麼不當一回事？」

「對不起，我不是有意的。我剛才在想其他的事情。」

「你是在想今天聽到船夫說的那些話嗎？」

「我說的其他事，是指那些勇士是不是已經回來了、孩子是不是平安無事，或者村子的守衛那麼害怕，村口的閘門又那麼靠不住，如果那些恐怖的惡魔想要報仇，會不會直接攻進來。腦子裡可以想的事情多得很，別去管迷霧或船夫那些迷信的話了。」

「不必把話說得這麼刺耳，我沒興趣和你吵架。」

「原諒我，老婆大人。一定是這裡的氣氛影響了我。」

但碧亞翠絲淚眼汪汪的。「不必說得這麼難聽，」她自言自語。

艾索起身走到她的搖椅旁，稍微蹲下，把她摟在胸前。「對不起，」他說：「我們離開這裡之前，一定會去請教艾佛關於迷霧的事。」過了一會兒，他們還摟著彼此時，艾索開口說：「老實說，剛才我心裡倒是記掛著一件事。」

「什麼事？」

「我在想妳疼痛的原因，那個女醫是怎麼說的？」

「她說沒什麼大礙，年紀大了就會這樣。」

「和我平常說的一樣。我不是跟妳說過不用擔心嗎？」

「擔心的人又不是我，是你堅持要我今晚去看那個女醫的。」

「看了也好，這樣我們就不用擔心妳為什麼會疼痛了。」

她輕輕從他懷裡起身。「艾索，」她說：「那位女醫提到一個年老的隱修士，她說他的醫術比她還高明。隱修士名叫約拿，他幫這個村子裡的很多人治過病。他的修道院離這裡有一天的路程，在東邊的山路上。」

「東邊的山路。」艾佛走的時候沒把門關上，艾索慢慢走到門口，望著屋外的黑夜。「我在想，明天與其走山下穿過樹林的那條路，不如走高的山路。」

「那條路不好走，有很多陡坡，而且行程至少會延遲一天，兒子可是急著要我們早點到。」

「妳說的沒錯，可是既然到了這裡，不去拜訪那位醫術高明的隱修士，似乎很可惜。」

「那位女醫以為我們要走那條路，才告訴我這件事。我告訴她說，走山下的路比較容易到達我們兒子的村落。既然我的毛病都是年紀大的人常見的症狀，她也覺得不必特地走一趟。」

艾索繼續凝視著屋外的暗夜。「儘管如此，我們不妨還是考慮考慮。艾佛回來了，不過臉色不太好看。」

艾佛大步走進門，氣喘吁吁的，一屁股坐在一張堆了許多動物毛皮的寬椅上，任由楞杖哐啷一聲落在腳邊。「有個傻乎乎的小伙子發誓說他看見一個惡魔爬上圍籬的外牆，正從籬笆的另一頭窺視我們。不說也知道，大夥兒嚇得雞飛狗跳，我只好帶著一幫人過去看看是否真有其事。當然，他說的那個地方什麼都沒有，可是他堅持說惡魔正在那裡盯著我們，其他人拿著鋤頭和矛，像小孩子一樣躲在我後面直打哆嗦。後來那個傻瓜總算承認他站崗的時候睡著了，是在夢裡看到惡魔的。即便如此，他們有趕忙回到各自的崗位上嗎？沒有，他們嚇得魂飛魄散，我還得信誓旦旦地說非要把他們打到變肉醬，他們才回去工作。」他大口喘著氣。「別見怪，朋友，今晚我如果還能睡的話，我會睡在裡面的房間，你們儘管把這裡當成自己家，雖然地方簡陋。」

「哪兒的話，先生，」艾索說：「這裡很舒適，我們感謝都來不及。很遺憾你剛才是為了這種事奔波。」

「我們得耐心等著，恐怕要等到深夜，再等到清晨。對了，你們要去哪裡？」

「我們明天就出發去我們兒子的村莊，他等我們等得急了。不過有件事你可能幫得上忙，因為我太太和我剛才在討論要走哪一條路比較好。我們聽說山上那間修道院裡有個醫術高明的隱修士叫約拿，我們想要請教他一件小事。」

「約拿自然是德高望重的人，雖然我從來沒有見過他。你們務必要去找他，不過去修道院的路可不好走。那條路很陡，要爬上老半天，而且等山路平坦之後，你們還要小心，千萬別迷路，因為一迷路就有可能誤闖魁里格的地盤。」

「魁里格，那條母龍？我很久沒聽人提起牠了。這裡的人還怕牠嗎？」

「牠現在很少離開山區了。」艾佛說：「雖然牠偶爾會一時興起攻擊路過的人，但很可能牠常常只是野獸或強盜的替罪羔羊。在我看來，魁里格的威脅性不在於牠做了什麼，而是因為牠一直沒有消失。只要牠還可以到處亂跑，各式各樣的邪惡就免不了像瘟疫一樣，在我們這個地方蔓延。就拿今晚肇禍的鬼怪來說。牠們是從哪裡來的？牠們不只是食人魔，這裡的人從來沒見過那樣的怪物。牠們為什麼跑到這兒來，在我們的岸邊紮營？魁里格或許很少露面，但牠會滋生許多黑暗的力量，牠這麼多年來一直活得好好的，是我們的奇恥大辱。」

「不過，艾佛，」碧亞翠絲說：「誰會想要挑戰這樣的猛獸？不管怎麼說，魁里格是一隻極其凶猛的龍，又藏匿在地勢險惡的山區。」

「妳說的得對，這是一件令人膽怯的任務。偉大的亞瑟王多年前把屠殺魁里格的任務交給一位騎士。如果你們走那條山路的話，有可能會遇見他。很容易認出來的，他穿著生鏽的鎧甲、騎著一匹疲憊不堪的戰馬，時時刻刻宣揚他的神聖任務，儘管我覺得那隻母龍一刻都沒為這個傻老頭煩惱過。只怕到我們風燭殘年了，也等不到他完成任務的那一天。不管怎麼說，你們可以到修道院去一趟，不過路上要小小心，天黑前務必要找個安全的地方過夜。」

艾佛移步往裡面的房間走去，但碧亞翠絲很快坐起來說：「你剛才說到了迷霧，你說你聽過起霧的原因，但你還來不及多說什麼就被人叫出去了。我們急著想聽你說說這件事。」

「啊，迷霧，這名字取得真好。誰知道我們聽到的話有多少是真的？我先前應該是說到，去年有個陌生人騎馬經過我們這地方，在本地投宿。他跟我們今晚的勇士同樣來自沼澤地，但他操著一口經常讓人覺得不知所云的方言。我讓他住在這間簡陋的屋子裡，跟兩位一樣，然後我們聊了整個晚上，包括你們形容得非常貼切的這種迷霧。他對我們這種莫名的痛苦深感興趣，一再追問我是怎麼回事。然後他大膽說了幾句話，我當時不放在心上，但後來經常反覆思量。那個陌生人認為，也許是上帝把我們的事給遺忘了，不管是很久以前的事，還是當天的事。而如果連上帝都不記得了，我們這些凡夫俗子記得的機會有多大？」

碧亞翠絲瞪著他。「會有這種事嗎？我們每一個人都是上帝親愛的子民。上帝真的會忘了我們做過什麼、有過什麼遭遇嗎？」

「我當時就是這樣問他的，而那個陌生人答不出來。但後來我常常想起他的話。或許這就是你們所謂的迷霧最好的解釋。現在，請見諒了，我得把握時間休息一下。」

艾索意識到碧亞翠絲正在搖他的肩膀。他不知道他們睡了多久，外頭天色依然漆黑，但鬧烘烘的，他聽見艾佛站在他旁邊說：「且讓我們祈禱這是好消息，而非末日來臨。」等艾索坐起身，他們的東道主早已不見人影。

「快點，艾索，我們去看看是好消息還是壞消息。」碧亞翠絲說。

儘管睡眼惺忪，他馬上勾起妻子的手臂，兩人蹣跚走進黑夜裡。現在燃起了更多火炬，在火光的照耀下，要看路容易多了。大人們走來走去，小狗吠叫，小孩哭泣。然後好像稍微有了點秩序，艾索和碧亞翠絲站在人群中，眾人朝單一方向匆匆前進。不一會兒他們已經來到中央廣場，顯然有一條比他們的來時路更近的路線。營火燒得比先前更旺盛，火光熾烈到艾索一度以為村民是熱得受不了才停下來。隔著一排排的腦袋瓜看過去，他看到戰士已經回來了，就站在營火的左邊，身體一邊被火光照亮，另一半籠罩在陰影裡。他的臉上布滿點點汙漬，艾索認出那是血跡，彷彿他剛剛穿過一陣血霧。他的長髮雖然還是綁著，不過已有些鬆開，看起來濕漉漉的。他的衣服也沾了泥巴，或許還有血跡，而出發時披在肩上的斗篷，現在則有好幾處被撕裂了。他的人看起來倒是毫髮無傷，正和村子裡的三位長老說話，其中一個就是艾佛。艾索也看見戰士用手肘夾著一樣東西。

此時眾人唱起了頌歌，歌聲從輕柔漸趨嘹亮，戰士轉頭向大家致意。他的一舉一動沒有半點粗魯不文的霸氣。當他開口對群眾說話時，聲音雖然大到足以讓每個人都聽到，卻不知怎的讓人覺得沉穩又親切，反正就是很適合這樣的場合。

眾人立刻噤聲，好把他的話聽清楚，不消片刻聽者紛紛發出讚許或驚嘆。說著說著，戰士朝後面某個地方比個手勢，艾索第一次注意到，在明暗交接處，先前和戰士一起出征的兩個男人坐在地上。看他們的表情像是從高處跌落，暈得站不起來。群眾也為他們唱起了頌歌，但那兩個人似乎渾然不覺，只是茫然望向前方。

然後戰士轉過身，再度面對群眾，說了幾句話後，歌聲漸漸平息。他向營火走去，一手抓著他剛才用手肘夾住的東西，高高舉起。

艾索看到一個像是動物頭顱的東西，脖子很粗，喉嚨以下被割斷。一綹綹黑色捲髮從頭頂垂下，蓋住一張令人毛骨悚然、沒有五官的臉，在原本應該是眼睛、鼻子和嘴巴的位置，只長了疙瘩似的肉瘤，活像鵝皮，兩頰還有幾撮羽絨般的毛髮。人群間傳來一陣驚呼，艾索感覺眾人往後退。這時他才發現那根本不是頭顱，而是一截壯得離譜的肩膀和上臂，屬於某種體型酷似人類的動物。原來戰士手上拿的是他的戰利品，而艾索原先以為的頭髮其實是斷裂的肌腱，從殘肢和身體分離的切口處垂下來。

戰士很快把戰利品放下，丟在腳邊，彷彿他對這隻野獸的殘骸有無盡的鄙視。群眾再次往後退，然後又緩緩向前，頌歌再度響起。不過這一次馬上就停了，因為戰士再度發言，雖然艾索一個字也聽不懂，但四周升起的緊張氣氛明顯可察。

碧亞翠絲在他耳邊說：「我們的英雄殺了兩隻怪獸。一隻負著重傷跑進森林，料想一定撐不過今晚。另一隻奮力作戰，地上那團東西就是戰士從他身上割下來的，以示懲罰。那個惡魔拖著殘餘的身體沉進漆黑的湖裡。而那個孩子，艾索，你看到那個孩子了嗎？」

在火光幾乎照不到的地方，幾個女人圍在一個男孩身邊，他坐在石頭上，身材纖瘦，留著一頭黑髮。他的個頭已經和大人一般高了，身上裹著一張毯子，但不難察覺到毯子底下仍然是小男孩的骨架。有個女人方才提了一個桶子出來，把他的臉和脖子擦洗乾淨，但他的神情呆滯，時而盯著戰士的背後看，時而歪著頭，彷彿想窺探地上那團東西。

看到那個被救回來的孩子活得好好的，顯然沒有受重傷，艾索居然並未感到放心，也不覺得高興，反而有種隱約的不安。一開始他以為這和男孩古怪的舉動有關，後來才發現真正不對勁的地方是：村子裡的人不久前還把男孩的安全看得比什麼都重要，這會兒迎接他的方式卻很不尋常。村民們的態度保留，幾乎是冷酷，艾索不由得想到他們自己的村子裡女孩瑪塔走失的事，他懷疑這個男孩會不會和瑪塔一樣，正逐漸被遺忘。不過情形顯然並非如此。大夥兒甚至伸手指向那個男孩，照顧他的女人頑抗地瞪回去。

「我聽不懂他們在說什麼，」碧亞翠絲在他耳邊說：「他們為了那個孩子起爭執，雖然能把他平安救回來已經是上帝的一大慈悲，而且那孩子經歷這一切之後還表現得如此冷靜。」

戰士還在說話，但他的聲音帶有懇求的意味，又像是在控訴什麼，艾索感覺得到四周的氛圍正在改變。敬畏和感激之情變成了另外一種情緒，吵鬧聲愈來愈大，其中帶有困惑，甚至恐懼。戰士再度發言，他的聲音嚴厲，指著那個男孩。然後艾佛走進火光照耀的地方，站在戰士身邊說了幾句話，引起某些群眾肆無忌憚的咆哮。有個聲音在艾索後面大吼了幾句，所有人馬上吵成一團。艾佛大聲說了幾句話，現場安靜了片刻，旋即又吵了起來，還有人在暗處推擠。

「噢，艾索，拜託，我們趕快走吧！」碧亞翠絲在他耳邊大喊。「我們不要待在這裡了。」

艾索摟著她的肩膀，想從人群中擠出去，但他忍不住回頭瞥了一眼。那個男孩還是維持原來的姿勢，注視著戰士的背後，顯然對眼前的騷動渾然不覺。不過剛才照顧他的幾個女人已經退開。她們不知如何是好地看看男孩，又看看眾人。碧亞翠絲扯扯丈夫的手臂。「艾索，拜託，帶我離開這兒，我怕我們會受傷。」

想必全村的人都到廣場去了，因為他們走回艾佛家的時候，沿途沒遇見任何人。一直到艾佛的屋子映入眼簾時，艾索才問說：「剛才他們在說什麼？」

「我也不太清楚。人多口雜，我實在分辨不出來。他們是為了那個被救回來的男孩起爭執，幸好我們已經離開了，反正我們遲早會弄清楚到底發生了什麼事。」

隔天一早，艾索醒來的時候，看見陽光已經灑入屋內。他睡在地板上，不過身上蓋著溫暖的毯子，底下鋪著柔軟的墊子，他還沒睡過這麼豪華的床，感覺手腳都得到了充分的休息。此外，他心情很好，因為醒來的時候，一抹愉快的回憶從他腦子裡飄過去。

碧亞翠絲在他身邊翻了個身，眼睛仍然閉著，呼吸勻暢。艾索常常在這種時候默默看著她，現在也不例外，他等待著一種溫暖的喜悅感充滿他的胸口。果然一如預期，只不過今天的喜悅夾雜著一絲哀傷。這種感覺令他訝異，他輕撫妻子的肩膀，彷彿這樣的動作可以驅走陰影。

他聽見外面的吵鬧聲，但不是夜裡把他們吵醒的那一種，而是人們起早幹活的聲音。他想到若他們睡到日上三竿了，恐怕會誤事，可是心裡仍然不願意吵醒妻子，於是繼續凝望著她。後來他小心翼翼站起來，走到門口，把木門稍微推開一點。這扇如果裝了鉸鏈就會更像樣的門，軋地叫了一聲，強烈的陽光從門縫照進來，但碧亞翠絲照睡不誤。這下艾索有些擔心了，他走回她躺臥的地方，蹲在她身邊，蹲下的同時他感覺到自己的膝蓋僵硬。碧亞翠絲終於睜開眼睛，往上看著他。

「該起床了，老婆大人，」他說，不讓她看出自己方才的擔憂。「村裡的人都起來活動了，咱們的主人早就出去了。」

「你應該早點叫醒我的。」

「妳睡得很熟，昨天累了一整天，我想妳應該樂得多睡一會兒。瞧妳現在像個小姑娘一樣神清氣爽的。」

「你又在胡說八道了，我們甚至不知道夜裡發生了什麼事。從外面的聲音聽起來，他們沒有把彼此打成肉醬。我聽到小孩子的聲音，狗兒聽起來也應該是吃飽了。艾索，這裡有沒有水可以梳洗一下？」

他們兩人盡力把自己收拾得像樣一點。艾佛還沒回來，他們走到外面想找點東西吃。艾索覺得現在的村子看起來親切多了，原先在黑暗中顯得毫無章法的房舍，現在一排排整齊地佇立在他們面前，房子的陰影連貫成一條大道。男男女女拿著工具或盆子走來走去，小孩子成群結隊尾隨在後。小狗雖然多，但似乎很聽話。唯有在水井前安心拉屎的那頭驢子，讓艾索想起昨晚進來時的雜亂無序。路過的村民甚至還會朝他們點點頭打招呼，只是沒有人開口和他們說話。

他們走了沒多遠，就發現體型對比顯明的艾佛和戰士兩人，站在街道上低聲討論事情。艾索和碧亞翠絲走過去的時候，艾佛退後一步，有點尷尬地笑了笑。

「我不想太早把你們吵醒，」他對他們說：「但我這個做主人的失禮了，你們想必餓壞了吧。走，跟我到長屋去，一定讓你們飽餐一頓。不過，朋友，先和我們昨晚的英雄打個招呼。威斯頓先生聽得懂我們的語言。」

艾索轉身朝戰士點個頭。「內人和我很榮幸能見到一位這麼勇敢、慷慨、劍術又高超的人。你昨晚的行為確實了不起。」

「我的行為不值一提，劍術更是平淡無奇。」戰士的聲音一如先前溫和，眉宇間始終帶著笑意。「昨晚是我運氣好，再加上英勇同志的鼎力協助。」

「他口中的同志，」艾佛說：「忙著把泥巴往身上抹，沒工夫作戰。是這位先生一手殺了惡魔。」

「好了，別再提這件事。」戰士自謙，但他的雙眼直盯著艾索，好像他臉上有什麼記號似的。

「你的不列顛話說得很好，」艾索說，被對方瞧得不知如何是好。

戰士繼續看著艾索，然後才發現自己的無禮，笑著說：「別見怪，先生。我剛才一度以為……原諒我。我是純正的撒克遜人，但我從小在離這兒不遠的地方長大，經常和不列顛人在一起。所以除了母語，我也學會了你們的語言。這段時間我遠居在沼澤地，那裡可以聽到各種稀奇古怪的方言，就是沒有你們那種話，難免有些生疏。所以萬一我講錯了，千萬別見怪。」

「一點也不，」艾索說：「幾乎聽不出這不是你的母語。事實上，我昨晚不由得注意到你佩劍的方式，比撒克遜人慣有的方法更靠近腰部，位置比較高，你走路的時候，手會輕鬆地搭在劍柄上。如果我說這種方式比較像是不列顛人，希望不會冒犯到你。」

威斯頓大笑了幾聲。「我的撒克遜戰友老是取笑我，不只笑我擺劍的位置，也笑我用劍的手法。不過你瞧，我的劍術是不列顛人教的，而且我認為他們教得很好，讓我安然度過許多危難，昨晚又助我保住一命。恕我魯莽，先生，但我看你不像這附近的人。難道你的家鄉也在西邊？」

「我們就住在附近，距離這兒只有一天的路程。」

「還是你很久以前住在更西邊的地方？」

「我說了，先生，我就住在附近。」

「請恕我失禮，往西跑了這麼久，我愈來愈懷念童年的家鄉，雖然我知道那離這裡還有些距離。我總是到處留意記憶中好像看過的臉孔。你和尊夫人今天早上要回家嗎？」

「不，我們要往東到兒子的村莊去，希望兩天內可以趕到。」

「啊，所以要穿過那片林子。」

「其實我們打算走山路，聽說山上的修道院有一位智者，希望他願意見見我們。」

「是嗎？」威斯頓若有所思地點點頭，再度盯著艾索看。「我聽說那條路陡得很。」

「我的客人們還沒吃早飯呢，」艾佛插嘴說道：「恕我們失陪，威斯頓先生，我要帶他們到長屋去。如果有機會，我們再繼續剛才的討論。」他把音量放低，用撒克遜語又說了幾句，威斯頓聽了點點頭。接著艾佛轉向艾索夫婦，搖搖頭，嚴肅地說：「儘管這個人昨晚拚了命，我們的問題仍然還沒解決。不過先跟我來吧，你們一定餓壞了。」

艾佛拖著蹣跚的腳步，每走一步，枴杖就往地上一頓。他似乎心不在焉的，沒注意到他的客人在擁擠的巷弄間有些跟不上。落後在幾步之後的艾索對碧亞翠絲說：「那位戰士很令人欽佩，妳不覺得嗎？」

「無庸置疑，」她小聲回答，「不過他打量你的眼神很古怪。」

他們來不及再說下去，因為艾佛終於注意到他們落後了。

不一會兒，他們來到一個陽光普照的庭院。幾隻鵝在院子裡走來走去，還有條人工小溪把院子一分為二，溪裡的水流頗急。在小溪最寬闊的地方，用兩塊扁平的石頭搭了一條簡單的便橋，有個年紀比較大的孩子蹲在一塊石頭上洗衣服。艾索覺得這幅景象充滿了田園風情，他很想停下來欣賞，只可惜艾佛繼續大步走向另一頭的低矮房舍。

這間長屋和你們很多人去過的那種簡陋食堂差不多。有一排排的桌子和凳子，房間一邊則是廚房和取餐區。和現代餐廳主要的差別，應該是無處不在的乾草：頭頂上和腳下都是乾草，桌面上也全是被不時颳來的風吹得四散的乾草。在這樣一個早上，當兩位旅人坐下來吃早餐的時候，只要留意從窗戶射進來的陽光，就會發現連空氣裡都飄浮著乾草。

他們進來的時候，長屋裡空無一人，艾佛走進廚房，不一會兒就有兩位老婦人端著麵包、蜂蜜、餅乾、一罐牛奶和一罐水出來。艾佛則端著一盤切好的肉走出來，艾索和碧亞翠絲滿懷感激地大啖起來。

起初他們只顧默默吃著東西，這才發覺自己有多餓。艾佛坐在餐桌對面，繼續沉思，過了好一會兒，碧亞翠絲才開口：「這些撒克遜人給你添了不少麻煩，即使那個男孩已經平安回來，食人魔也被殺了。或許你會想回到自己的同胞身邊。」

「那不是食人魔，也不是這一帶出現過的任何怪物。知道牠們以後不會在閘門外徘徊了，這確實讓人安心些。不過那個男孩又是另外一回事。回來是回來了，卻根本談不上平安。」艾佛靠上前，壓低嗓音，就算只有他們三個人在場。「妳說得對，碧亞翠絲夫人，我也很訝異自己能和這些野蠻人一起生活。不如住在老鼠洞還好一點。那個勇敢的陌生人昨晚費了這麼大的力，妳覺得他會怎麼想我們？」

「究竟發生了什麼事？」艾索問道，「我們昨晚也在營火邊，感覺大夥兒吵得厲害，所以我們就先離開了，完全不知道發生了什麼事。」

「你們躲起來是對的，這些異教徒激動得想要挖出彼此的眼睛。他們會怎麼對待一對陌生的不列顛人，我真是不敢想像。愛德溫那個男孩平安回來了，但村民正要慶祝的時候，那幾個女人發現他身上有個小傷口。我和其他幾位長老親自檢查過，就在他胸口下方，不會比小孩摔跤的傷口嚴重。但那幾個女人，還是他自己的親人，宣稱他是被咬傷的，今天早上全村的人都這麼說。為了他的安全著想，我只好把那孩子鎖進一間倉庫，儘管如此，他的同伴，還有他自己的親人，都在門口丟石頭，要求把他帶出來殺了。」

「怎麼會這樣呢？」碧亞翠絲問：「難道又是因為迷霧的關係，他們才會把那孩子遭遇的恐怖經歷忘得一乾二淨？」

「如果是這樣就好了，但這回他們好像記得一清二楚。這些異教徒滿腦子迷信。他們相信只要被惡魔咬了，要不了多久，那個男孩也會變成惡魔，為自家人帶來慘劇。他們很怕他，萬一他待在這裡，他的命運恐怕會和被惡魔抓走一樣悲慘。」

「但村裡總有賢達的人，能說出一番更有道理的話吧？」艾索說。

「就算有，也寡不敵眾。即使我們能讓村民克制個一兩天，要不了多久，又會讓那幫無知的人得逞。」

「那該怎麼辦呢？」

「戰士和你們一樣擔心，我們兩個人已經商量了一早上。儘管強人所難，我提議他離開的時候，把那個孩子也帶走，把他送到某一個和這裡距離夠遠的地方，或許他會有機會過新生活。那位戰士才剛為我們賭上性命，我就提出這種要求，心裡實在羞愧得不知如何是好。威斯頓正在考慮我的提議，即便他還要幫國王辦事，加上馬匹出事和昨晚的種種麻煩，他已經耽擱了行程。老實說，我得去看看那孩子現在是否平安，然後再去問戰士是不是做了決定。」艾佛起身，拿起枴杖。「你們走之前記得過來跟我道聲再見。只不過聽了我剛才那番話，就算你們現在馬上轉頭離開，我其實也可以諒解。」

艾索看著艾佛的身影穿過門口，跨入陽光普照的庭院。「真是令人難過的消息，」他說。

「是啊，但這不關我們的事。我們別在這裡耽擱下去了，今天要走的路很崎嶇。」

食物和牛奶都很新鮮，他們安靜地吃著。碧亞翠絲突然開口：「你認為他的話有幾分是真的？就是艾佛昨晚說的迷霧的緣由，他說是上帝讓我們遺忘的。」

「我不知道該怎麼想。」

「艾索，今天早上醒來的時候，我有了一個想法。」

「什麼想法？」

「只是一個想法。我想或許是我們做了什麼惹上帝生氣。也許祂不是生氣，而是覺得丟臉。」

「很奇怪的想法。但如果就像妳說的，上帝為什麼不懲罰我們？為什麼讓我們像傻瓜一樣，就連前一個小時發生的事都忘了？」

「或許上帝對我們非常不恥，不恥我們做過的什麼事，因此巴不得連祂自己也忘記。就像那個陌生人跟艾佛說的，既然上帝都不記得了，也難怪我們想不起來。」

「我們到底做了什麼，會讓上帝對我們這麼不恥？」

「不知道，但一定不是你和我做過的任何事，因為祂一直很愛我們。如果我們向祂祈禱，請求祂至少想起幾件對我們而言最珍貴的事，誰知道，也許祂會聽到，實現我們的願望。」

外面爆出一陣笑聲。艾索把頭稍稍一傾，看到一群小孩在外面的院子裡，站在小溪的扁石上設法保持平衡。他看著那些孩子，其中一個人大叫一聲，跌進水裡。

「誰知道呢？」他說：「或許修道院裡那位醫術高明的隱修士會解釋給我們聽。說到今天早上醒來的時候，其實我也想到了一件事，說不定就在妳出現那些想法的同時。那是一個回憶，很簡單的回憶，但我已經很滿足了。」

「噢！你想起什麼？」

「我想起我們有一次路過一個市場，或是一場慶典。當時我們在一個村子裡，但不是我們自己的村子，妳穿著那件連著帽子的淺綠色斗篷。」

「那一定是做夢，不然就是很久以前的事了，因為我沒有綠色的斗篷。」

「沒錯，我說的是很久以前的事。那時候是夏天，但我們去的那個地方吹來一陣寒風，妳披上那件綠色斗篷，但沒有把帽子戴上。可能是市場或某種慶典。那個村莊在山坡上，一踏進村口，就可以看到一個圈羊的圍欄。」

「我們在那裡幹麼？」

「我們只是手挽著手走在路上，然後突然冒出一個陌生人，是那個村子裡的人。他瞥了妳一眼，像看見女神似的盯著妳瞧。妳記得嗎？他還驚呼說從來沒看過這麼美的女人。然後他伸手要摸妳的手臂。妳記得這回事嗎？」

「我好像有點印象，但模模糊糊的，我想那是一個醉鬼。」

「或許有點醉吧，我不知道。我說過，那天好像在舉行慶典。他看了妳一眼，驚為天人，說妳是他這輩子見過最美麗的女人。」

「這一定是很久以前的事了！對了，這不就是你吃醋和那個男人吵架，差點害我們被村民趕出去的那一天嗎？」

「我不記得發生過那種事，我只記得妳披著綠色斗篷，那個陌生人看到我保護著妳，轉頭對我說，妳是他畢生見過最美的人，要我務必好好照顧妳。他就是這麼說的。」

「我好像想起來了，但我確定你因為吃醋而和他吵起來。」

「即便現在回想起來，我仍然覺得充滿驕傲，怎麼可能會因為這種事情吵架？妳是他見過最美的女人，他還叫我要把妳照顧好。」

「就算你覺得驕傲，你也吃了醋。即便那個男人喝醉了，你不照樣找他算帳？」

「我記得不是這樣。也許是我開玩笑，故意露出幾許醋意，但我應該知道那傢伙沒有惡意。這是我今天早上起床時想到的，雖然已經是很多年前的事了。」

「如果你記得是這樣，那就是這樣吧。在迷霧的影響下，任何記憶都很珍貴，我們最好牢牢記住。」

「不知道那件斗篷後來怎麼樣了。妳一直把它照料得很好。」

「那不過是件斗篷，和其他斗篷一樣，一定會穿舊了。」

「是不是弄丟了？或許掉在某個陽光普照的岩石上？」

「我想起來了，我還因為斗篷不見了而狠狠地責怪你。」

「我相信是的，雖然我想不起來妳為什麼怪我。」

「不管是不是迷霧的關係，我們能想起幾件往事，真是讓人鬆了口氣。可能是上帝聽到了我們的祈禱，趕緊幫我們記起來。」

「只要我們有決心，我們還會想起更多事情，到時候任何狡猾的船夫都騙不了我們。吃吧，已經晚了，我們要趕緊出發爬上那條陡坡。」

他們走回艾佛家時，經過了他們前一晚差點被攻擊的地方，聽到上面有個聲音傳來。他們四下張望，才發現威斯頓站在一道城牆上的瞭望台。

「很高興看到你們還沒走，朋友，」戰士往下喊道。

「還沒，」艾索大聲回答，往前走了幾步。「不過我們正趕著上路。你呢？你今天要在這兒休息嗎？」

「我很快也得走了。能不能麻煩你跟我聊一會兒，先生？我會感激不盡的。我保證不會耽誤你太久。」

艾索和碧亞翠絲交換眼神，她低聲說：「你有興趣就和他聊聊吧。我先回艾佛家，打點路上要用的東西。」

艾索點點頭，轉身對威斯頓喊說：「那好，要我上去嗎？」

「都可以，我也很樂意下去。但今天天氣很好，這裡景觀優美，足以讓人精神一振。如果你不嫌爬梯子麻煩，請上來和我一同欣賞。」

「去看看他想做什麼，」碧亞翠絲低聲說：「不過要小心，我說的可不只是梯子。」

他小心翼翼踏上每一個階梯，爬上瞭望台，他伸出手等著他。艾索在狹窄的平台上站穩了，低頭看見碧亞翠絲還站在下面盯著他，直到他高興地揮揮手，她才有些不情願地離開前往艾佛家。在這個制高點可以看得很清楚。他盯著碧亞翠絲看了一會兒，轉身凝望遠方。

「你看，我沒騙你吧，」威斯頓說，兩人並肩站著，風吹在他們臉上。「舉目所及，景色確實壯觀。」

他們那天早上看到的風景，或許和現在從普通英格蘭鄉村住宅的高窗看到的景緻差不了多少。兩人的右側是山谷的邊坡，順著綠色山脊延伸過來，左側的山坡則長滿了松樹，遠遠望去像是與地平線融為一體，正前方是一覽無遺的山谷，水流沿著彎曲的河道前進，看不到盡頭，更遠處是大片的沼澤，穿插著幾窪池塘和湖泊。河邊應該有榆樹和柳樹，另外還有濃密的林地，在那種時代，森林總會帶有一種不祥之感。在河的左岸，陽光照不到的地方，可以看到棄置多年的村落遺跡。

「昨天我騎著馬從那邊的山坡下來，」威斯頓說：「我的馬沒來由地向前奔馳，好像只是跑著好玩。我們快速越過田野、經過湖泊和河川，我的興致高昂。說也奇怪，我覺得彷彿回到了童年生活的場景，但記憶所及，我沒來過這個地方。會不會是我小時候曾經路過這裡，只是年紀太小不知道自己身在何處，但又沒有小到不記得這些景象？這裡的樹木、沼澤和天空，似乎喚起了一些失落的記憶。」

「有可能，」艾索說：「這個地方和你位在更西邊的出生地有很多相似之處。」

「準是這樣沒錯。在我們的沼澤地，根本沒有山丘可言，樹木和草地也沒有眼前這種顏色。我的馬在爽快奔馳時弄壞了蹄鐵，雖然這裡的好心人今天早上給牠換了馬蹄鐵，我還是得慢慢騎，因為有隻馬蹄瘀血了。事實上，先生，我請你上來不只是要欣賞風景，而是為了避人耳目。我想你已經聽說愛德溫那個孩子的遭遇吧？」

「艾佛先生跟我們說了，在你勇敢拔刀相助之後，實在不應該聽到這種消息。」

「你或許也知道，村裡的長老認為那孩子在這裡會遭遇不測，所以拜託我把他帶走。他們要我把孩子帶到某個遙遠的村莊，編個故事說我在路邊發現他迷路了。我是很樂意幫這個忙，只不過我擔心這種作法恐怕救不了他。消息傳得很快，下個月或明年，那孩子就會陷入和今天相同的困境，不過到時候他的處境恐怕只會更悲慘，畢竟已經沒有人認識他的家人。你明白我的意思嗎？」

「你是聰明人，知道要擔心這種結果。」

戰士一邊說話，一邊凝望前方，糾結的亂髮被風吹到臉上，他隨手往後一撥。就在這個時候，他好像突然在艾索的臉上看到了什麼，一度忘記自己要說的話。他歪著頭凝視艾索，然後笑了笑說：「請見諒，我剛才想到一件事。不過先回到我之前的說法。在昨晚之前，我對那個男孩一無所知，但他沉著地面對看到的每一個恐怖景象，著實讓我佩服。他的親友雖然勇敢地和我一起出征，但當我們靠近惡魔的營地時，他們完全克服不了恐懼。而那個男孩儘管落在惡魔手上很久，他冷靜的態度卻讓我忍不住讚嘆。想到他的命運此刻可能就要結束，我非常難過。所以我一直尋思出路，如果你和尊夫人答應幫忙，事情也許可以圓滿解決。」

「我們很願意盡力幫忙，且讓我聽聽你有什麼建議。」

「長老要我把男孩帶到遙遠的村莊，他們指的當然是撒克遜村莊。但正是在撒克遜村莊，那孩子的安危才叫人擔心，因為撒克遜人對他身上的咬傷很迷信。不過要是把他帶到不列顛人的村落，他們知道這些迷信純屬無稽，即使消息傳到那裡，他也不會有危險。那孩子很堅強，而且就像我剛才說的，他有過人的勇氣，即使他不太說話。不管他到哪裡，一定都會成為一個好幫手。你先前說你們要前往兒子的村莊，我想那應該就是我們要找的地方。如果你和尊夫人為他求情，再加上令郎的支持，這件事肯定會有好結果的。當然，如果是我把孩子帶去，那些好心人可能也會收容他，但他們和我素昧平生，不免引起恐懼和懷疑。除此之外，我是來辦事的，沒辦法跑那麼遠。」

「你的意思是，」艾索問：「讓我太太和我把那孩子帶走。」

「正是此意。我至少可以和你們同行一段路。你先前說要走那條山路，我很樂意陪你們和那孩子一起上路，至少結伴走到另一個山頭。你們可能會嫌我無趣，但眾所周知，那幾座山裡有不少危險，我的劍對你們或許還有些用處，還能把你們的行囊交給我的馬匹載運，即使牠腳痛也不會埋怨的。你說怎麼樣呢，先生？」

「我認為這是個很好的計畫。內人和我聽到那孩子的遭遇都很難過，只要能幫忙解決這件事，我們都很樂意。你說的對，他只有跟不列顛人在一起才安全。我相信我兒子的村莊會善待他的，因為我兒子在那裡備受敬重，雖然年紀輕，但地位不低。他會為這個孩子說話的，而且一定會讓當地人歡迎他。」

「這樣我就放心多了。我會把我們的計畫告訴艾佛先生，設法將那個孩子悄悄從穀倉帶走。你和你太太準備出發了嗎？」

「我太太此刻正在收拾路上要用的東西。」

「那麼請到南邊的閘門等我。我會盡快帶馬匹和愛德溫那孩子過去跟你們會合。我實在很感激你為我分擔這個煩惱，也很高興我們可以同行幾天。」

4

他長這麼大了還沒從這麼高又這麼遠的地方看過自己住的地方，不由得感到驚訝。此刻村莊看起來像是一個他可以握在手裡的東西，在午後的霧靄中，他屈起手指，試著一手掌握眼前的景象。老太太看他爬上樹，擔心得不得了，站在樹下大聲叫他別再往上爬了。但愛德溫不理她，因為他對樹比誰都在行。那個戰士叫他去把風的時候，他就仔細挑了一棵榆樹，儘管它外觀看似脆弱，但他知道這棵樹有奇妙的韌性，而且非常歡迎他。除此之外，要觀察前面那座橋，以及過橋之後的那條山路，這棵樹是最好的位置，他還能清楚看見那三名士兵正在和一個騎士說話。騎士已經從馬匹上下來，抓住馬勒好控制那匹不安的馬，並且疾言厲色地和士兵起爭執。

他對樹木瞭若指掌，這棵榆樹就像是史提法。「就讓他被送走，留在森林裡自生自滅。」年紀較大的男孩們是這樣說史提法的。「沒辦法工作的老殘廢，不都是這個下場？」但愛德溫看到的是真正的史提法：一位古代戰士，私底下仍然十分硬朗，連長老都沒有他這麼聰明。老史提法是全村唯一真正上過戰場的人，他的腿就是在打仗的時候廢掉的。反過來說，正因如此，史提法也能看出真正的愛德溫。村裡其他比較健壯的男孩會基於好玩而把愛德溫壓在地上毆打。但擁有戰士靈魂的人是愛德溫，不是他們任何一個。

「我一直在觀察你，孩子，」老史提法對他說過。「被一陣亂拳毆打的時候，你的眼神依然冷靜，彷彿要把每一拳都記下來。這種眼神我只在最優秀的戰士身上見過，他們即使在烽火中也能冷靜自持。你很快會成為令人聞風喪膽的一號人物。」

就從今天開始。一如史提法的預言，他將成為一名戰士。

一陣強風吹得榆樹搖搖晃晃，愛德溫改攀著另一根樹枝，再次回想起早上發生的事。他嬸嬸的臉扭曲得彷彿成了另外一個人。她不斷厲聲詛咒他，但艾佛長老不等她罵完，便把她從穀倉的門口推出去，不讓愛德溫看見她。嬸嬸向來對他很好，但如果她現在想要詛咒他，他也不在乎。不久之前，她還想要叫愛德溫喊她「媽媽」，但他一直不肯，因為他知道自己的媽媽只是出門旅行了。他的媽媽才不會像那樣咒罵他，罵到艾佛長老不得不把她拖走。而且今天早上，就在穀倉裡，他聽見媽媽的聲音了。

當時艾佛長老把他往裡面一推，推進黑暗中，同時關上門，不讓他看見嬸嬸扭曲的模樣和其他那些人的嘴臉。那台四輪推車最初只是一團黑色的東西，在穀倉中央若隱若現。然後他漸漸看出它的輪廓，他把手伸過去，木頭摸起來潮濕又腐爛。外面又傳來叫囂聲，接著是劈里啪啦的聲響。一開始只有零星幾聲，後來他聽到東西破裂的聲音，然後穀倉變得好像稍微沒那麼暗了。

他知道劈里啪啦的聲響是因為有人拿石頭丟向牆壁，但他完全不當一回事，只顧專心看著眼前的推車。這台推車有多久沒用了？為什麼傾倒在這兒？如果派不上用場了，為什麼被保存在穀倉裡？

就在這時候，他聽見她的聲音。一開始因為外面的喧鬧聲，很難聽清楚，但後來逐漸清晰。

「這不算什麼，愛德溫，」她說：「沒什麼，你可以輕易度過的。」

「但長老可能沒辦法永遠擋住他們，」他低聲對著眼前的一片黑暗說，同時伸手撫摸車身。

「這不算什麼，愛德溫。根本不算什麼。」

「石塊可能會打破牆壁。」

「別擔心，愛德溫。你不知道嗎？你可以控制那些石頭。瞧，你前面是什麼？」

「一台破舊的四輪推車。」

「嗯，說對了。去推動它啊，愛德溫，推著它轉，因為你是繫在上面的騾子。轉啊轉，愛德溫。只有你去轉，車輪才會動，只有你去轉，石頭才會繼續丟過來。轉啊轉，愛德溫。轉啊轉，推車的輪子轉啊轉。」

「為什麼我要這麼做？」在他說話的同時，雙腳已經開始動了起來。

「因為你是騾子，愛德溫。轉啊轉。你聽到的那些尖銳的劈啪聲了，除非你轉動它，否則聲音不會繼續下去。轉吧，轉啊轉，轉動車輪。」

於是他聽她的話，把手放在車把上，兩手不斷擺動。他這樣轉了幾次？一百次？兩百次？他看到角落有個神祕的土丘，在另一個角落，一道陽光劃過地板，旁邊躺了一隻死烏鴉，羽毛仍然完整無缺。隱約中，土丘和死烏鴉的畫面一再出現。他一度大聲問道：「婻婻真的在詛咒我嗎？」但他沒有聽到任何回答，他懷疑媽媽是不是已經走了。但後來她的聲音又出現了，她說：「做你的事，愛德溫。你是騾子。不要停。一切都由你控制。如果你停下來，那些聲音也會停止。有什麼好怕的呢？」

他轉了三四圈，沒聽到任何劈啪聲。後來彷彿要彌補似的，一連串的劈啪聲同時響起，外面的叫喊聲也變得愈來愈尖銳了。

「妳在哪裡，媽媽？」他問了一次。「妳還在旅行嗎？」

沒有回答，又轉了幾圈以後，那個聲音說：「我本來想給你生個弟弟妹妹，生很多個。但現在只有你一個人。所以為了我，你要找到力量。你十二歲，差不多算是長大了。你必須把自己當成四五個強壯的兒子用。找到力量，然後來救我。」

一陣強風吹來，榆樹再度搖晃，愛德溫懷疑當時他被關的那座穀倉，會不會就是村民在野狼入侵那一天躲藏的穀倉。這個故事老史提法不知跟他說了多少次。

「你當時年紀還很小，恐怕小到根本不記得有這回事。在光天化日之下，三隻野狼大剌剌闖進村子裡。」接下來，史提法的聲音充滿了輕蔑。「全村的人都怕得躲起來，有些男人到田裡去了，但還有很多人留在村子裡，他們都跟著躲進穀倉裡。不只是女人和小孩，連男人也躲了進去。他們說，野狼的眼睛很奇怪，最好不要招惹牠們。於是野狼為所欲為，殺了母雞，大啖山羊，而村民們從頭到尾都躲著不敢出來。有人躲在家裡，但多半躲在穀倉裡。我是個殘廢，他們把我留在原地，我坐在推車上，這兩條廢掉的腿掛在那裡，就在明德里太太家外面的水溝邊。野狼跑步過來。我說，過來把我給吃了吧，我才不會為了一匹狼就躲進穀倉裡。但牠們對我沒興趣，我眼睜睜看著牠們走開，牠們的毛髮還掠過我這雙沒用的腳。牠們在村裡大肆破壞，等牠們離開了很久以後，那些勇士才從原先藏身的地方躡手躡腳走出來。大白天來了三匹狼，這裡卻沒有一個男人挺身應戰。」

他轉動推車的時候，想起了史提法的故事。「妳還在旅行嗎，媽媽？」他又問了一次，同樣沒有任何回答。他的腿愈來愈痠，他再也不想看到那堆土丘和那隻死烏鴉。最後她終於說：「夠了，愛德溫，你很努力。現在你儘管把戰士叫來，不用再轉了。」

聽到這句話，愛德溫鬆了一口氣，但他繼續轉動推車。他知道把戰士喚來需要很大的氣力。他必須像前一晚那樣，打從心底渴望他過來。

不知怎的，他找到了動力，而當他確定戰士已經在前來的路上，便開始放慢步調，因為即便是騾子，拉車的速度也會愈來愈慢。同時他發現劈里啪啦的聲音逐漸稀落。但一直到聲音停息了很久之後，他才終於停下來，靠在推車邊喘息。突然間，穀倉的門打開了，那個戰士就站在門口，背後是炫目的陽光。

威斯頓走進來的時候，把穀倉的門大大地打開，彷彿是對方才聚集在外面的任何敵人感到不屑。陽光灑進穀倉，愛德溫四下打量，原先在黑暗中十分引人注目的推車，這會兒看起來破破爛爛的，十分可悲。威斯頓是不是叫他小伙伴？愛德溫不太確定，但他清楚記得戰士領他走進陽光裡，撩起他的上衣，仔細檢查傷口。然後威斯頓站起來，朝他後面看了看，低聲說：「我的年輕朋友，關於你這個傷口，你有沒有遵守昨晚的約定？」

「有，先生，我完全照你的話做。」

「你沒有告訴任何人，甚至沒告訴你那位好嬸嬸？」

「我沒有告訴任何人。即使他們都相信這是食人魔咬傷的，還因此討厭我。」

「就讓他們繼續這樣相信，好伙伴。如果他們知道你究竟是怎麼受傷的，結果恐怕會比現在慘上十倍。」

「可是我那兩個和你一起來的叔叔呢？他們不知道真相嗎？」

「你的叔叔雖然勇敢，卻怕得不敢走進營地。所以要保密的只有我們兩個，一旦傷口復原，誰也用不著懷疑什麼。傷口盡量保持乾淨，不要抓，白天晚上都一樣。你懂嗎？」

「我懂，先生。」

先前他們在攀爬山谷邊坡時，愛德溫趁著停下來等候那兩位不列顛老人的空檔，曾試著回想他受傷時的情況。當時他站在石南花的殘株間，拉著威斯頓坐騎的轠繩，心裡一片模糊。不過此刻站在榆樹的樹枝上，往下盯著橋上微小的人影，他想起了那股潮濕的空氣和漆黑，熊皮濃烈的氣味籠罩著小小的木籠子，他感覺甲蟲飛到他的頭上和肩膀上。猛地籠子震了一下。他記得他當時調整好姿勢，抓住前方晃動的木柵欄，避免在籠子被拖行的時候摔倒。然後一切似乎恢復平靜，他等著熊皮被掀開，冷空氣湧進來，他好就著附近的火光在黑夜中瞥一眼。那個晚上這種情況已經發生了兩次，他不再那麼害怕。他又想起了更多：食人魔的臭味、衝撞木籠子的邪惡小怪物，逼得愛德溫不得不全力反抗。

那隻小怪物的動作很快，很難看清楚。他依稀記得牠的體型和一隻小公雞差不多，只不過沒有雞嘴和雞毛。牠以牙齒和爪子攻擊，同時發出尖銳的叫聲。愛德溫相信牠的牙齒和爪子傷不了木柱，但小怪物的尾巴不時會甩向籠子，籠子顯得不堪一擊。幸好牠還小，不知道自己的尾巴有多大的威力。

儘管當時他覺得這些攻擊似乎永無止盡，但如今想來其實沒過多久，就看到小怪物身上的皮帶被扯了一下，牠被拉了回去。然後熊皮又啪的一聲罩下來，一切重歸黑暗，等籠子被拖到另一個位置時，他必須再度牢牢抓著柵欄。

他得忍受多少次這樣的過程？會不會只剩兩次或三次？還是十次，甚至十二次？說不定他在第一次被攻擊後就睡著了，其他幾次的攻擊都是他做夢的。

到了最後那一次，熊皮很久沒有被掀開。他等著，豎起耳朵留意怪物的叫聲，有時距離很遠，有時近得多，還有食人魔交談時的咕嚕聲，他知道接下來恐怕會面臨不一樣的遭遇。他一邊預期會有慘劇發生，一邊祈求有人會來救他。這是打從生命深處發出的請求，像是一種禱告，當這個念頭剛在他心裡成形，他就確定會得到應許。

就在那一刻，籠子開始振動，愛德溫發現籠子正前方的柵欄已經整個被拉開。他不由得向後退縮，在此同時，熊皮被掀起，那隻凶猛的小怪物朝他衝過來。他當時坐在籠子裡，本能地抬起雙腳往前踢，但小怪物的動作敏捷，愛德溫不得不用拳頭和手臂回擊，還一度閉上眼睛，而當他再度睜開雙眼時，卻看到他的對手被繩子拉了回去，爪子在半空中揮舞。他總算可以好好把這隻怪物看個清楚：像是一隻被拔了毛的雞，長脖子上頂著蛇頭。小怪物又衝了過來，愛德溫再度拚命把牠擊退。然後，突然間，他面前的柵欄又關上，熊皮再度覆上，讓他陷入黑暗中。直到他瑟縮在小籠子裡，才感覺到左邊肋骨底下一陣刺痛，還摸到濕濕黏黏的東西。

愛德溫調整他踩在榆樹上的位置，伸出右手輕輕撫摸傷口。現在已經沒有那麼痛了。攀爬山坡的時候，粗糙的上衣摩擦著傷口，讓他痛得一臉苦相，但像現在這樣靜止不動時，他幾乎一點感覺也沒有。即使早上戰士在穀倉替他檢查傷口的時候，那些小傷口看起來頂多像是一堆小針孔。那只是皮肉傷，遠不如他以前受過的許多傷嚴重。然而因為人們認定他是被食人魔咬傷的，所以才會惹出這麼多麻煩。如果他當時以更大的決心面對那隻怪物，或許根本不會受半點傷。

但他知道自己其實沒什麼好羞愧的。他從頭到尾都沒有被嚇哭，或是懇求食人魔放過他。經歷幾次攻擊之後，或說是被偷襲，他就挺身迎戰。事實上，他當時頭腦很冷靜，他發現小怪物是個幼兒，就像一隻不聽話的狗，要讓牠心生畏懼並非難事，所以後來他一直睜大眼睛，想瞪到牠不敢上前。他知道媽媽會為他感到驕傲的。現在想起來，那隻怪物發動攻擊後沒多久，力道就愈來愈弱，反而是愛德溫逐漸占了上風。他再度回想怪物張牙舞爪的模樣，他覺得牠並沒有想要繼續戰下去，只是因為被皮繩勒住脖子而感到恐慌。而且很可能是食人魔判斷愛德溫打贏了，才讓比賽戛然而止。

「我一直在觀察你，孩子，」老史提法說過：「你有一種過人的特質。有一天你會找到一個人，把配得上你這個戰士靈魂的技藝傳授給你。日後你會令人聞風喪膽，而不會因為野狼入侵就躲進穀倉裡。」

現在一切苦難即將過去。戰士選中了他，他們要一起去辦一件大事。但他們的任務是什麼呢？威斯頓沒有說清楚，只說他遠在沼澤地的國王還等著他把事情完成。另外，這兩個常常需要休息一會兒的不列顛老人，為什麼會和他們一起上路呢？

愛德溫低頭望著他們。他們正在和戰士討論事情。老婦人已經放棄說服他要小心，他們三人躲在兩棵巨大的松樹後面，盯著橋上的士兵。從這個制高點，愛德溫看到遠方那位騎士已經再度上馬，伸手指向天空。三名士兵和他分道揚鑣，騎士把馬掉了頭，離開橋上，往山下奔馳而去。

愛德溫先前想不通戰士為什麼不願意走主要的山路，堅持要從山谷邊陡峭的捷徑切過去。現在他明白了，他是想要避開方才見到的那種騎士。但現在如果不走穿過瀑布的那座橋樑，他們似乎沒辦法繼續前進。可是那三個士兵還在那裡。威斯頓從下面那裡看得到騎士已經離開了嗎？愛德溫很想告訴他，但又覺得不應該在樹上大喊，以免被士兵聽見。他得爬下樹去告訴威斯頓才行。剛才有四個可能的對手，戰士可能會猶豫該不該正面衝突，但現在橋上只剩下三個人，他或許覺得自己還有勝算。如果只有愛德溫和戰士，他們早就挺身面對那幾個士兵，但因為還有那對老夫妻，威斯頓才必須小心行事。戰士偕他們同行一定有好理由，他們也一直對愛德溫很好，不過和他們同行實在令人洩氣。

他又想起了嬸嬸扭曲的五官。她尖聲咒罵他。不過那些都不重要了，因為他現在和戰士在一起，而且他踏上旅程了，就跟他媽媽一樣。誰說他們不會正好遇見她？看到他和戰士並肩站在一起，她一定會很驕傲的。她旁邊的男人一定都會嚇得發抖。

5

經過大半個早上辛苦地爬坡之後，他們一行人被一條湍急的河流擋住去路。於是他們又往下走了一段路，穿過隱密的林地，尋找主要的山路，他們推測一定會有條跨河的橋樑。

他們想的沒錯，確實有座橋，可是當他們發現橋上有幾名士兵時，便決定先在松樹群間休息，順便等那幾個人離開。起初那幾個士兵看起來不像是要駐守在那裡，純粹只是到那邊休息一陣子好恢復體力。可是過了一段時間，他們都沒有露出要走的跡象。他們輪流趴在橋上，往下舀水潑在臉上，或是倚靠木欄杆席地而坐擲骰子。接著有個人騎馬過來，那幾個士兵立刻起立，聽憑騎士下達指示。

雖然不像愛德溫在樹上看得那麼清楚，但躲在樹木後面的艾索、碧亞翠絲和威斯頓也看到了整個景象，一等騎士離開之後，他們三個人便一臉疑問地看看彼此。

「他們可能還會待很久，」威斯頓說：「兩位又急著趕去修道院。」

「我們最好在天黑前趕到，」艾索說：「聽說母龍魁里格會在那個地方出沒，只有傻瓜才會在天黑之後還在外面遊蕩。你看他們是哪裡的士兵？」

「距離這麼遠不容易看出來，而且我對本地的服飾也不瞭解。但我想他們應該是不列顛人，布倫努斯勛爵麾下的人。或許夫人可以糾正我？」

「太遠了，我老眼昏花看不清楚，」碧亞翠絲說：「但我想你說的沒錯，威斯頓先生。我經常看到布倫努斯的軍隊穿著像他們那樣的黑色制服。」

「我們沒什麼可隱瞞的，」艾索說：「只要把目的地說清楚，他們會讓我們安然過橋的。」

「這一點我相信，」威斯頓說，接著沉默片刻，凝視著橋上。士兵又坐了下來，好像要繼續擲骰子。「儘管如此，」他接著說：「假如我們要在他們的監視下過橋，我有個提議。艾索先生，你和碧亞翠絲夫人走在前面，和那些人說話時要機靈一點。那孩子可以牽著馬跟在你後面，而我就走在他旁邊，像個獃子似的張大嘴，兩眼無神。你務必要跟那些士兵說我是啞巴，還是個傻瓜，那孩子和我是兄弟，是人家借給你們抵債的。我會將這把劍和腰帶藏在馬匹的包袱裡。萬一被他們發現，你千萬要說那是你的劍。」

「真的有必要這樣作假嗎？」碧亞翠絲問道。「這些士兵或許經常粗俗無禮，但我們遇過很多士兵一點問題也沒有。」

「當然，夫人。但身懷兵器，指揮官又遠在天邊，這樣的人只怕信不過。而我呢，是一個他們覺得可以譏笑和質疑的陌生人。叫那孩子從樹上下來，然後照我的計策行事。」

他們走出林子，和橋樑還有一段距離時，士兵很快就看到他們，並且站了起來。

「威斯頓先生，」碧亞翠絲小聲地說：「我擔心事情不會這麼順利。不管你裝癡或扮傻，一看就知道是個戰士。」

「我的演技不好，如果妳能幫我裝得像一點，我很樂意配合。」

「問題出在你走路的樣子，」碧亞翠絲說：「你走路還是一副戰士的架勢。試試走個幾小步，再邁一大步，好像隨時會跌倒似的。」

「好建議，謝謝妳。現在我應該閉上嘴了，不然他們可能會發現我不是啞巴。艾索先生，機靈點，說服這些傢伙放我們過去。」

他們朝橋樑走去時，腳下河水沖刷岩石的聲音愈來愈響亮，艾索覺得這是不祥之兆。他走在前面帶路，後面傳來馬蹄踩在青苔地的悶響，在距離那幾個士兵只有幾步之遙的地方，一行人停了下來。

那些人身上沒有盔甲，但穿著一模一樣的戰袍，一條粗皮帶從右肩披掛至左臂。他們的劍插在劍鞘裡，不過其中兩個人用手按著劍柄，隨時準備拔劍出鞘。其中一個體型矮小壯碩，另一個也不高，年紀很輕，比愛德溫大不了多少。兩人的頭髮都剪得很短。相形之下，第三名士兵身材高大、灰髮及肩，經過一番精心梳理，額頭上套了一條深色細繩。除了外表，他的舉止和同袍也有明顯的差異，那兩個矮士兵僵硬地站在橋上擋住去路，高的那個則站在他們後面幾步的地方，百無聊賴地倚著橋柱，雙臂交叉胸前，彷彿是夜晚在營火旁聽故事。

矮士兵向前走了一步，艾索對他說：「日安，各位大人。我們沒有惡意，只想平平安安地過橋。」

矮士兵沒有回答，一副不確定的表情，他瞪著艾索，除了慌張，也帶著幾許輕蔑。他向旁邊的年輕士兵瞥了一眼，沒得到任何回應，於是轉頭繼續瞪著艾索。

艾索覺得其中可能有些誤會，這幾位士兵想必搞錯了，他們等的應該是另外一群人。於是他說：「我們只是單純的農民，大人，要前往我們兒子住的地方。」

矮士兵現在鎮定下來，故意扯開喉嚨問：「這些跟你同行的是什麼人？看樣子是撒克遜人。」

「那兩兄弟是剛剛才跟了我們的，我們還得費心調教一番。不過你看，一個年紀還小，另一個是癡傻的啞巴，恐怕也沒辦法替我們省太多工夫。」

艾索說話的時候，那位高個子士兵彷彿想起什麼似的，歪著頭思索。矮士兵則氣乎乎地打量著艾索和碧亞翠絲後面的愛德溫及威斯頓。接著他一手握著劍柄，大步走向他們。愛德溫拉著馬，冷眼看著士兵面無表情走過來。而威斯頓則兀自咯咯笑了起來，眼神飄忽，嘴巴張得老大。

矮士兵在他們兩人間看來看去，像是在尋找線索。然後他突然惱怒起來，抓住威斯頓的頭髮使勁一扯。「沒人給你剪頭髮嗎，撒克遜人？」他在威斯頓的耳邊大吼，又扯了一下，好像要叫他跪下來。威斯頓絆了一下，但終究沒跪倒，發出令人同情的嗚咽。

「他不會說話，先生，」碧亞翠絲說：「你看到了，他很單純。他不介意人家欺負他，不過他一旦發起脾氣，我們也治不了。」

碧亞翠絲說話的時候，橋上傳來一陣騷動，艾索不禁回頭望向站在橋上那個高個子士兵，只見他舉起一隻手臂，拳起拳頭，然後又垂下手臂，一臉不以為然的樣子。艾索突然覺得自己明白那個士兵剛才在想什麼：他差點要破口大罵，但及時想起自己沒有任何權力可以管束同袍。艾索很確定自己曾經在哪裡也有過一模一樣的經驗，但他不讓自己再想下去，於是用安撫的口吻說：「你們一定有很多勤務要忙，各位大人，很抱歉耽誤了你們的時間。如果你們讓我們通過，我們很快就會閃邊，不妨礙你們了。」

但那個矮士兵還在欺負威斯頓。「他如果敢跟我發脾氣，那就太不智了！」他怒吼說：「讓他發火，嚐嚐會有什麼後果！」

最後他終於放過了威斯頓，大步走回他的崗位。他沒再多說什麼，就像是一個發怒的人完全忘了自己剛剛為什麼要發怒。

湍急的水聲似乎只是讓氣氛更加緊張，艾索在想，如果他轉身帶一行人走回樹林，這幾個士兵會有什麼反應。不過就在這一刻，灰髮士兵走上前，開口說話。

「這座橋有幾塊板子破了，大叔，也許這就是我們在這裡站崗的原因，要警告其他像你們這樣的好心人小心過橋，免得和水流一起滾下山。」

「你們真是好心，我們會留意的。」

「你那匹馬好像有點跛。」

「牠的腳受了傷，但我們希望傷勢不嚴重。如你所見，我們沒有拿牠當坐騎。」

「那些木板被河水濺得腐爛了，所以我們才在這裡看守。但看來我的同袍認為我們還有其他任務在身。所以我要問問，你和尊夫人一路上有沒有見到任何陌生人。」

「我們自己就是外地來的，」碧亞翠絲說：「所以我們很難看出誰是陌生人。只不過在路上走了兩天，我們沒看到什麼不尋常的事。」

灰髮士兵看著碧亞翠絲，眼神變得溫柔又帶著笑意。「像妳這把年紀的女士，還大老遠跑去兒子的村莊，難道妳不想乾脆搬去和他一起住，讓他每天照顧妳，而不是讓妳這樣奔波，隨時可能會遇到危險？」

「我當然希望，等我們見到兒子，會跟他說這件事。不過我們很久沒見面了，也不知道他歡不歡迎我們。」

灰髮士兵繼續溫柔地望著她。「夫人，」他說：「妳完全不必擔心。我自己住的地方也離我父母很遠，我很久沒見過他們了。或許我們曾經對彼此說過難聽的話，誰知道呢？但如果明天他們像你們這樣長途跋涉來看我，難道妳認為我不會滿心歡喜地接待他們？我不知道令郎是什麼樣的人，但我敢說他和我差不多，只要一見到你們，馬上就會喜極而泣。」

「你這麼說真是好心，」碧亞翠絲說：「我想你說的對，我丈夫和我也常常這麼說，但聽到別人這麼說，尤其是出自一個離鄉背井的孩子嘴裡，確實令人安慰。」

「平安地上路吧，夫人。如果路上有機會遇見我的父母，請客氣地和他們聊聊，叫他們繼續往前走，因為他們一定不會白跑一趟的。」灰髮士兵站到一旁，讓他們通過。「千萬記住有些木板不牢靠啊。大叔，你最好自己牽著馬，這不是小孩或傻瓜該做的事。」

矮士兵老大不高興地看著他們，儘管如此還是服從了同袍天生的權威。他繃著臉走到欄杆那裡，低頭望著河水。年輕的士兵猶豫了一下，走過來站在灰髮士兵旁邊，兩人有禮貌地點點頭。艾索向他們道了謝，領著馬兒過橋，並遮住牠的眼睛，免得牠看見橋有多高。

等到士兵和橋樑已經遠得看不見了，威斯頓才停下來，提議離開大路，走進一條穿過樹林的狹窄小徑。

「我向來有穿越樹林的本能，」他說：「而且我有把握，這條小徑會讓我們省掉一大段路。再說，避開那種經常有士兵和強盜出沒的路，我們會安全得多。」

後來就由他率領一行人前進，他拾起一根長棍撥開沿路的荊棘。愛德溫緊跟在後，拉著馬絡頭，經常對馬兒低聲說話。等到艾索和碧亞翠絲跟上來的時候，路已經開出來也好走多了。然而野草愈來愈難應付，周遭的樹木愈來愈濃密，紊亂糾結的樹根和薊草讓他們每一步都不能大意。依照慣例，他們在路上幾乎不交談，但有一次艾索和碧亞翠絲落後一段距離的時候，碧亞翠絲喊了一聲：「你還在嗎，艾索？」

「我還在，老婆大人。」沒錯，艾索就在她後面幾步而已。「別擔心，從來沒聽說這些林子有什麼危險，離大平原遠得很。」

「我只是在想，我們這位戰士的演技真不賴。他偽裝起來，恐怕連我都能唬過去，而且就算那個惡漢扯他的頭髮，他也沒有露餡。」

「沒錯，他演得很好。」

「我在想，我們有很長一段時間不會回到自己的村子裡。田裡還有很多事情要忙，籬笆和閘門也還沒修好，但他們居然讓我們走了，你不覺得奇怪嗎？等需要我們的時候，你說他們會不會埋怨我們。」

「他們會想念我們的，這一點無庸置疑。但我們不會離開很久，而且司鐸也明白我們想見見自己的兒子。」

「希望你說的對，我可不想落人口實，說我們在他們最需要幫忙的時候卻跑了。」

「總是會有人說這種風涼話，但大多數的人會明白的，易地而處，他們也希望和兒子團聚。」

有好一陣子他們只顧趕路，一句話也沒說。然後碧亞翠絲又開口了：「你還在嗎？」

「還在，老婆大人。」

「是他們不對，拿走我們的蠟燭。」

「現在誰管這個啊？而且夏天就快到了。」

「我剛才又想起這件事，而且我在想，當初可能就是因為我們沒有蠟燭，我才會犯了這個疼痛的毛病。」

「妳在說什麼啊？怎麼可能？」

「我在想，疼痛可能是黑暗造成的。」

「穿過前面那些黑刺的時候要小心，在這種地方摔跤就麻煩了。」

「我會小心的，你也一樣。」

「妳疼痛的毛病怎麼會是黑暗造成的？」

「你記得嗎，去年冬天有人說在我們村子附近看到妖精？我們從來沒有親眼看過，但人家說妖精喜歡黑暗。我們待在黑暗中的時間那麼長，我想妖精有時候可能會和我們一起窩在房間裡，只是我們不知道，然後牠讓我染上了這個毛病。」

「如果牠在房間裡，我們早就知道了。不管是不是在黑暗中，即使伸手不見五指，我們也會聽到牠行動和嘆息的聲音。」

「現在想想，我覺得去年冬天時，我有幾次在半夜醒來，你在我旁邊睡得很熟，但我確定我是被房間裡的怪聲音給吵醒的。」

「可能是老鼠或什麼動物吧。」

「不是那種聲音，而且我想我不只聽見一次。現在想起來，我的疼痛大概就是從那段時間開始的。」

「嗯，就算是妖精害的，那又怎麼樣？妳的疼痛不過是小毛病，牠這樣做也只是好玩罷了，不是想幹壞事，就像有個壞孩子曾經把老鼠頭放在伊尼德太太的竹籃裡，只是為了看她嚇得四處亂竄。」

「你說得很對，艾索。只是好玩，不是做壞事。我想你說的對。但就算是這樣……」她沒有繼續說下去，路上有兩根老樹幹交纏在一起，她正設法穿過去。然後她接著說：「就算是這樣，等我們回去之後，我一定要弄一根蠟燭，以便晚上照明。我不想讓任何妖精給我們帶來更多的麻煩。」

「我們會拿到的，別擔心。我們一回去就找司鐸談談。修道院那位隱修士會治好妳的毛病，不會造成長久的傷害。」

「我知道，艾索。我不是很擔心這件事。」

很難說威斯頓建議走捷徑這件事究竟對或不對，但無論如何，剛過正午不久，他們就走出樹林，回到主要道路上。路上有車輪的凹痕，還有不少地方泥濘積水，但這會兒他們總算可以走得比較自在，沒多久路面就變得乾淨而平坦。溫暖的陽光穿透搖晃的枝葉灑下來，他們一路上心情愉快。

威斯頓指著前方，要他們停下來。「前面不遠處有一位騎士，」他說。走沒多久，他們就看到前方路旁有一塊空地，從路上轉往空地的腳印還很新。他們互望一眼，謹慎地邁步向前。

當空地映入眼簾，他們才發現那個地方相當大，或許在比較富裕的時期，曾經有人想在這裡蓋一棟房子。從主要道路穿過來的小徑雖然長滿野草，但已經有人小心撥開了，最後通往一大片圓形的空地，除了正中央一棵枝繁葉茂的橡樹，沒有其他東西。從他們站的位置，可以看到有一個人坐在樹蔭下，背靠著樹幹。他們只看到他的側面，他似乎穿著盔甲，兩條被金屬包覆的腿像孩子似的筆直伸向草地。樹蔭遮住了他的臉，不過看得出來他沒有戴頭盔。一匹上了馬鞍的馬兒心滿意足地在附近吃草。

「報上名來！」樹下的男子大聲一喊。「凡是盜匪竊賊，我一定舉劍相迎！」

「回他的話，艾索先生，」威斯頓低聲說：「探探他想幹什麼。」

「我們只是單純的旅人，先生，」艾索大聲回答。「我們只想平安路過此地。」

「你們有幾個人？我聽到馬匹的聲音？」

「是一匹跛腳的馬。我們有四個人。內人和我是上了年紀的不列顛人，與我們同行的是一個小伙子和一個不會說話的傻瓜，是他們的撒克遜親戚不久前送給我們的。」

「那就過來吧，朋友！我有麵包可以分給你們吃，你們一定很想休息，而我也很想要有人陪陪我。」

「我們要過去嗎，艾索？」碧亞翠絲問。

「去，」艾索還來不及回答，威斯頓搶先說：「他對我們沒有威脅，聽聲音像是上了年紀的人。儘管如此，我們還是像剛才一樣演戲。我會再把嘴巴張開，裝出癡傻的表情。」

「但這個人身穿盔甲，又有武器，」碧亞翠絲說：「你的劍被毯子和蜂蜜罐包著，掛在馬匹身上，你有把握能及時抽出來？」

「還好我的劍藏了起來，不會引來懷疑。我很快就會知道我需不需要它。愛德溫會抓著韁繩，確定馬匹不會離我太遠。」

「過來吧，朋友！」陌生人喊道，維持原先僵硬的姿勢。「你們不會有事的！我是騎士，也是不列顛人。不錯，我身懷武器，但只要靠近一點，你們就看得出來我不過是個老糊塗。我佩戴這把劍和這身盔甲只是出於對君王的忠誠，也就是偉大且受人愛戴的亞瑟王。他在多年前歸天以後，我幾乎再也沒有拔過劍。我的老戰馬，何瑞斯，你們看到了，牠一直被迫負荷著這整身金屬。你們看，牠的兩腿彎曲，背部凹陷。噢，我知道每次我騎上牠的時候，牠受了多少罪。但牠寬宏大量，我知道牠說什麼也要馱著我。我們會繼續像這樣，全副武裝，以我們偉大國王之名雲游四海，一直到我們兩都再也走不動為止。來吧，朋友，別怕我！」

他們一行人走進空地，接近橡樹的時候，艾索發現這位老騎士真的不具威脅性。他的個子很高，但在盔甲底下的身體，就算不是骨瘦如柴，至少也是個瘦子。而他的盔甲磨損又生鏽，儘管他無疑已經盡力妥善保存。他的戰袍原來是白色的，現在有好幾處補釘。他的臉安詳又布滿皺紋，幾乎光禿的頭上有幾綹白髮飄動。他坐在地上動不了，兩條腿張成八字形，原本可能是一副可憐相，只不過陽光從他頭頂灑下來，照得他光影交錯，宛如帝王至尊。

「可憐的何瑞斯今天沒吃早飯，因為我們昨晚是睡在岩石地板上。然後我整個早上急著趕路，而且我承認我脾氣不好。我不願意讓牠停下來。牠的步伐慢了，但我對牠的把戲一清二楚，完全不吃這一套。我知道你不累！我對牠說，還踢了牠一下。牠對我耍的這些把戲，我一點也不買帳！但牠走得愈來愈慢，而我是個心軟的傻瓜，即使心裡明白牠在偷笑我，我還是心軟了。然後我說，好吧，何瑞斯，停下來吃個飽吧。所以我才到這兒來，又被牠耍了一頓。來，和我一起坐坐，朋友。」他伸出手，盔甲嘎嘎作響，然後從擺在他面前草地上的一個袋子裡拿出一條麵包。「這是剛烤好的，是我大約一個小時前經過一個磨坊時，人家送的。來吧，朋友，坐在我旁邊一塊兒吃。」

艾索扶著碧亞翠絲，讓她坐在橡樹根上，然後自己坐在妻子和老騎士之間，對長了青苔的樹皮、頭頂上鳴叫的鳥兒，以及老騎士遞過來的新鮮麵包，他不由得滿心感激。碧亞翠絲把頭靠在他肩上，她喘了幾口氣之後，才津津有味地吃了起來。

但威斯頓沒有坐下。他不是傻笑，就是使勁在老騎士面前扮傻充楞，然後又晃到在野草間看著馬兒的愛德溫那裡。碧亞翠絲吃完了麵包，身體往前挪了挪，對這位陌生老騎士說：「你一定要原諒我沒有早一點向你問好，先生，」她說。「但我們不常看見騎士，我一時之間嚇得說不出話。希望沒有冒犯你。」

「一點也不冒犯，夫人，很高興有你們作伴。你們的路程還很遠嗎？」

「再一天的路程，就會到達我們兒子的村莊，我們走這條山路，是希望順道拜訪山上修道院裡一位醫術高明的隱修士。」

「啊，神的僕人。相信他們會好好接待你們的。去年冬天何瑞斯的馬蹄中毒，我擔心牠死定了，那時候他們也幫了很大的忙。我幾年前摔傷時，他們的乳香讓我在療養期間好過很多。但如果你們想治好他啞巴的毛病，我想只有上帝才能讓他開口說話。」

老騎士一邊說，一邊瞥向正走過來的威斯頓，此刻他癡傻的表情消失無蹤。

「那就容我給你一個驚喜，」他說：「我會開口說話了。」

老騎士吃了一驚，盔甲嘎嘎作響，他轉頭瞪著艾索，想知道是怎麼回事。

「別怪我的朋友，騎士先生，」威斯頓說：「是我拜託他們這麼做的。但現在我們犯不著怕你，自然可以拋下偽裝。請原諒。」

「我不介意，」老騎士說：「人生在世，還是小心為上。但現在換你說說你的來歷，讓我也用不著怕你。」

「我叫威斯頓，來自東邊的沼澤地，奉君主之命到這一帶辦事。」

「啊，確實很遠。」

「是很遠，而且我對這裡應該很陌生才是。然而每次一轉彎，我彷彿就會想起某個遙遠的記憶。」

「照你這麼說，你以前一定來過這兒。」

「一定是的，我聽說我出生的地方不是沼澤地，而是在更西邊的地方。倘若你是蓋文爵士，今日巧遇自然是我的好運，你同樣來自西方，而且眾所周知，你經常在這一帶行走。」

「沒錯，我是蓋文，亞瑟王的姪子，他曾經憑著卓越的智慧和正義統治這幾個地方。我在西邊住了許多年，但近來何瑞斯和我能去哪兒就去哪兒。」

「要是能自己作主，我想今天就騎馬西行，呼吸那邊的空氣。但我有任務在身，必須趕緊把消息帶回去。不過真的很榮幸能遇見偉大亞瑟王的騎士，而且還是他的姪子。我雖然是撒克遜人，但一直很佩服他。」

「聽你這麼說我很高興。」

「蓋文爵士，我想請教你一個小問題。」

「儘管問。」

「現在坐在你身邊這位紳士，是善良的艾索先生，來自距離這裡有兩天路程的村莊。他是一位農夫，年紀與你相仿。我請你轉頭仔細瞧瞧他。請問這張臉你以前是不是見過，就算是很久以前？」

「天哪，威斯頓先生！」艾索以為已經睡著的碧亞翠絲忽地把身體往前傾。「你這麼問是什麼意思？」

「我沒有惡意，夫人，蓋文爵士來自西邊，我想他以前可能見過妳丈夫。問問有什麼關係？」

「威斯頓先生，」艾索說：「打從我們第一次見面，我就發現你不時用奇怪的眼神打量我，我一直在等你的解釋。你認為我是誰呢？」

威斯頓原本站在他們面前，這會兒整個人蹲下來，這麼做或許是為了讓自己看起來不要太過具有威脅性，不過看在艾索眼裡，倒像是為了靠近細看他的臉。

「先請蓋文爵士幫我這個忙，」威斯登說：「只要你稍微轉個頭就好。就當是一個幼稚的遊戲。我拜託你，看看旁邊這位先生，告訴我你以前有沒有見過他。」

蓋文輕笑一聲，移動身體。他似乎覺得很有趣，彷彿真的要加入一場遊戲。當他仔細看著艾索的臉，卻露出一臉驚訝的表情，甚至可以說是震驚。艾索本能地別過頭去，蓋文則驚得身體往後仰，像是要把自己埋進樹幹裡。

「怎麼樣，先生？」威斯頓問，一臉興味。

「我和這位紳士絕對不是第一次見面，」蓋文爵士說。

「你確定？歲月會讓人完全變了樣。」

「威斯頓先生，」碧亞翠絲打斷他們的話，「你想在我先生臉上看到什麼？我們和這位仁慈的騎士素昧平生，為什麼要問他這種事？」

「請原諒我，夫人。這個地方喚起我很多回憶，儘管我知道每個回憶都像是一隻不安的麻雀，遲早要消失在風裡。我一直覺得妳先生的臉會讓我想起某個很重要的記憶，說實話，這正是我提議與兩位同行的原因，不過我也是真心想確保兩位的平安。」

「但我先生一直住在這附近，你怎麼會在西邊見過他？」

「別緊張，老婆大人。威斯頓先生應該是把我和他的某個舊識搞混了。」

「一定是這樣的，朋友！」蓋文爵士說：「何瑞斯和我經常把陌生人誤認為故舊。我會說，你看那裡，何瑞斯，前面路上那個是我們的老朋友都鐸，我還以為他摔下巴登山了。然後等我騎上前去，何瑞斯會用鼻子哼一聲，像是在說，你真是個傻瓜，這傢伙年紀輕得可以當他孫子了，而且長得一點都不像！」

「威斯頓先生，」碧亞翠絲說：「請老實告訴我，我先生是讓你想起某個敬愛的人？還是害怕的人？」

「就別再問了，老婆大人。」

威斯頓的膝頭輕輕抖了一下，他仍然盯著艾索看。「我相信一定是我敬愛的人，因為我們今早見面的時候，我的心非常雀躍。不過沒多久……」他繼續打量著艾索，眼神像是在做夢一樣。然後他的臉色一沉，再度起身，別過頭去。「我無法回答妳，碧亞翠絲夫人，因為我自己也不知道。我以為和你們結伴上路，就會喚起過去那些記憶，但我還是什麼也沒想起來。蓋文爵士，你沒事吧？」

蓋文方才突然往前傾，現在坐直起來，嘆口氣。「沒事，謝謝關心。何瑞斯和我已經好幾個晚上沒睡過鬆軟的床鋪，或是在像樣的地方遮風避雨，所以我們都累了。」他舉起手撫摸額頭，但艾索覺得他真正的目的可能是遮住視線，不想看到旁邊這張臉。

「威斯頓先生，」艾索說：「既然我們現在把話講白了，或許換我問你一件事。你說你是來這個地方幫國王辦事的，但在一個承平多年的地方行走，為什麼你非要偽裝不可？如果我們夫妻和那可憐的孩子要與你同行，我們希望知道自己的旅伴究竟是什麼樣的人，他和誰交好，又和什麼人為敵？」

「這麼說很公道，先生。正如你所說的，這個地方承平多年，然而我是個撒克遜人，又在不列顛人統治的地方行走，還是布倫努斯勛爵的領地，他的士兵正四處橫行徵收玉米稅和牲口稅。我不想因為語言不通而引來無謂的爭鬥，所以才偽裝成傻瓜，這樣我們大家都會比較安全。」

「你或許說的沒錯，但剛才在橋頭那邊，我發現布倫努斯勛爵的士兵不是偷懶，而是特意駐守在那裡的，如果不是迷霧混淆了他們的心智，他們可能會更仔細地試探你。難道你是布倫努斯勛爵的敵人？」

有那麼一會兒，威斯頓若有所思，望著從樹幹延伸到他所站之處的根瘤。最後他又走向他們，坐在被壓得平整的野草上。

「好吧，先生，」他說：「我就坦白告訴你們。我不介意在你們夫妻和這位好心騎士面前這麼做。我們在東邊聽到謠傳，說我們在這裡的撒克遜同胞被不列顛人欺侮。我的國王擔心同胞的處境，派我前來觀察實情。這就是我的真實身分，我的馬匹弄傷腳的時候，我正在默默地執行任務。」

「我很明白你的立場，」蓋文說：「何瑞斯和我到了撒克遜人統治的地方，經常也必須小心翼翼。我會想要脫下這身盔甲，裝作卑微的農夫。但如果我把盔甲留在某個地方，以後要怎麼找回來？即使亞瑟王死了這麼多年，難道我們就沒有義務驕傲地佩戴著他的盾徽嗎？於是我們大膽上路，當然有人看出我是亞瑟王的騎士，但我可以很高興地說，他們的態度都非常和氣。」

「你在這一帶受歡迎並不讓人意外，」威斯頓說：「但在曾經把亞瑟王視為大敵的地方，也是如此嗎？」

「何瑞斯和我發現，亞瑟王的名號在哪裡都很受歡迎，即使是你剛才說的那些地方。因為亞瑟王對戰敗者都非常慷慨，他們很快就把他當成自己人看待。」

從亞瑟王的名字第一次出現以後，艾索就有種揮之不去的不安感。現在聽到威斯頓和蓋文爵士的談話，他想起了片段的回憶。雖然只有一點點，但有些片段可以理解自己的感受，仍然讓他感到放心些。他記得自己站在一個帳棚裡，是戰場上那種很大的帳棚。當時是夜裡，蠟燭不停閃爍，外頭的風把帳棚吹得轟轟響。帳棚裡還有其他人，或許是好幾個人，但他不記得他們的長相。而他正在生氣，但他必須暫時隱藏自己的怒氣。

「威斯頓先生，」碧亞翠絲在他旁邊說：「我們村子裡有好幾個備受敬重的撒克遜家庭。而我們今天離開的那個撒克遜村莊，你也親眼看到了，那些人生活得很好，雖然你英勇屠殺的惡魔有時會欺負他們，但絕對不是不列顛人所為。」

「這位好心的太太說的是實話，」蓋文爵士說：「我們敬愛的亞瑟王為這裡的不列顛人和撒克遜人締造了長久的和平，雖然遠方仍然戰事不斷，但在我們這片土地上，兩族早就互相往來和通婚了。」

「我看到的情況正如你們所言，」威斯頓說。「我也急著把這個好消息帶回去。但我還得翻過這幾座山看看。蓋文爵士，我不知道以後是否還有機會請教像你這麼有智慧的人，所以請容我現在發問。偉大的亞瑟王是憑什麼奇特的技能，為這些地方的人們治好戰爭的傷痛，讓如今行經此處的人幾乎看不出戰爭所遺留下來的印記和陰影？」

「問得好，先生。我的回答是，我叔叔作為統治者，從來不認為自己比上帝偉大，而且他隨時祈求神的指引。因此正如那些和他並肩作戰的人，被征服者看得出來他為人公正，也希望接受他的統治。」

「儘管如此，和昨日才屠殺自己兒女的人稱兄道弟，不是很奇怪嗎？可是亞瑟王似乎做到了。」

「你說到重點了，威斯頓先生。你說到屠殺兒女。亞瑟王對我們耳提面命，千萬不要傷害身陷戰火的無辜者。此外，他還命令我們，只要有能力，務必拯救及保護所有婦孺和老人，不管是不列顛人或撒克遜人。這樣的行為建立起人們對他的信任，即使在戰火蔓延的時候。」

「你說的是實話，但我還是覺得很不可思議，」威斯頓說：「亞瑟王統一這個國家的方式，你不覺得很了不起嗎，艾索先生？」

「威斯頓先生，」碧亞翠絲驚呼，「你究竟以為我丈夫是什麼人？他對戰爭一無所知啊！」

突然間眾人都失了神，因為走回主道路上的愛德溫放聲大叫，一陣急切的馬蹄聲愈來愈近。事後回想，艾索相信威斯頓當時必定是全神貫注於回憶過往，因為這個訓練有素的戰士幾乎沒有察覺到有人騎馬靠近，並且以高明的騎術慢下速度，朝橡樹緩緩逼近。

艾索馬上認出來者是先前在橋上對碧亞翠絲彬彬有禮的灰髮士兵。此刻他臉上仍然掛著微笑，但劍已出鞘，只不過劍尖朝下。馬匹距離大樹還差幾步的時候，便停了下來。「日安，蓋文爵士，」他說，同時點頭致意。

坐在草地上的老騎士抬頭瞪著他，一臉不屑。「你拔劍前來，打算做什麼？」

「請原諒我，我只是想要仔細盤問這幾位伙伴。」他低頭看著威斯頓。此時威斯頓再度張大了嘴，自顧自的咯咯傻笑。士兵大聲喊：「小子，不許讓那匹馬再靠近！」在另一頭，愛德溫確實牽著威斯頓的馬走過來。「聽著，小子，放開韁繩，過來站在我面前，和你的傻瓜哥哥在一起。快過來。」

愛德溫就算聽不懂士兵說的話，似乎也明白他的意思。他把馬匹留在原地，慢慢走到威斯頓身邊。那位士兵稍微調整坐騎的位置，艾索看到他的動作，立刻明白他是想要在自己和攻擊目標之間保持某種角度，以便萬一衝突爆發，他可以取得最大的攻擊優勢。原本馬匹的位置會擋住他朝威斯頓揮劍，攻擊範圍和威力都會降低，威斯頓則有時間閃避或逃跑。但稍微調整馬匹的位置以後，加上威斯頓手無寸鐵，回擊無異自找死路。士兵似乎也老練地把威斯頓的馬考量在內，牠現在位在士兵後面，威斯頓如果要跑過去騎馬，必須繞一大圈，很可能在到達目的地之前，就會被敵人從背後一劍刺穿。

艾索一面留意這些細節，一面暗自佩服士兵的戰術，也很驚訝自己明瞭這些意涵。他想起曾經在某次重要的小型軍事行動中，他把坐騎輕輕往前推，讓自己和另一位騎士位在同一陣線上。那天他們在做什麼？他記得他和另一名騎士在馬背上等了老半天，接著策馬越過一大片灰色沼澤。他同伴一直跑在前面，因為他記得他看到馬尾巴在他面前晃來晃去，心裡還在想這樣的動作是反射性的，還是因為強風使然。

艾索拋開這些令人困惑的想法，費力站了起來，接著扶起妻子。蓋文爵士仍然坐在原地，彷彿被困在橡樹下，怒視著眼前這位士兵。然後他小聲地對艾索說：「先生，扶我起來。」

艾索和碧亞翠絲兩人各攙扶一邊，好不容易讓老騎士站了起來。等全副盔甲的他終於站直了，挺起胸膛，這才發現他看起來風采堂堂。但蓋文爵士依舊悶悶不樂地瞪著士兵，最後是艾索先開口說話。

「你為什麼要追過來呢，我們只是單純的過路人？你忘了一個小時前，你已經在瀑布那裡盤問過我們了嗎？」

「我記得你，大叔，」灰髮士兵說：「雖然我們上次見面的時候，我不知道中了什麼邪，忘了我們守橋的目的，直到站崗結束，我騎馬回營的時候，才突然想起來。我想到你和你的同伴輕易蒙混過關，於是立刻掉頭，追上你們。小鬼！別到處跑，乖乖待在你那傻瓜哥哥旁邊！」

愛德溫繃著臉走回威斯頓旁邊，一臉狐疑地望著他。威斯頓仍然咯咯傻笑，嘴角留下一行口水。他的眼睛四處轉，艾索猜測他其實正在衡量他和馬匹及對手的距離。

「蓋文爵士，」艾索低聲說。「如果出了事，拜託你幫忙保護我太太。」

「我以名譽擔保，放心吧。」

艾索感激地點點頭。灰髮騎士下了馬，艾索再度欣賞起他下馬的技巧，他落地之後，面向威斯頓和那孩子的距離和角度與剛才絲毫不差；他的劍尖仍然朝下，免得累壞了手臂，同時有馬匹護身，以防有人冷不防從後面攻擊他。

「我要告訴你上次見面時，我們忘了什麼事。我們剛收到消息，說有一名撒克遜戰士帶了一個受傷的少年離開附近一個村子。」士兵朝愛德溫點點頭。「一個和那個小伙子年紀相仿的少年。我不知道你和這位善良的婦人跟這件事有什麼關係。我要找的只是那個撒克遜人和他帶走的少年。只要你坦白說出來，就不會惹禍上身。」

「這裡沒什麼戰士。我們跟你沒有過節，和布倫努斯勛爵也沒有，我想他是你的主子吧。」

「你知不知道自己在說什麼？掩護敵軍是要受到懲罰的，不管你年紀多大。和你同路的啞巴和少年是什麼人？」

「我先前說過了，他們是人家送給我們抵債的。他們要為我們工作一年，還清家人的債務。」

「你確定自己沒弄錯？」

「我不知道你找的是誰，但絕不會是這兩個可憐的撒克遜人。你在這裡跟我們耗的時候，你的敵人可是在其他地方逍遙啊。」

艾索的聲音帶有一種威嚴，士兵想了想他說的話，態度開始猶疑。「蓋文爵士，」他問：「你對這些人知道多少？」

「何瑞斯和我在這裡休息的時候，他們剛好經過。我相信他們很單純。」

士兵再次打量威斯頓。「一個不會說話的傻瓜，是嗎？」他上前兩步，舉起劍，抵著威斯頓的喉嚨。「但他和我們其他人一樣怕死吧？」

艾索發現這是士兵第一次犯錯。他一時疏忽太過靠近對手了，現在威斯頓有可能以迅雷不及掩耳的速度，抓住他舉劍的手臂。然而威斯頓只是繼續傻笑，不過士兵的這個動作似乎惹惱了蓋文爵士。

「不過一小時前，他們對我來說還是陌生人，」他大聲咆哮。「但現在我不會任由他們受到這種無禮的對待。」

「這不關你的事，蓋文爵士。我請你保持緘默。」

「你竟敢用這種口氣對亞瑟王的騎士說話？」

「有沒有可能，」士兵說，對蓋文爵士的話置若罔聞。「這個傻瓜是戰士假扮的？既然他沒有武器，是不是都無所謂了。不管他是誰，我的劍都夠鋒利。」

「他好大的膽子！」蓋文爵士喃喃自語。

或許是突然發現自己犯了戰術上的錯誤，灰髮士兵退後兩步，把劍舉到腰部的高度。「小鬼，」他說：「過來。」

「他只會說撒克遜語，而且生性害羞，」艾索說。

「他用不著說話，只要撩起上衣，我們就知道他是不是和戰士一起離開村子的少年。小鬼，往前走一步。」

愛德溫上前一步，騎士把另一隻手伸過去。愛德溫試著撥開他的手，雙方一陣扭打，但他的上衣很快就被撩了起來，艾索看到他肋骨下面一點的地方一片紅腫，還有一點一點乾掉的血跡。碧亞翠絲和蓋文都往前靠過去，想看得更清楚些，反倒是士兵直盯著威斯頓，不敢分心。後來士兵不得不趕緊轉頭確認傷口，但就在這時候，愛德溫發出刺耳的叫聲，或許不能算是尖叫，因為這個聲音讓艾索聯想到狐狸。瞬間士兵分了心，愛德溫把握機會從他手中掙脫。這時候艾索才發覺剛才發出叫聲的不是那孩子，而是威斯頓，威斯頓的馬原本沒精打彩地吃著草，聽到叫聲之後突然轉身往他們衝過來。

士兵的馬一陣驚慌，讓他不知所措，等他終於冷靜下來，才發現威斯頓已經不在他的攻擊範圍內。威斯頓的馬繼續以駭人的速度飛奔而來，威斯頓聲東擊西，再次發出刺耳的叫聲。馬兒放慢速度，跑到威斯頓和他的敵手之間，讓威斯頓可以好整以暇地站定位。須臾間，馬兒再次轉身，聰明地朝主人衝過去。艾索以為威斯頓會一腳跨上奔跑中馬兒，因為他正伸長雙臂，等馬兒跑過來。就在馬兒經過威斯頓的瞬間，艾索看到他的手伸向馬鞍。後來馬兒放慢速度，緩緩跑回牠剛才大口咀嚼的草地，而威斯頓依然站在原地，只不過現在手裡握著一把劍。

碧亞翠絲驚呼一聲，艾索伸手護住妻子。站在他另一邊的蓋文爵士哼了一聲，似乎對威斯頓的計謀頗為欣賞。老騎士一腳踩在樹根上，一手按著膝蓋，看得津津有味。

灰髮士兵現在背對著他們，因為他必須面向威斯頓。艾索沒料到方才明明顯得鎮靜又幹練的士兵，現在居然方寸大亂。他瞥了在驚慌中跑遠的馬兒一眼，然後舉起劍，用雙手牢牢握住。艾索知道他這麼早就擺出這個架勢，只會耗盡臂力。相對之下，威斯頓一派鎮定，臉上掛著若無其事的神情，如同前一天晚上，他們看見他從村莊出發去救人的模樣。他慢慢走向士兵，在他前方幾步停了下來，一手握劍，但並未舉起。

「蓋文爵士，」士兵說，口氣和先前不太一樣。「我聽見你在我背後有些動靜。你是否和我站在一起，聯手對付這個敵人？」

「我要站在這裡保護這對善良的夫妻。就像你剛才說的，這場紛爭不關我的事。這位戰士或許是你的敵人，但和我並沒有恩怨。」

「這傢伙是撒克遜戰士，是來對我們不利的。助我一臂之力吧，儘管我一定會盡我的職責。如果他是我們要找的人，不管怎麼說，都是個可怕的人物。」

「我有什麼理由光憑他是陌生人就對他動武？是你惡形惡狀地跑來這裡打擾人家。」

眾人沉默了半晌。然後士兵對威斯頓說：「現在你我面對面，你要繼續裝啞巴嗎？還是報上名來？」

「我叫威斯頓，是從東邊過來的一名戰士。看來你的布倫努斯勛爵不歡迎我，雖然我不知道原因為何，畢竟我只是安安靜靜地來為我的國王辦事。而且我相信你對那個無辜的孩子抱持惡意，那麼我就非得阻止你不可。」

「蓋文爵士，」士兵喊道，「我再問你一次，你要不要過來協助不列顛同胞？如果他真的是威斯頓，據說他一個人可以撂倒五十幾個海盜。」

「既然五十幾個凶狠的海盜都敗在他手下了，多一個疲倦的老騎士又有什麼用？」

「我求求你，不要開玩笑了。此人生性野蠻，隨時都會出手。我從他的眼神就看得出來，他是來害我們的。」

「說說我怎麼害你們，」威斯頓說：「我來到貴國，從來未曾惹事生非，行囊裡只有一把抵抗野獸和盜賊的劍。如果你能說出我犯了什麼罪，最好現在馬上就說，因為我想在動手之前聽聽我的罪狀。」

「我不知道你的罪狀，但我百分之百肯定布倫努斯勛爵想除掉你。」

「沒有罪狀，你卻跑到這裡來殺我。」

「蓋文爵士，我求你幫幫我！他這麼凶殘，如果我們合力，也許能制伏他。」

「容我提醒你，我是亞瑟王的騎士，不是布倫努斯勛爵麾下的士兵。我不會因為謠言或異邦血統就對陌生人動武，況且我認為你根本說不出什麼正當的理由要對付人家。」

「這是你逼我說的。雖然這是機密消息，像我位階這麼低的人根本無權知悉，卻是布倫努斯勛爵本人告訴我的。此人是奉命前來除去母龍魁里格，這就是他來這裡的目的！」

「除去魁里格？」蓋文爵士的語氣像是驚訝得說不出話來。他大步往前，盯著威斯頓看了半天，彷彿第一次見到他。「真有此事，先生？」

「我無意欺瞞亞瑟王的騎士，請容我說個明白。除了先前表明的任務，我還奉國王之命，除去在此地遊走的母龍。但這種任務有什麼好反對的？不過就是除去一隻危害所有人的凶猛母龍。告訴我，為什麼這樣的任務會讓我變成你的敵人？」

「除去魁里格？你真的要除去魁里格！」蓋文爵士大聲說：「可是奉命執行這項任務的人是我！你不知道嗎？這是亞瑟王親自交付給我的任務！」

「這個問題下次再吵吧，蓋文爵士，先讓我聽聽這位士兵怎麼說，我和我的朋友安分地路過此地，他卻把我當成敵人。」

「蓋文爵士，如果你不幫我的忙，恐怕我命不久矣！我懇求你，想想布倫努斯勛爵對亞瑟王的情感，挺身對抗這個撒克遜人吧！」

「除去魁里格是我的職責，威斯頓先生。何瑞斯和我已經精心籌畫許久，要引誘牠出來，我們不需要幫忙！」

「放下你的劍。」威斯頓對士兵說：「這樣我可能會放你一馬，否則只好在這裡了結你的性命。」

士兵猶豫了一下，說：「我知道我自不量力，以為光憑我一個人就能制伏你。我的自大或許應該受到懲罰，但我不會像懦夫似的棄械投降。」

「你的國王，」蓋文爵士大聲說：「他憑什麼命令你從另一個國家跑來此地，僭越亞瑟王交付給我的任務？」

「請別見怪，蓋文爵士，但你花了很多年的時間要除去魁里格，在這段時間裡小孩子都長成大人了。如果我能幫這個國家一個忙，除去這個禍患，那有什麼好生氣的？」

「有什麼好生氣的？你對自己的任務一無所知！你以為除去魁里格是一項簡單的差事？牠聰明又殘暴！過去幾年來，牠一直很安分，像你這麼衝動，只會把牠激怒，到時候舉國上下的人都得跟著倒楣。要除去魁里格，絕對不能有絲毫差錯，否則無辜百姓就會大禍臨頭。你以為何瑞斯和我為什麼等這麼久？只要稍有不慎，後果就不堪設想！」

「那就助我一臂之力，蓋文爵士，」士兵大喊，他已經不再掩飾自己的恐懼。「我們一起除去眼前這個敵人！」

蓋文爵士不解地望著士兵，彷彿一時之間忘了他是誰。接著他平靜地說：「我不會幫你的，我不會站在你的主子那一邊，因為他居心叵測。而且我擔心你會對其他這幾個人也不利，不管我們捲入了什麼陰謀，他們都是無辜的。」

「蓋文爵士，我就像一隻被蜘蛛網纏住的蒼蠅，生死一線間了。我最後一次懇求你，雖然我不明白這整件事的來龍去脈，但我拜託你好好想想，如果沒有心懷不軌，他為什麼要到我們的國家來！」

「他把他的任務交代得很清楚，雖然他的魯莽讓我生氣，但還不足以讓我和你聯手對付他。」

「出手吧，」威斯頓說，他用一種像是安撫的口吻。「要打就打，免得夜長夢多。」

「叫這位士兵交出他的劍，然後命他騎馬離去，」碧亞翠絲突然插嘴：「這麼做應該不會有什麼壞處，他之前在橋上對我很客氣，不會是個壞人。」

「要是我照妳的話做，他會把我們的消息帶回去，要不了多久，一定會帶至少三十個士兵回來。到時候他們可一點也不會客氣。而且妳看，他對那個孩子不懷好意。」

「或許他願意發誓絕不洩漏我們的行蹤。」

「妳的仁慈令我感動，」灰髮士兵開口，眼睛仍然盯著威斯頓。「但我不是卑鄙小人，不會濫用妳的仁慈。這個撒克遜人說的沒錯。只要一放我走，我就會像他說的一樣去做，因為通報敵人所在是我的職責，我沒有第二條路走。謝謝妳為我求情，如果我馬上就要離開這個世界，有了妳這番話，我會走得比較安詳一些。」

「除此之外，先生，」碧亞翠絲說：「我不會忘記你先前的請求，就是關於令尊和令堂的事。我知道你當時只是開玩笑，我們也不太可能遇見他們。但萬一真的遇到了，我會告訴他們，這些年來你多麼渴望能和他們團聚。」

「再次感謝妳，但此時此刻，我不能讓這種念頭軟化我的意志。不管此人的名號多麼響亮，說不定命運之神會眷顧我，到時妳可能會後悔曾經為我求情。」

「很有可能，」碧亞翠絲說，然後嘆了口氣。「那麼，威斯頓先生，你必須為我們使盡全力。我會把頭別過去，因為我不喜歡看到殺戮。請你叫年輕的愛德溫和我一樣，別過頭去不要看，因為我相信只要是你的吩咐，他一定會聽。」

「請見諒，夫人，」威斯頓說：「但我要這孩子親眼目睹這場決鬥，我在他這個年紀時，常常也是非看不可。可以見證戰士的行動，我相信他不會退縮也不會作嘔的。」他用撒克遜語說了幾句話，原本站在一旁的愛德溫走到艾索和碧亞翠絲旁邊。他的眼睛睜大，眨都沒眨一下。

艾索聽見士兵的喘息聲，而且愈來愈清晰，他不斷發出低聲咆哮。他發動攻勢時，把劍高舉過頭，像是一種天真的自殺式攻擊，但就在擊中威斯頓之前，他突然改變手勢，佯裝朝左出擊，把劍壓低。艾索看得出來士兵自知這場決鬥必然凶多吉少，因此只好孤注一擲，他心裡泛起一絲同情。威斯頓早有預料，再不然就是他本能的反應夠快。他巧妙地往旁邊一閃，然後一劍劃向對手。士兵悶哼了一聲，像是丟進井裡的桶子撞擊水面的聲音，隨即倒在地上。蓋文爵士喃喃祈禱，碧亞翠絲問說：「打完了嗎，艾索？」

「打完了，老婆大人。」

愛德溫面無表情地盯著倒地的男人。艾索順著那孩子的眼神看過去，發現士兵倒地時驚動了野草堆裡的一條蛇，此刻牠正從屍體底下爬出來。牠的外皮是黑色的，帶有黃色和白色的斑點，等蛇身爬出來一些，便迅速往土裡鑽。他本能地和碧亞翠絲往旁邊移動，以防這條蛇跑來咬他們。不一會兒蛇便朝他們這個方向爬過來，繞過一叢薊草，如同溪水繞過石頭，不斷往前流動。

「走吧，老婆大人，」艾索帶她離開時說：「已經打完了，這樣也好。此人想對我們不利，雖然原因不明。」

「我會盡力向你們說明的，」威斯頓說。他剛才一直蹲在地上擦拭劍身，接著才起身朝他們走過來。「我們的撒克遜同胞確實在這裡和你們的人和諧相處。但根據我們在家鄉得到的消息，布倫努斯勛爵企圖將此地據為己有，也將對居住此地的所有撒克遜人發動攻擊。」

「我也聽過這種消息，」蓋文爵士說。「這是我不願意和這個被開膛剖肚的倒楣鬼合作的另一個原因。我擔心布倫努斯勛爵會摧毀亞瑟王建立起的偉大和平。」

「我們在家鄉聽到的消息更多，」威斯頓說：「布倫努斯在他的城堡款待一位危險的賓客，一位據說有辦法馴服母龍的挪威人。我們的國王擔心布倫努斯打算把魁里格抓起來，協助他的部隊作戰。這隻母龍無疑會成為一名凶猛的戰士，到時布倫努斯的野心自然無法擋。因為這個原因，我才會奉命除去這隻母龍，以免牠殘害所有反對布倫努斯勛爵的人。蓋文爵士，你的神情驚恐，但我句句都是肺腑之言。」

「就算驚恐，也是因為你的話令人擔心。我年輕的時候曾經與一隻猛龍交過手，牠非常可怕。我的同袍們前一刻還一心求勝，一看到牠全都嚇呆了，不過那隻龍的威力和狡猾根本不及魁里格的一半。要是魁里格為布倫努斯勛爵效命，必定會引發新的戰爭。我但願牠的野性太強，無法被任何人馴服。」他頓了一下，搖搖頭望向倒地的士兵。

威斯頓走到愛德溫身旁，抓起他的手臂，領他走向屍體。他們兩並肩在士兵身邊站了一會兒，威斯頓低聲說話，偶爾伸手比劃幾下，然後仔細端詳愛德溫的臉，看他有什麼反應。艾索看到威斯頓用手指在空中描出一道線，或許是向孩子解釋剛才他的劍從哪裡劃到哪裡。愛德溫從頭到尾茫然地看著躺在地上氣絕身亡的人。

此刻蓋文爵士走到艾索身邊，平靜地說：「這個寧靜的所在，無疑是上帝對所有疲憊旅人的恩賜，可惜如今染了血。我們趕快把這個人給埋了，免得被其他人瞧見。我會把他的馬牽到布倫努斯勛爵的營地，同時告訴他們說，我無意間發現他被盜匪攻擊，以及在哪裡可能可以找他的墳墓。在此同時，」他轉身對威斯頓說：「我勸你馬上回你們國家去。別再想魁里格的事了，因為你大可以放心，今天聽到這些消息，何瑞斯和我會加倍努力除掉牠。來吧，朋友，我們將此人埋葬了，讓他安詳地回到造物主那裡。」

第二部

6

儘管疲倦得要命，艾索卻難以入眠。隱修士讓他們住在樓上的房間，雖然不用應付從地底透出的寒氣，但他一離開地面就不容易入睡。即使是棲身在穀倉或馬廄，只要爬上梯子之後，想到底下空無一物，他就徹夜難眠。或者他今晚之所以睡不著，是因為有幾隻鳥躲在頭頂上的暗處。牠們大多數時候很安靜，但時不時傳來輕微的沙沙聲，或是拍動翅膀的聲音，他忍不住伸手在熟睡的碧亞翠絲上方揮幾下，不讓髒羽毛飄落她身上。

他們剛進房間時，鳥兒已經在裡面了。他當時不覺得這些烏鴉、黑鳥或斑尾林鴿從樑上低頭看他們的樣子有點不懷好意嗎？抑或他的記憶是被後來發生的事情所影響？

又或者他之所以睡不著，是因為威斯頓劈柴的聲音？直到現在，劈柴聲依然響遍整座修道院。不過即使有這些噪音，碧亞翠絲還是一下子就睡著了。愛德溫發出輕輕的打呼聲，他睡在房間的另一頭，中間隔著一團黑黑的東西，他知道那是他們先前吃飯的桌子。據艾索所知，威斯頓根本沒睡覺，他一直坐在房間另一頭的角落，等到最後一位隱修士離開庭院，他便起身步入黑夜。這會兒他不顧約拿神父的警告，又動手劈柴了。

那些隱修士開完會之後，過了一陣子才散場。艾索有好幾次差點就睡著了，結果又被樓下的聲音吵醒。有時候他聽到四五個人在說話，聲音總是壓得低低的，充滿憤怒或恐懼。現在已經安靜了好一陣子，然而正當他又快要睡著的時候，隱約覺得有人待在他們窗戶下方，好幾個穿著長袍的人影默默站在月光下，聽著威斯頓響遍修道院的劈柴聲。

稍早，當午後的陽光灑滿房間時，艾索曾探頭到窗外張望，看樣子整座修道院的人都出來了，有四十幾名隱修士三五成群地聚在一起，空氣中瀰漫著竊竊私語聲，似乎生怕別人聽到他們在說什麼，即便是同僚也不行。艾索還看見有人以充滿敵意的眼神互望。他們穿的是一模一樣的棕色服裝，有的人少了帽子或一邊袖子。他們好像都急著走進對面一棟很大的石造建築裡，但時間耽擱了，眾人顯得非常不耐。

艾索盯著下面的庭院看了好一會兒，一聽到聲響便把頭再往外探，看著窗戶下方。他看到這棟房子的外牆是蒼白的石塊，在陽光下透著橙黃的色調，牆上鑿了一座階梯，從地面通往他們的房間。一名隱修士已經爬樓梯爬到一半，艾索看得到他的頭頂，他正端著滿滿一個托盤的食物和一壺牛奶。他停下腳步，重新把托盤拿好，艾索看得心驚膽跳的，畢竟這些階梯磨損的程度不一，外側也沒有欄杆，必須一直貼著牆壁走，才能擔保不會摔到底下堅硬的鵝卵石路上。此外，那位隱修士上樓梯的姿勢一跛一跛的，不過他還是慢慢地、穩穩地往上爬。

艾索走到房門口，準備接下他的托盤，但這位隱修士堅持要親自端上桌，後來他們知道他是布萊恩神父。神父說：「來者是客，讓我盡待客之道吧。」

那時威斯頓和愛德溫都不在房間裡，劈柴的聲音已經響遍各處。艾索和碧亞翠絲並肩坐在木桌子前面，滿懷感激地大啖麵包、水果和牛奶。他們吃著的時候，布萊恩神父眉飛色舞地聊著以前來過的客人、附近小溪釣到的魚，以及一隻住在這裡的流浪狗，但牠在去年冬天過世了。布萊恩神父年邁卻活潑風趣，有時起身離開餐桌，拖著不良於行的腳在房間裡踱來踱去，從頭到尾嘴巴都沒停過，還不時到窗口看看下面的同僚。

在他們吃東西的同時，頭頂上那幾隻鳥在天花板下飛來飛去，偶爾會飄下幾根羽毛，弄髒了牛奶。艾索一直很想把這些鳥兒給趕走，但還是按捺下來了，心想說不定隱修士對牠們早有感情。這時外面傳來腳步飛奔上樓的聲音，一個留著黑鬍子、臉色暈紅的隱修士衝進房間，他們嚇了一跳。

「惡魔！惡魔！」他仰頭瞪著椽樑喊道。「我非要牠們血濺五步不可。」

衝進來的隱修士拎著一個草編的袋子，此刻他伸手進去，拿出一塊石頭朝那幾隻鳥丟過去。

「惡魔！卑鄙的惡魔！惡魔，惡魔！」

第一顆石頭反彈掉到地上，他接著丟出第二顆、第三顆。碧亞翠絲雙手抱頭，艾索則站起來，朝那個留鬍子的人走過去。但布萊恩神父比他快了一步，抓住那個人的手臂說：「伊拉茲馬斯修士，拜託你！別再丟石頭，冷靜下來！」

那些鳥嘎嘎叫，到處亂飛，伊拉茲馬斯扯開嗓門大喊：「我認識牠們！我認識牠們！」

「冷靜下來！」

「別阻止我，神父！牠們是魔鬼的使者！」

「牠們也可能是上帝的使者，伊拉茲馬斯，我們還不知道最後結果。」

「我知道牠們是魔鬼的使者！看牠們的眼睛！如果是神的使者，怎麼會用那種眼神看我們？」

「伊拉茲馬斯，冷靜點，這裡有客人。」

聽到這句話，伊拉茲馬斯才發現艾索和碧亞翠絲在場。他氣沖沖地瞪了他們一眼，然後對布萊恩神父說：「現在這種時候，幹麼帶客人到這棟屋子裡？他們來這裡幹什麼？」

「他們只是善良的過路人，我們樂於按照往例款待他們。」

「布萊恩神父，你不該把我們的事情告訴陌生人！聽著，他們是來監視我們的。」

「他們沒有監視誰，也沒興趣理會我們的問題，我相信他們自己的麻煩已經夠多了。」

伊拉茲馬斯忽然拿出另一顆石頭，準備丟出去，但被布萊恩神父擋了下來。「到樓下去，伊拉茲馬斯，放下那個袋子。來，交給我。像這樣帶來帶去的，一點用也沒有。」

伊拉茲馬斯甩開老神父的手，把袋子緊抱在胸前，死也不放。布萊恩神父決定由他去，把他帶到房門口，就在他再度轉身盯著屋頂時，將他輕輕推到外面的階梯去。

「下樓去吧，伊拉茲馬斯。他們在下面等你。下去吧，小心別摔跤了。」

等那個人終於走了，布萊恩神父回到房間裡，揮手撥開飄浮在半空中的羽毛。

「我向兩位致歉。他是個好人，但這種生活方式已經不適合他了。請兩位回座，安心把飯吃完吧。」

「不過，神父，」碧亞翠絲說：「那個人說我們打擾的不是時候，這話恐怕沒錯。我們無意增加你們的負擔，只要讓我們趕緊見到約拿神父，向他請益一些問題，我們就會再度上路。請問我們何時能見到他？」

布萊恩神父搖搖頭。「就像我先前說的，夫人，約拿最近身體不太好，院長嚴格規定，如果沒有院長本人的允許，誰都不能打擾他。我知道你們想見約拿，也知道你們為了來這裡吃了多少苦頭，打從你們一到，我一直在找機會向院長說明。不過你們也看得出來，此刻我們正在忙，有一位很重要的貴賓來找院長，我們開會的時間又耽擱了。現在院長已經到他的書房去見這位貴客，我們其他人都等著他。」

碧亞翠絲一直站在窗口，看著伊拉茲馬斯走下石階梯。她指著窗外問：「神父，院長回來了嗎？」

艾索走到她身旁，看見一個骨瘦如柴的人，充滿威嚴地大步穿過庭院。原本在說話的隱修士們立刻打住，眾人都朝他走過去。

「對，是院長回來了。你們安心把飯吃完吧。至於約拿的事，別急，我恐怕要等這場會議結束，才能把院長的決定告訴你們。但我不會忘記的，我保證，而且我會幫你們求情。」

當時威斯頓劈柴的聲音依然響個不停。艾索清楚記得，當他看著修士們魚貫進入對面的建築物時，他在心裡問自己，他聽到的是一個人的劈柴聲，還是兩個人的劈柴聲，因為第二下和第一下如此接近，難以分辨是真的聲音還是回聲。想到這裡，此刻正躺在黑暗中的艾索確定，愛德溫那時候是跟著威斯頓一起劈柴的，戰士劈一下，他也劈一下。那孩子可能早就是劈柴高手。那天他們在橡樹下時，愛德溫曾以兩塊扁平的石頭挖土，速度之快讓他們都嚇了一跳。

艾索那時已經停下來沒有再繼續挖，因為威斯頓勸他要保留體力，免得沒力氣爬上修道院。他只好站在士兵滲血的屍體旁邊，不讓樹枝上的鳥兒越雷池一步。艾索記得威斯頓是用那個士兵的劍挖墳，他說他不願意為了這種事把自己的劍給弄鈍了。蓋文爵士則說：「不管他的主子有什麼陰謀，這位士兵死得很光榮，用騎士的劍給他挖墳再適合不過了。」然而不久他們兩人都停手，驚訝地看著愛德溫用他原始的工具挖得有多快。他們繼續挖著墳墓的時候，威斯頓說了：「我擔心布倫努斯勛爵不會相信這套說詞。」

「他會相信的，」蓋文一面挖，一面回答。「我們沒什麼交情，但他相信我是個老實的傻瓜，憑我的腦筋，編不出什麼好故事。我可以跟他們說這個士兵躺在我懷裡流血的時候，還在說自己如何遭遇盜匪。有人或許會認為撒這種謊是罪大惡極，但我知道上帝會寬厚地看待此事，因為這樣能阻止更多人流血，不是嗎？我會讓布倫努斯相信的。儘管如此，你仍然身處危險，所以應該趕快回去。」

「只要完成我在此地的任務，我絕不會有片刻耽擱，立即啟程返鄉。如果馬的腳傷暫時好不了，我甚至願意換另一匹馬，畢竟回沼澤地的路程很遠。只是覺得可惜了，因為這種馬很稀罕。」

「確實是一匹罕見的好馬！我的何瑞斯，唉，牠再也沒有這麼矯健的身手了，然而牠常常在我需要的時候趕過來幫忙，就像你的馬剛才那樣。所以不但稀罕，失去了還會不捨。話說回來，最重要的是趕緊上路，別再管你的什麼任務了。何瑞斯和我會負責解決那隻母龍，牠的事你就不必再管了。無論如何，仔細想想，我認為布倫努斯勛爵絕對沒辦法把魁里格納入他的麾下。牠是最野蠻也最難馴服的動物，除了布倫努斯的敵人，牠對自己的同袍也毫不客氣。這種想法根本是無稽之談。別再管這件事了，在被敵人逼得走投無路之前，趕快回去吧。」威斯頓只管繼續挖，沒有回答，於是蓋文爵士問他：「你能向我保證嗎，威斯頓先生？」

「保證什麼？」

「保證你再也不管那隻母龍，馬上回去。」

「你似乎很想聽我這麼說。」

「我顧慮的不只是你的安全，還有萬一你激怒了魁里格之後，會有哪些人遭殃。和你一起上路的同伴又該怎麼辦？」

「這倒是真的，我擔心這幾位朋友的安全。我會陪他們到達那間修道院，他們沒有自保的能力，我實在不能把他們丟在這麼危險的地方。」

「所以抵達修道院以後，你就上路返鄉。」

「等時候到了，我自然會回去。」

屍體傳出的腐敗氣味，逼得艾索退了幾步，同時他發現這樣可以把蓋文爵士看得更清楚些。騎士腰部以下都站在墓穴裡，額頭滿是汗水，也許因為這樣，少了一貫的仁慈表情。他看威斯頓的眼神充滿敵意，威斯頓卻渾然不覺，只顧繼續挖墳。

士兵的死讓碧亞翠絲很難過。隨著墓穴愈挖愈深，她慢慢走回橡樹下，坐下來低頭不語。艾索本想過去陪她，要不是烏鴉在一旁虎視眈眈，他一定會過去的。如今躺在黑暗中，他又開始為被殺的士兵感到難過。他記得士兵在小橋上對他們很客氣，以及他對碧亞翠絲說話時多麼彬彬有禮。艾索也想起他剛到空地時，如何絲毫不差地把馬匹帶到最佳的位置。當時他的戰術撩起了他的記憶，如今在夜晚的沉寂中，艾索想起了沼澤地的起伏，陰鬱的天空，以及穿梭在石南花叢間的羊群。

當時他騎著馬，前面則是他的同伴，那個人叫哈維，他笨重軀體的氣味蓋過了馬的味道。他們在狂風吹襲的荒野間停了下來，因為遠處有些動靜。等到確定沒有危險之後，艾索舒展雙臂，看到哈維的馬兒扭來扭去的，彷彿是要趕走停在牠屁股上的蒼蠅。雖然看不到同伴的臉，但光看哈維的背，還有他的姿勢，艾索就知道他對迎面而來的那些人不懷好意。艾索看著前方，隱約只看見羊的面孔像個黑點，以及夾在羊群中間的四個人，一個人騎著驢子，其他三個人步行。沒有牧羊犬。艾索心想，這些牧羊人一定早就看到他們了，在天幕之下，兩個騎士的身影顯明。這些牧羊人拖著緩慢的腳步持續往前走，就算心裡害怕，表面也看不出來。無論如何，這條小徑是穿過沼澤唯一的路，除非牧羊人掉頭，才有可能避開他們。

這群人愈走愈近，他看得出來這四個人雖然年紀尚輕，卻憔悴消瘦。看到他們的情況，他的心往下沉，因為他知道這些人只會激起他同伴的野蠻本性。艾索等這幾個人走到離他們只有幾步路的地方，才驅馬向前，停在哈維旁邊。他特地讓自己的馬兒落後半個頭，讓他的同袍有種高人一等的錯覺。然而，以他現在的位置，萬一哈維用他的鞭子或是棍棒突然發動攻擊，他還可以保護這些牧羊人。表面上他是站在哈維這一邊，而且無論如何，哈維根本不會懷疑他真正的目的。事實上，艾索記得他的同伴把馬停下來，心不在焉地點個頭，然後轉頭悶悶不樂地凝視沼澤。

艾索之所以一直替走過來的牧羊人擔憂，是因為前幾天在某個撒克遜村莊發生了一件事。那是一個晴朗的早晨，事發當時，艾索和其他村民一樣吃驚：哈維毫無預警地伸腳一踢，讓馬匹往前奔跑，接著不斷痛打在井邊等著取水的人。那天哈維是用他的鞭子或棍棒嗎？艾索努力回想那天的細節。如果哈維選擇用鞭子攻擊經過的牧羊人，攻擊的範圍會更大，手臂也不必那麼用力，他甚至會揮到艾索的馬兒頭上。而如果他選擇拿棍棒，以現在的位置，哈維必須把馬騎到艾索前方，稍微轉個身，才能發動攻勢。他心想，哈維沒有能力做這麼細膩的操作，像他這樣的人，喜歡表現得野蠻衝動，意氣風發。

現在他不記得當天的精心策畫是否讓牧羊人逃過一劫。他依稀有印象羊群天真地從他們身邊經過，但他對於牧羊人的記憶和村民在井邊被攻擊的景象交雜在一起。那時候他們為什麼會去那個村莊？艾索記得咆哮、孩童的哭泣、仇恨的表情，以及他自己的氣憤，不是氣哈維，而是氣那些害他被這麼一個同伴拖累的人。他們一旦完成任務，必定是史上獨一無二的功業，前無古人，後無來者，連上帝也會認為人類在這一刻離祂更近了。可是有這麼一個殘暴之徒在一旁，艾索還能指望做什麼呢？

這時他又想起了那個灰髮士兵，以及他在橋上的那個手勢。當他的同袍大呼小叫、拉扯威斯頓的頭髮時，那位士兵舉起手臂，握起拳頭，差點就要開口罵人。然後他把手放下。艾索很清楚他在想什麼。後來那個士兵對碧亞翠絲說話時特別溫和有禮，艾索很感謝他。他記得碧亞翠絲站在橋上的表情，從原本的警戒轉為令他難以忘懷的淺笑。此時此刻，這幅畫面牢牢刻在他心上，同時也讓他害怕起來。一個陌生人，而且可能是帶有危險性的陌生人，只要說上幾句仁慈的話，她馬上就回心轉意，重新信任這個世界。這個想法令他擔憂，他忍不住輕柔地撫摸此刻靠在他身旁的肩膀。但她不是一向如此嗎？這不就是他鍾愛她的原因嗎？她不是平安度過了這麼多年，沒遇過什麼大麻煩嗎？

「這不可能是迷迭香，」他記得碧亞翠絲這樣告訴他，她的聲音因為焦慮而顯得緊張。他蹲下來，膝蓋按在地上，當時天氣晴朗，土壤乾燥。碧亞翠絲想必站在他後面，因為他記得他伸手撥開樹叢時，她的影子映在他前方的土地上。「不可能是迷迭香的，先生。誰看過迷迭香開出這麼鮮黃的花朵？」

「可能是我弄錯了，姑娘，」艾索說：「但我確定這種花很普遍，不會帶來什麼厄運。」

「你真的懂植物嗎？我母親教我認識這裡的每一種生物，結果我卻不認識眼前這種花。」

「很可能是最近剛移入的異國花種。妳為什麼這麼傷心呢，姑娘？」

「我之所以傷心，是因為這可能是我母親從小就告訴我，千萬不要碰到的野草。」

「除非有毒，否則野草有什麼好怕的？而且就算有毒，只要不去碰就好了。但妳又伸手去摘，還讓我跟妳一起摘！」

「噢，它沒有毒！至少沒有你說的那種毒。我母親曾經描述過一種植物，還警告我說，如果在花叢間看到這種植物，會給少女帶來厄運。」

「什麼樣的厄運？」

「我不敢告訴你，先生。」

但就在這麼說的同時，當時還是小姑娘的碧亞翠絲已經蹲在他身邊，兩人手肘相碰，充滿信任感地相視而笑。

「如果看到這種草會有厄運，」艾索說：「妳從大路上帶我過來看它，安的是什麼心？」

「噢，它不會給你帶來厄運！只會影響未婚女子。會給你這樣的男人帶來厄運的，是另一種完全不同的植物。」

「妳最好告訴我另外那種植物是什麼樣子，那我或許能像妳這樣躲得遠遠的。」

「取笑我可能會讓你覺得很高興，然而等你哪天跌了一跤，發現眼前就是那種草，到時你就知道好不好笑了。」

他記得他伸手穿過石南花叢的感覺，還有微風吹過樹梢，以及那個蹲在他身旁的小姑娘。那是不是他們第一次交談？當然，他們至少應該已經認識對方了，否則即便是碧亞翠絲，這麼相信一個素為謀面的陌生人，也是很不可思議的事。

劈柴的聲音停了一陣子，現在又再度響起，艾索這才想到，威斯頓可能整晚都待在外面。表面看來，威斯頓即使在作戰的時候也是沉著冷靜，心思細密，不過他可能把緊張的情緒都積在心裡，必須靠劈柴這種方式來釋放。儘管如此，他的行為還是很古怪，約拿神父特別警告他不准再劈柴了，可是天黑之後，他又跑去大劈特劈。先前他們剛抵達修道院時，這麼做似乎只是威斯頓個人的禮數，但現在艾索發現威斯頓劈柴是另有目的。

「柴房的位置很好，」威斯頓解釋說：「那孩子和我在幹活兒的時候，可以監視來來往往的人。除此之外，把木柴送到要燒柴的地方時，我們可以順道四處看看這裡的環境，但有幾扇門就是打不開。」

他們兩人居高臨下，倚著修道院的高牆說話，俯瞰周遭的森林。修士們早就開會去了，修道院裡安靜無聲。方才趁碧亞翠絲在房間裡打盹時，艾索在昏黃的日光下四處閒晃，爬上磨損的石階梯，看到威斯頓正站在上面。

「為什麼要這麼費事呢？」艾索問道。「難道你懷疑這些好心的隱修士？」

威斯頓舉起一隻手遮光，說：「我們先前從那條小徑爬上來的時候，我只想找個角落好好睡一覺。但現在站在這裡，我始終覺得這個地方充滿危險。」

「你一定是太疲倦了，才會疑神疑鬼的。這裡能有什麼危險？」

「我現在還說不準，但你想想，我剛才回馬廄去看看我的馬情況怎麼樣時，聽到後面傳來聲音。我是說，我聽得出來牆壁另一頭有另一匹馬，不過我們剛到這裡，我牽著馬走進去的時候，那裡根本沒有其他馬。然後我走到另一頭，發現那個馬廄的門被關上，還上了鎖。」

「可能有許多合理的原因，好比說那匹馬原本在吃草，剛剛才被牽進馬廄。」

「關於這一點，我問過一位隱修士，才知道這裡根本沒有養馬，原因是想要減輕負擔。看樣子在我們來了之後，又有另外一個人到訪，而且生怕被發現。」

「既然你提到了這件事，我想起布萊恩神父說有一位貴客來找院長，他們的重大會議還因為他而延遲。我不知道究竟發生了什麼事，但不管如何，對我們應該沒有影響。」

威斯頓若有所思地點點頭。「或許你說的對，只要睡上一會兒，我就不會這麼多疑。不過我還是叫那個孩子再仔細看看，相較於我們大人，他還可以拿小孩生性好奇當藉口。不久前他回來告訴我，說他聽到那邊的宿舍有人在呻吟，好像是一個生病的男子。愛德溫循著聲音溜進去看，在一個關上門的房間外面看到斑斑血跡，有舊的也有新的。」

「確實古怪。但隱修士遭遇不幸的意外也很正常，或許是從這些階梯上摔下去了。」

「我承認我沒有確鑿的理由可以懷疑這裡有問題，或許是戰士的本能，讓我希望隨時保持警覺，況且我已經受夠了假扮農家子弟。或許我之所以擔心，純粹是因為這些牆壁讓我想起了昔日的歲月。」

「這話怎麼說？」

「不久之前，這裡絕對不是修道院，而是一座碉堡，而且是一座易守難攻的堡壘。你記得我們爬上來的那條路有多累人嗎？那條路轉來轉去的，彷彿想耗盡我們的體力。現在你往下看看那幾條路上的城垛。守衛碉堡的人曾經站在那裡，用箭、石塊和滾水來迎接上門的客人。光是能走到大門就很了不起了。」

「我明白了，這條路確實不好走。」

「此外，艾索先生，我敢說撒克遜人曾經占領這座碉堡，因為我在這裡看到許多同胞的痕跡，這些你恐怕看不出來。你看那裡，」威斯頓指著下面一處由鵝卵石鋪成的院子，「我想那裡有第二道門，比第一道門堅固許多，不過爬上來的侵略者看不到。他們只看到第一道門，然後拚命衝進來，而那道門是我們撒克遜人所謂的水門，水門後面有幾道屏障，用來控制水流。經過精密計算，他們會刻意讓一定數量的敵人通過這道水門，然後再關上水門，不讓後面的人進來。進來的那些人被困在兩道門之間，就是那塊地方，才赫然發現自己寡不敵眾。守城的人會先把他們殺光，再放下一批人進來。現在你知道水門的功能了。如今這裡是個寧靜禱告的地方，但只要四處張望一下，就可以看到鮮血和恐怖的痕跡。」

「你真是好眼力，而且你剛才說的情景令我毛骨悚然。」

「我敢說這裡也曾有撒克遜家庭，他們從四面八方逃到這座堡壘尋求庇護。婦女、小孩、傷者、老者、病人。你看那裡，先前隱修士聚集的院子。除了膽小的人，所有人都會跑出來站在那裡，若能親眼看見入侵者被困在兩道門之間，像老鼠般尖叫，那就更有趣了。」

「我實在不相信。我以為他們一定會躲在裡面，祈求放過那些被困的人。」

「只有膽小的人才會躲起來。大多數人都會站在那個院子裡，甚至爬上我們現在站的位置，樂得冒險射出一枝箭或矛，欣賞下面那些人痛苦不堪的模樣。」

艾索搖搖頭。「你說的那些人不會喜歡看人家流血的，即使是敵人的血。」

「剛好相反，我說的這些人一路上歷盡艱辛，親眼看到他們的孩子和親人被砍斷手腳和強暴。

這裡是他們的避難所，能來到這裡的人，早就經歷了漫長的折磨，死神在他們後面緊追不捨。如今有大批軍隊入侵。這座堡壘也許能支撐幾天，甚或一兩個星期。但他們知道自己最後必定會慘遭屠殺。他們知道懷裡的幼兒很快就會變成染血的娃娃，被人在這些鵝卵石上踢來踢去。他們心裡有數，因為他們早已見過這幅景象，並且逃了出來。他們見過敵人縱火燒了房舍、殺害人命，甚至強姦少女，即使她們已經身負重傷而奄奄一息。他們知道自己遲早會有這一天，因此必須珍惜剛開始圍城的日子，這是敵人第一次為他們稍後的暴行付出代價。換言之，艾索先生，這是讓那些沒辦法在事後報復的人，事先享受復仇的滋味。所以我才說，我的撒克遜同胞會站在這裡加油鼓掌，敵人死得愈慘，他們愈高興。」

「我不相信，怎麼可能對還沒發生的行為如此恨之入骨？過去曾經在這裡避難的人，應該到最後都抱著希望，當然也會帶著憐憫和恐懼來看待同袍和敵人所受的一切苦難。」

「你的年紀比我大多了，但對這種血腥之事，恐怕我的經驗比你豐富許多。我曾在老婦人和稚兒的臉上看過如大海般深不見底的仇恨，有時連我自己都感覺得到那股恨意。」

「我不相信。我們說的這段殘暴的過去，但願已經永不復返了，永遠沒必要檢驗我們誰說的對，感謝上帝。」

威斯頓不可思議地看著艾索。他似乎想說什麼，然後又改變主意。接著他轉身研究起他們背後的石造建築說：「先前抱著木柴四處走時，我發現每個轉角處都有迷人的歷史痕跡。事實上，就算衝破第二道門，這座碉堡還有更多對付敵人的陷阱，其中有些極為機巧。這裡的隱修士不知道他們每天經過的是什麼樣的地方。不過這個話題就到此為止吧。趁現在我們可以趕緊休息一會兒，如果先前我的話讓你覺得不舒服，請你原諒，我是指我問蓋文爵士有沒有見過你的事。」

「別想了。我不覺得被冒犯，儘管你確實嚇了我一跳，還有我太太。你把我誤認為另一個人，但認錯人沒什麼關係。」

「謝謝你的體諒。我把你當成一個我永難忘懷的人，即使我最後一次看見他，是在我年紀還很小的時候。」

「那是在西邊？」

「沒錯，那時我還沒被帶走。我說的這個人不是戰士，但他身上有佩劍，還騎了一匹上好的種馬。他經常到我們村子裡來，對我們這些只見過農夫和船夫的孩子來說，自然很稀奇。」

「我可以想像。」

「我記得我們跟著他在村子裡走來走去，不過總是害羞得與他保持一段距離。有時他著急地到處跑，一會兒和長老說話，一會兒叫一群人到廣場集合。他不太聽得懂我們講的話，但我們的村子在河邊，船夫來來往往，很多人會說他的語言，所以他從來不缺人陪。有時他會轉頭對我們微笑，但我們年紀小，馬上嚇得一哄而散。」

「你就是在那裡把我們的話學得這麼好？」

「不，那是後來的事，我被帶走以後的事。」

「被帶走？」

「我小時候被不列顛士兵從村子裡帶走，訓練我成為現在的戰士，所以我學會了他們的語言和劍法。事情發生在很久以前，但我還有一些印象。在村子裡第一眼見到你的時候，或許是陽光曬得我頭眼昏花，我覺得自己又變回那個小男孩，害羞地偷看披著斗篷的偉人在我們村子裡走來走去，宛如獅子走在豬群和牛群間。我猜是因為你微笑時嘴角的牽動，或是你和陌生人打招呼時略略點頭的模樣，才讓我產生聯想。然而，現在我知道是我弄錯了，因為你不可能是那個人。不說這個了。尊夫人怎麼樣了？體力恢復了嗎？」

「她的精神好多了，多謝關心，不過我還是叫她多休息一會兒。反正我們必須等隱修士開完會回來，還要等院長允許我們拜訪約拿神父。」

「好一位堅定的女士。我很佩服她一路爬上來，連句埋怨都沒有。啊，那孩子又回來了。」

「看看他的傷勢怎麼樣，我們務必要帶他一起去看約拿神父。」

威斯頓似乎沒聽到。他自顧自的走下狹窄的階梯去和愛德溫會合，他們兩交頭接耳地商量了一會兒。那孩子看起來很雀躍，威斯頓皺著眉頭聽，偶爾點頭。艾索隨即也下了樓梯，威斯頓小聲地說：「愛德溫說他發現一件奇怪的事，我們不妨親眼瞧瞧。我們跟著他走，但要假裝是漫無目的在散步，以防那邊那個老修士在監視我們。」

確實，有個修士獨自在庭院裡掃地，當他們經過他身邊的時候，艾索注意到他在喃喃自語，像是沉浸在自己的世界裡。愛德溫領著他們穿過庭院，走進兩棟建築物之間的通道，出了通道便來到一片凹凸不平的坡地，除了稀疏的青草，還有一排枯萎的樹木，幾乎和人一樣高，朝修道院外延伸。他們跟著愛德溫走，威斯頓輕聲地說：「我很喜歡這個孩子，我原本想說要把他留在令郎的村子裡，現在計畫可能有所改變。我會把他留在我身邊一陣子，應該能幫我不少忙。」

「你的話令我擔心。」

「為什麼？他根本不想一輩子餵豬和翻土。」

「但他跟在你身邊，會變成什麼樣子？」

「只要任務一完成，我會帶他回沼澤地。」

「你會讓他在那裡做什麼？整天和挪威人打仗？」

「你好像有所不滿，但這孩子的氣質與眾不同。他會成為優秀的戰士。先別說話，看看他發現了什麼。」

他們看到前面的小路旁有三間簡陋的木屋，彼此支撐著好像隨時都會倒塌。潮濕的地面有車輪壓過的凹痕，愛德溫停下腳步，一一指出車輪的痕跡，然後帶他們走進最遠的那間木屋。

木屋沒有門，屋頂大半也塌了。他們走進去時，幾隻鳥嚇得四散紛飛，在陰暗的空間裡，擺著一輛簡陋的推車，或許是隱修士他們自己做的，推車的兩個輪子陷在泥巴裡。值得注意的是，推車上裝了一個很大的籠子，走近一點看，艾索發現雖然籠子本身是鐵製的，卻有一根厚重的柱子插進正中央，把它牢牢固定在底下的板子上。柱子上面綁了手銬腳鐐，在大約頭部的高度還有一張黑色的鐵面具，只不過眼睛的位置沒有開口，只有嘴巴的部分開了一個小洞。推車和周圍的地面堆滿了羽毛和糞便。愛德溫把籠子的門打開，前後搖動，弄得鉸鏈嘎嘎作響。他興奮地嘰嘰喳喳，威斯頓則四處打量，偶爾點點頭。

「怪了，」艾索說：「這些隱修士居然用得著這種東西，應該是某種祭神儀式的道具。」

威斯頓繞著推車周圍察看，舉步戰戰兢兢，免得踩到汙濁的積水。「我以前看過這種東西，」他說：「你可能以為這種裝置是用來把人關在裡面，接受殘酷的摧殘。不過你看，這些鐵桿之間的距離寬到足以讓我的肩膀穿過去。還有這裡，你看，凝固的血把羽毛黏在鐵桿上。所以把人綁在這裡，是用來餵食山上的鳥。被關在裡面的人得戴上手銬，沒辦法抵抗飢餓的鳥嘴。這張鐵面具或許看上去很嚇人，但其實是一種慈悲，戴上之後，至少眼睛不會進了鳥肚子。」

「或許有其他比較溫和的用途，」艾索說，但愛德溫又開始叨絮，威斯頓轉頭看向外面。

「這孩子說他跟著這些車輪痕跡，走到懸崖附近的一個地方，」威斯頓說：「他說地上有很深的車輪痕跡，顯示這台推車經常停在那裡。換句話說，這些跡象都支持我的猜測，我也看得出來這台推車最近才剛被推出去。」

「我不明白這表示什麼，但我承認我現在和你一樣感到不安了。這個東西讓我不寒而慄，我想趕快回到我太太身邊。」

「回去也好，我們別待在這裡了。」

但他們才踏出小屋，在前面帶路的愛德溫突然停下來。就著向晚的暮色，艾索看到不遠處有個穿長袍的人站在荒煙漫草間。

「我想那就是剛才在打掃庭院的隱修士，」威斯頓對艾索說。

「他看得到我們嗎？」

「我想他看得到我們，也知道我們看得到他。但他依舊動也不動地站在那裡。這樣吧，我們過去找他。」

隱修士站在小徑旁邊，野草高過他的膝蓋。他們一行人走過去的時候，他就站在原地，風不斷吹著他的長袍和灰白長髮。他的身材瘦削，形容憔悴，凸出的雙眼冷冷地瞪著他們。

「你在監視我們，」威斯頓停下來說：「你知道我們剛才發現了什麼。或許你願意告訴我們，你們用那種裝置來做什麼。」

隱修士什麼也沒說，只是指著修道院。

「或許他在守靜默誓，」艾索說：「不然就是啞巴，就跟你之前假裝的一樣。」

隱修士走出草叢，步上小徑。他古怪的雙眼來回盯著他們看，然後又指指修道院，繼續往前走。他們隔了一小段距離跟在他後面，隱修士則不斷回頭察看。

在昏暗的暮色下，建築物看起來黑漆漆的。快到修道院的時候，隱修士停下腳步，伸出手指按在脣上，小心翼翼地走著。他似乎擔心被別人看見，故意不走中央庭院。他帶著他們穿過建築物後面的狹窄通道，這裡的泥地坑坑窪窪的，不然就是嚴重傾斜。他們低頭沿著牆壁走的時候，頭頂上的窗戶一度傳出隱修士開會的聲音。有個聲音蓋過眾人的吵鬧聲，然後第二個人，或許是院長，出聲叫大家安靜。但他們沒時間停下來仔細聽，很快便來到一座拱門前，裡面是修道院的主庭院。隱修士著急地比著手勢，要他們盡快且安靜地往前走。

結果他們並沒有穿過點了火炬的庭院，只是繞過庭院的一角。當隱修士再次止步，艾索小聲對他說：「顯然你是要把我們帶到某個地方，但我拜託你讓我回去帶我太太過來，我不放心留下她一個人。」

隱修士馬上轉頭瞪著艾索，搖搖頭，指向前方半明半暗的地方。艾索看到碧亞翠絲就站在迴廊不遠處。他總算放下心，揮揮手，一行人朝她走過去，後面的建築裡則傳來隱修士會議上響起的一陣爆怒聲。

「妳還好嗎？」艾索問，伸手迎接她張開的雙臂。

「我原本在休息，但這位沉默的隱修士突然出現在我面前，我還以為撞見了幽靈。他急著要帶我們去某個地方，我們最好跟著他走。」

隱修士又做了一次要眾人安靜的手勢，然後招招手，跨入一旁的門檻。

眼前的走廊和他們洞穴群裡的地道差不多，小壁龕裡閃爍的火光無法驅走黑暗。艾索伸出一隻手在前面摸索著，碧亞翠絲則抓著他的手臂。他們一度走到戶外，穿過一個泥濘的院子，兩邊是犁好的農地，接著又進入另一棟低矮的石造建築。這裡的走廊比較寬，燈火也比較明亮，隱修士似乎終於放心了。他喘了口氣，又看了他們一眼，示意他們在這裡等著，然後他便消失在一座圓拱下。過了一會兒，隱修士再度現身，帶他們往前走。這時裡面傳出非常虛弱的聲音：「進來，各位貴客。房間很簡陋，不過歡迎你們來。」

正在等待睡意來襲的艾索，再次想起他們四個人，加上那位沉默的隱修士，全都擠進那個小房間裡。床邊點了一根蠟燭，當碧亞翠絲看到躺在床上的人時，顯得有些害怕。她吸了一口氣才跟著走進去。裡頭幾乎容不下他們所有人，但他們很快找到各自的位置，威斯頓和那個孩子站在最邊邊的角落，艾索的背抵著石牆，站在他前面幾乎貼著床邊的碧亞翠絲靠在他懷裡，彷彿這樣能安心一點。房間裡有股淡淡的嘔吐物和尿液的氣味。沉默的隱修士忙著服侍床上的人，扶他坐了起來。

這位上了年紀的長者白髮蒼蒼。他的骨架子很大，不久前一定還很健朗，但現在就連坐起身這麼簡單的動作，都會引起多處疼痛。他坐起來的時候，一條粗糙的毯子從他身上掉下來，露出染了一塊塊血漬的長襯衣。但真的讓碧亞翠絲卻步的，是他被燭光照得一清二楚的脖子和臉。他下巴處腫了一個很大的包，已經從深紫色褪成蠟黃色，造成他的頭稍稍歪向一邊。膿腫處裂了開來，布滿膿汁和血跡。他臉上有一道切口，從顴骨到下顎，牙床都露了出來。他想必得費盡氣力才能微笑，但他才坐定後，馬上展露笑意。

「歡迎，歡迎，我是約拿，我知道你們走了大老遠來見我。幾位不需要用這種同情的眼光看著我，這些都是舊傷了，也沒有以前那麼痛了。」

「現在我們明白為什麼貴院的院長不想讓陌生人打擾你。我們原本在等待他的許可，但這位好心的隱修士帶我們來見你。」碧亞翠絲說。

「尼尼安是我最信賴的朋友，即使他在守靜默誓，我們仍然可以完全明白對方的意思。你們來了以後，他一直在留意你們，然後向我回報。我想現在是我們見面的時候了，即使院長對此一無所知。」

「你怎麼會受這種傷呢？」碧亞翠絲問道。「你的仁慈和智慧是出了名的。」

「我們不談這個話題，夫人，因為我很虛弱，沒辦法談太久。我知道你們想向我求醫，正是妳和這個勇敢的男孩吧。讓我先給這孩子看看，我知道他受了傷。到亮一點的地方來，親愛的。」

隱修士的聲音輕柔，卻帶有一種天生的權威，愛德溫正要走過去時，威斯頓伸手捉住他的手臂。或許是燭光搖曳，威斯頓顫抖的影子映在後面的牆壁上，艾索覺得他好像瞪了受傷的隱修士一眼，目光炯炯，甚至帶有恨意。他把愛德溫拉回牆邊，然後上前一步，像是要擋住隱修士的攻擊。

「怎麼了，牧羊人？」約拿神父問道。「你擔心我傷口的毒會傳染給你兄弟？那我的手可以不碰他。讓他站過來一點，我只用眼睛檢查他的傷勢。」

「這孩子的傷口沒問題，」威斯頓說：「只有這位善良的女士需要你的幫助。」

「威斯頓先生，」碧亞翠絲大聲說：「你怎麼能說這種話？你很清楚他的傷口一下子好，一下子又發熱。這孩子必須給這位高明的隱修士看看。」

威斯頓彷彿沒聽見碧亞翠絲的話，繼續瞪著對方。約拿神父同樣也看著他，好像他有股莫大的吸引力。過了一會兒，約拿神父說：「以一個卑微的牧羊人來說，你的膽子倒是很大。」

「想必是我們這一行的習慣，牧羊人必須長時間留意深夜裡的狼群。」

「當然，我想牧羊人聽到黑暗中傳來的聲響時，也必須快速做出判斷，確認來者究竟是敵人還是朋友。能夠快速而準確地做出這種決定，是很重要的。」

「聽見樹枝斷裂，或是在黑暗中看見一道影子，只有愚蠢的牧羊人才會以為是伙伴前來換班。我們這種人一向謹慎，此外，我剛剛才親眼看見你們穀倉裡的那個籠子。」

「啊，我想你遲早會發現的。你認為那是什麼？」

「我看了很生氣。」

「生氣？」約拿神父粗聲粗氣地說，彷彿也生起氣來。「你為什麼覺得生氣？」

「如果我說錯了，請指教。我猜想這裡的習俗是把隱修士輪流關進籠子裡，任由野鳥啄食他們的身體，好彌補他們曾經在這個地方犯下且多年沒有受到懲罰的罪行。眼前這些駭人的傷口，便是這樣來的。據我所知，對神的虔敬可以減輕了你們的痛苦。然而，恕我直言，看到你身上裂開的傷口，我一點也不同情。那些汙穢不堪的行為，只是揭開了遮掩罪行的面紗，你們怎麼能稱之為懲罰？你們的神是用痛苦和幾句禱告就能輕易收買的嗎？他竟然不在乎正義得不到伸張？」

「我們的神是慈悲的神，牧羊人，你這個異教徒可能很難瞭解。不管犯了多麼大的罪，向這樣的神尋求寬恕並不愚蠢。我們的神有無限的慈悲。」

「一個具有無限慈悲的神有什麼用處？你笑我是異教徒，然而我祖先的神把祂們的作法說得清清楚楚，一旦違犯祂們的律法，必會受到嚴重懲罰。你們基督教的慈悲之神允許人們追求貪婪、追求對土地和鮮血的欲望，而他們知道只要幾句禱告和一點懲罰，就會得到寬恕和祝福。」

「沒錯，牧羊人，在這間修道院裡，有人依然相信這種事。但我向你保證，尼尼安和我早就沒有這種幻想了，而且不只我們兩個這麼想。我們知道神的慈悲不能被濫用，但是我們許多弟兄，包括院長在內，都不願意承認這一點。他們仍然相信只要有這個籠子，再加上經常祈禱就夠了。不過那些烏鴉和渡鴉是上帝怒火的徵兆。以前牠們根本不會飛來這裡。去年冬天，就連我們當中最強壯的人都凍壞了，而當時這裡的鳥兒不過是淘氣的孩童，牠們的鳥嘴帶來的痛苦並不難捱，只要甩甩鐵鏈或大吼一聲，牠們就不敢進犯。但現在冒出那些黑色大鳥，體型比較壯碩，膽子也比較大，眼中燃燒著怒火。不管我們如何掙扎或喊叫，牠們會若無其事地狠狠撕咬我們的身體。過去這幾個月我們就死了三個同伴，還有更多人身上帶著深深的傷口。這當然是一種徵兆。」

威斯頓的態度漸漸軟化，但他仍然堅定地擋在男孩前面。「你的意思是說，」他問：「這間修道院有人和我意見相同？」

「是的，就在這個房間裡。但出了這裡，眾人的看法依舊分歧。即使現在，他們還在激烈地爭辯著以後該怎麼辦。院長堅持我們要像以前一樣。其他和我們有相同看法的人會說，該停止這種行為了。在道路的盡頭，不會有寬恕等待著我們。我們必須揭發隱藏的真相，面對過去。但我擔心那只是極少數人的聲音，也不會被接受。牧羊人，現在你可以相信我，讓我看看這孩子的傷口嗎？」

威斯頓呆站片刻，然後他退到旁邊，示意愛德溫往前走。尼尼安立刻扶神父坐直一點，兩位隱修士突然變得精神奕奕，拿起床邊的燭台，把愛德溫拉近一點，撩起他的上衣讓約拿神父檢查。他們檢查著孩子的傷口，尼尼安把蠟燭移來移去地看了許久，彷彿那是一個水池，裡面藏了一個微型世界。最後兩位隱修士交換了一抹在艾索看來是勝利的眼神，約拿神父隨即倒回枕頭上，臉上的神情更像是認命，再不然就是哀傷。尼尼安趕忙放下蠟燭照顧他。愛德溫則溜回暗處，站在威斯頓旁邊。

「約拿神父，」碧亞翠絲說：「既然你已經檢查過那孩子的傷口，請告訴我們傷口乾不乾淨，會不會自行痊癒。」

約拿神父閉著眼睛，呼吸依然沉重，緩緩地說：「我想只要妥善照料就會痊癒。在他離開這裡以前，尼尼安會幫他準備一份藥膏。」

「神父，」碧亞翠絲接著說：「你和威斯頓先生的談話我聽得不是很明白，但覺得很有興趣。」

「是嗎？」尚待恢復體力的約拿神父睜開眼睛看著她。

「昨晚在山下的一個村子裡，」碧亞翠絲說：「我請教了一位懂醫術的女人，她對我的毛病很瞭解，可是當我問起她這種會讓我們輕易忘記前一個小時和多年前某個清晨發生之事的迷霧，她說她不知道什麼迷霧，也不知道是誰製造的。然而她說如果有誰可以參透箇中緣由，那便是你了，約拿神父。所以我先生和我才到這裡來，儘管兒子等我們等得很急，而且這條山路如此難行。我希望你能告訴我們迷霧是怎麼來的，以及艾索和我要如何擺脫它。我也許是個無知的婦人，但我發覺你和威斯頓先生說的正是這個迷霧，你們也對被遺忘的過去深感不安。所以容我請教你，還有威斯頓先生，你們知不知道為什麼我們會被這種迷霧給困住？」

約拿神父和威斯頓互望一眼。威斯頓冷靜地說：「是在山區出沒的那隻母龍魁里格，牠就是迷霧的源頭。然而這裡的隱修士一直在保護牠，已經保護多年了。我敢說即便是現在，一旦他們發現我的身分，就會立刻派人殺了我。」

「真有這種事？」碧亞翠絲問道。「迷霧是那隻母龍造成的？」

神情恍惚的約拿看著碧亞翠絲。「牧羊人說的是事實，夫人。魁里格吐出的氣息瀰漫了這片土地，剝奪我們每個人的記憶。」

「艾索，你聽見了嗎？母龍是製造迷霧的罪魁禍首！如果威斯頓先生或其他任何人，甚至是那位老騎士，只要他們能除去那隻怪物，我們就能恢復記憶了。艾索，你怎麼不說話？」

艾索好像在想什麼似的，儘管他聽見碧亞翠絲的話，也看到她有多興奮，但他還沒想到該說些什麼才好。

「牧羊人，既然你知道自己身處險境，為什麼還在此地逗留？怎麼不趕緊帶著這孩子上路？」約拿神父對威斯頓說。

「孩子需要休息，我也是。」

「但你沒有休息，你不停地劈柴，像一頭飢餓的狼四處遊走。」

「你們的木柴快燒完了，而且這一帶的山區晚上很冷。」

「還有另一個我想不通的地方，為什麼布倫努斯勛爵要追殺你？他派兵到處搜查。就在去年，有個人從東邊跑來此地獵殺魁里格，布倫努斯認為那個人就是你，於是派人到處找你。他們也跑到這裡來找過你。你和布倫努斯勛爵到底有什麼關係？」

「我們從小就認識了，甚至比這個孩子還小的時候。」

「你是來這個地方執行任務的，有什麼恩怨他非要取你性命不可？我告訴你，帶著這孩子上路吧，在隱修士們開完會前就走。」

「如果布倫努斯勛爵這麼有心，今晚就要來找我，那我只能挺身相迎。」

「威斯頓先生，」碧亞翠絲說：「我不知道你和布倫努斯勛爵有什麼過節，但如果你的任務是除去那隻巨龍，我求求你還是專心完成任務吧。要算舊帳，以後多得是時間。」

「這位太太說的甚是，恐怕我也明白了你拚命劈柴的目的。請聽我們的勸，這孩子給了你一個機會，這樣的機會怕是不會再來了，帶他一起上路吧。」

威斯頓若有所思地望著約拿神父，然後客氣地點頭致意。「我很高興認識你，神父。如果剛才出言無狀，我向你道歉。請容我和這個孩子先告退了。我知道碧亞翠絲夫人也想請你診斷，她是個勇敢善良的女士，請你千萬留些體力來照顧她。謝謝你的建議，告辭了。」

艾索躺在黑暗中，希望能墜入夢鄉，他努力回想在約拿神父的房間裡，他為什麼大多數時候都不發一語。一定有原因。即使碧亞翠絲因為發現迷霧的源頭而狂喜，他也只能把手伸過去拍拍她，一句話也沒說。當時他陷入某種強烈莫名的情緒中，雖然周遭的人所說的一字一句仍舊清楚傳進他耳中，但他彷彿神遊太虛去了。他覺得自己像是站在冬日冰川的船上，凝望四周的濃霧，知道霧氣隨時可能會散去，就能看見對岸生氣蓬勃的土地。但他陷入了某種恐懼，同時感到好奇，或是一種愈來愈強烈的沉重感。他堅定地告訴自己：「不管是什麼，讓我看看，讓我看看。」

他真的把這些話說出來了嗎？或許他已經說了，而就在那一刻，碧亞翠絲轉頭興奮地驚呼：「艾索，你聽見了嗎？母龍是製造迷霧的罪魁禍首！」

他不太記得威斯頓和那個孩子離開約拿神父的房間之後，又發生了什麼事。沉默的隱修士尼尼安想必跟他們一起出去了，大概是要拿藥膏給愛德溫，或者只是神不知鬼不覺地把他們帶回去。無論如何，他和碧亞翠絲單獨留在神父的房間裡，他雖然受傷未癒且體力不繼，還是替碧亞翠絲做了詳細的檢查。神父沒有要求她脫下衣服，艾索鬆了一口氣，只不過他對這個過程的記憶很模糊，隱約只記得約拿把耳朵貼在碧亞翠絲的側身，閉上眼睛專心聽，好像可以聽到裡面傳來的微弱訊息。艾索記得約拿神父眼睛眨呀眨，問了碧亞翠絲一連串的問題。她喝水之後會不會不舒服？她後頸有沒有痛過？另外還問了其他問題，他現在已經不記得了，而碧亞翠絲一次又一次給了否定的答案，她愈是這樣回答，艾索就愈高興。只有一次，約拿問她有沒有發現尿液帶血，她回答說有時候會這樣，這才讓艾索感到不安。約拿神父點點頭，彷彿這是可預期的正常狀況，然後再問下一個問題。後來檢查是怎麼結束的？他記得約拿神父笑笑說：「妳可以安心去找令郎了，不用擔心。」然後艾索說：「妳看，老婆大人，我早知道沒問題的。」只見約拿神父小心翼翼地把身子往後移，靠在床上休息。尼尼安不在，艾索連忙拿水壺把杯子斟滿，他把杯子放到神父的嘴邊時，看到一滴鮮血從下脣滴落，在水裡散開。

「夫人，妳好像很高興知道你們口中這個迷霧的真相。」約拿神父抬頭看著碧亞翠絲。

「確實很高興，因為現在我們知道以後的日子該怎麼過了。」

「請小心，因為這是某些人嚴防外洩的祕密，雖然我認為最好把這個祕密公諸於世。」

「我在乎的不是什麼祕密。我只是很高興艾索和我知道了這件事，現在可以採取對策了。」

「妳確定妳希望擺脫這種迷霧？有些事情不是永遠不知道比較好？」

「對某些人來說或許如此，但我們不一樣。艾索和我希望重拾我們曾經有過的幸福時光。把我們的這些記憶奪走，就好像偷走了我們最寶貴的東西。」

「然而迷霧遮掩了所有回憶，除了好的回憶，也有不好的回憶，不是嗎？」

「我們願意記起不愉快的回憶，即便那會讓我們流淚或氣得發抖。畢竟那不就是我們共同的人生嗎？」

「這麼說來，妳不擔心會有不愉快的回憶？」

「誰會擔心啊？看看艾索和我現在的感情，就知道過去的人生不會威脅我們的，不管是否被迷霧所掩蓋。就像一個有著快樂結局的故事，那麼就連小朋也知道不必擔心結局之前的各種波折。艾索和我會想起我們共同擁有的過去，不管是什麼樣子都好，因為那是寶貴的回憶。」

想必有隻鳥兒飛越他頭頂上。艾索被聲音驚醒之後，發現外頭的劈柴聲也停了，四周一片寂靜。難道戰士已經回到房間休息了？但艾索沒聽到半點聲響，也看不出是誰睡在桌子的另一頭那邊。檢查過碧亞翠絲的身體，問題也問完了之後，約拿神父還說了什麼？對了，她說曾經發現尿液帶血，但神父只是微微一笑，又問起別的事。艾索當時說，我早就知道沒問題的。而神父雖然受傷未癒，還是露出了微笑，然後說，妳可以安心去找令郎了，不用擔心。但碧亞翠絲擔心的從來不是這些問題。他知道碧亞翠絲擔心的是船夫問的問題，這比約拿神父的問題更難回答，而這也是她知道迷霧的源頭之後會這麼高興的原因。艾索，你聽見了嗎？她高興得很。艾索，你聽見了嗎？她看起來神采奕奕的。

7

有人在搖晃他，可是等他坐了起來，那個人已經走到房間的另一頭，彎腰對愛德溫低聲說：「快起來，孩子，快起來！別出聲音。」他身邊的碧亞翠絲已經醒了，艾索踉蹌地站了起來，感覺一陣寒意襲來，他伸手握住太太伸出的雙手。

深夜時分，下面的庭院裡有人大呼小叫的，還有人拿了火炬，面對窗戶的牆壁上反射著一道道的亮光。把他們叫醒的隱修士將那個還沒睡醒的男孩拖到他們身邊，即使影像模糊，但光看那個人走路一跛一跛的樣子，艾索就知道他是布萊恩神父。

「我會設法救你們出去的，」布萊恩神父小聲地說：「但你們動作一定要快，而且要照我的話做。現在官兵上門了，二十個，甚至三十個，非要把你們抓回去不可。他們已經把那個撒克遜老兄給困住了，但他驍勇善戰，官兵忙著對付他，你們才有機會逃跑。別出聲，孩子，跟我來！」愛德溫朝窗邊走去，但布萊恩神父一把抓住他的手臂。「我是來帶你們到安全的地方，可是首先我們得神不知鬼不覺地離開這個房間。下面的廣場全是官兵，他們正盯著高塔看，那個撒克遜人還在苦苦奮戰。上帝保佑他們不會發現我們從這道石階下去，只要能走下樓梯，最危險的情況就算是過去了。但千萬不要出聲，免得引起注意，而且絕對不能摔跤。我先下去，等我打手勢，你們就跟著下來。不，夫人，你們不能帶著包袱，只要能保住性命就夠了！」

他們蹲在門邊，仔細聽布萊恩神父的腳步聲，他的動作慢得讓人焦急。艾索小心翼翼地從門口往外窺看，發現庭院的另一頭有火炬閃動，還沒看清楚是怎麼回事，就看到布萊恩神父站在樓梯正下方，發狂似地招手示意要他們趕快下去。

階梯以對角線的方式往下延伸，整座石梯子幾乎都籠罩在黑暗裡，只有快到地面的一小段被圓月照得一清二楚。

「緊跟在我後面，老婆大人，」艾索說：「不要往外看，留意腳步，否則摔跤只會招來敵人。把我的話傳給那孩子，我們得趕快離開這裡。」

儘管這麼說，但艾索在下樓梯時，忍不住朝庭院瞥了幾眼。官兵正包圍著庭院對面的一座圓塔，從塔上可以俯瞰先前隱修士們開會的那棟建築。官兵們揮舞著熊熊的火炬，隊伍亂成一團。艾索走到一半時，看見兩名官兵朝廣場這一頭跑過來，他以為官兵一定會發現他們。但那兩個人跑進了另一道門，艾索慶幸逃過一劫，趕忙領著碧亞翠絲和愛德溫步入走廊的暗處，布萊恩神父在那裡等著他們。

他們跟著神父穿過狹窄的走廊，有可能是先前尾隨尼尼安神父走過的路。沿途伸手不見五指，只能跟著布萊恩神父一跛一跛的腳步聲前進。然後他們進入一個房間，這裡的天花板塌了一大塊，月光灑進來，照亮了一堆木箱和破損的家具。艾索聞到發霉和腐水的味道。

「放心吧，朋友，」布萊恩神父以平常的音量說。他走到房間一角，把幾件東西搬開。「你們差不多安全了。」

「神父，」艾索說：「很感激你救了我們，拜託告訴我們究竟發生了什麼事。」

布萊恩神父繼續清理那個角落，頭也不抬地說：「我們也不知道是怎麼回事，今晚那些官兵不請自來。他們不由分說就闖進來，當這是他們自己的地盤。他們要我們交出剛來的兩個撒克遜年輕人，雖然沒提到你們夫妻，但我想他們絕不會對你們客氣。他們顯然是非殺了這個孩子不可，就像他們現在對付那位老兄一樣。你們務必要自救，以後再來想他們為什麼這麼做。」

「我們才剛認識威斯頓先生不久，」碧亞翠絲說：「但他的下場恐怕很悲慘。我們在這個時候逃走，心裡實在不安。」

「那些官兵可能馬上就追上來了，因為沒有任何閘門可以阻擋他們。再說如果那個人的勇敢、甚至付出性命，可以讓你們有機會逃過一劫，你們必須滿懷感激地把握機會。這道暗門下面是一條古地道，可以一路通往森林，等你們出去之後，他們已經追不上了。現在幫忙我打開暗門吧，先生，因為我一個人拉不開。」

即使他們兩人合力，也費了好一番力氣才打開那道暗門，此刻門板就立在他們面前，底下是一片深沉的黑暗。

「讓那個孩子先下去，」布萊恩神父說：「這條地道已經很多年沒有人走過了，誰知道階梯有沒有坍塌。他雙腳靈活，就算摔倒也不會太嚴重。」

愛德溫對碧亞翠絲說了一句話，再由她代為轉譯：「愛德溫想去幫威斯頓先生的忙。」

「妳告訴他，我們從這條地道逃出去，才是幫威斯頓的忙。不管妳跟那孩子怎麼說，總之說服他快點過來。」

碧亞翠絲跟愛德溫說話的時候，那孩子像是變了個人。他目不轉睛地盯著地板上的黑洞，月光照在他的臉上，在那一刻，艾索覺得他的眼神有些古怪，彷彿著了魔。碧亞翠絲話還沒說完，愛德溫便頭也不回地進入地道。隨著他的腳步聲愈來愈遠，艾索牽起碧亞翠絲的手說：「我們也下去吧，緊跟著我。」

通往地道的階梯很淺，是嵌入泥土裡的扁平石塊，踏在上面感覺頗為堅固。就著頂上開啟的門透進來的光，他們隱約看見前方的路。不過正當艾索轉身要和布萊恩神父說話時，暗門像打雷似的砰一聲關上了。

他們三人停下腳步，在原地呆了好一會兒。裡頭的空氣不像艾索原先以為的那麼滯悶，事實上，他感覺到一陣微風吹來。原本走在他們前面的愛德溫喃喃說著什麼，碧亞翠絲低聲回答。然後她小聲地說：「那孩子問說布萊恩神父為什麼那樣把門關上。我告訴他說，應該是急著把地道遮掩起來，免得被官兵發現，說不定他們現在正闖進那個房間。話雖如此，艾索，我也覺得有點古怪。這會兒神父正把壓在暗門上的東西搬回去嗎？連神父自己也說這條路已經很多年沒人走過了，萬一我們發現前面的路被泥土或水擋住了，等我們循原路回來之後，這道門這麼重，上面又壓著東西，到時怎麼打得開呢？」

「確實很怪。不過修道院裡滿是官兵，這一點無庸置疑，我們剛才不是親眼看見了嗎？除了繼續往前走，祈禱這條地道能讓我們安全逃到森林，看樣子我們也沒別的辦法可想。叫那個孩子只管往前走，放慢腳步，用手扶著長了青苔的牆，我擔心前面只會愈走愈黑暗。」

他們一路往前走，發現地道裡有一絲微光，能分辨彼此的身影。地上有不少積水，他們踩到的時候總是忍不住驚呼。艾索依稀聽到前面有聲音，不過既然愛德溫和碧亞翠絲都沒反應，他就當作是自己因為疲累而想像出來的。接著愛德溫冷不防停下來，艾索差點撞上他，後面的碧亞翠絲抓緊他的手，他們就這樣站在黑暗中一動也不動。碧亞翠絲緊挨著他，呼出的氣息在他脖子上暖呼呼的，同時用小得不能再小的聲音說：「你聽到沒有，艾索？」

「聽到什麼？」

愛德溫伸手摸了他一下，以示警戒，然後他們又陷入沉默。碧亞翠絲在他耳邊說：「這裡不只有我們，艾索。」

「也許是蝙蝠吧，或者是老鼠。」

「不，艾索。我聽到了，是人的呼吸聲。」

艾索豎起耳朵，聽見很清晰的聲音，是連續三四次的撞擊聲，就從他們前面傳來。先是出現了閃光，然後燃起小小的火焰，映照出一個男人坐著的模樣，然後又再度陷入黑暗。

「別怕，朋友，」有個聲音說：「是我，蓋文爵士，亞瑟王的騎士。只要火絨點燃了，我們就可以看得更清楚些。」

接著又是打火石的聲音，終於點著了一根蠟燭，火苗穩穩地燃燒著。

蓋文爵士坐在一座土墩上。他坐的角度很奇怪，顯然不太舒適，活像一個快要翻倒的巨型娃娃。他手上的蠟燭照亮了他的臉和身體，影子搖搖晃晃的，呼吸沉重。他跟先前一樣穿著盔甲，手上的劍已然出鞘，斜插在離土墩不遠的地上。他舉起蠟燭，仔細看過每個人的臉，一副不懷好意的眼神。

「看來你們都在這裡，」他總算說：「我可放心了。」

「你嚇了我們一跳，蓋文爵士，」艾索說：「你躲在這裡幹什麼？」

「我已經下來好一會兒了，走在你們前面。不過拿著這把劍，又穿著這身盔甲，加上我個子高，不得不低著頭蹣跚前進，因為走不快，才被你們給追上。」

「你沒有解釋清楚啊，爵士。你為什麼走在我們前面？」

「為了保護你們！說來可悲，那些隱修士騙了你們。這底下住了一頭野獸，他們想藉此除掉你們。幸好不是每個隱修士都這麼想。尼尼安悄悄帶我下來，我會把你們帶到安全的地方。」

「你這話嚇得我們不知如何是好，」艾索說：「先說說你所謂的野獸。是哪一種野獸？眼前就會有危險嗎？」

「可以這麼說。如果不是為了讓你們遇上這頭野獸，他們就不會叫你們下來這裡了。這是他們一貫的手法。身為基督的子民，他們不能以刀劍或毒藥取人性命，於是只要他們希望誰死，就把人送到這裡來，一兩天之後，他們根本就不記得自己做過這種事。噢，沒錯，這就是他們的技倆，尤其是院長。到了星期天，他甚至有可能會說服自己相信，是他協助你們逃離那些官兵的魔掌。至於在地道裡四處覓食的野獸幹了什麼好事，就算他想起來了，也會矢口否認，甚至宣稱這是上帝的旨意。現在，既然有一名亞瑟王的騎士擋在你們前面，我們不妨瞧瞧上帝今晚的旨意是什麼！」

「你的意思是說，」碧亞翠絲問道：「那些隱修士想要弄死我們？」

「他們想要這個孩子死，夫人，而我設法向他們解釋無此必要，甚至擔保會帶他遠離這個地方，但沒辦法，他們就是不聽我的！就算威斯頓先生已經被俘虜或殺害，他們也不肯冒險讓這孩子逃跑，因為誰敢說將來不會有人上門找這個孩子。我說我會帶他走得遠遠的，但他們擔心日後會有麻煩，所以一心想弄死他。他們或許會放過妳和妳丈夫，但你們免不了會看見他們的所作所為。早知如此，我還會趕來相救嗎？誰知道呢？我覺得我有責任這麼做，不是嗎？他們打算用來對付這孩子和一對無辜的基督徒夫妻的手段，我說什麼也不會答應的！還好不是每個隱修士都這麼想，守靜默戒的尼尼安神不知鬼不覺地把我帶到下面來。我原本不想這麼快就讓你們給追上，都怪這副盔甲，還有讓我動不動就摔跤的龐大身軀。這些年來，我不知詛咒這副高大的身材多少次！一個人長這麼高有什麼好處？雖然能夠摘到樹上的梨子，但也可能被從矮子頭上飛過的劍給射中。」老騎士不知所云地說了一堆。

「蓋文爵士，」艾索說：「你說在這裡出沒的究竟是哪一種野獸？」

「我從來沒見過，只知道有人被隱修士用這種方法給害死了。」

「是一般人用尋常的刀劍可以殺死的野獸嗎？」

「你這話是什麼意思？我是一般人沒錯，但我也是訓練有素的騎士，年輕時受偉大的亞瑟王悉心栽培，他教我要樂於迎接各種挑戰，即使恐懼入骨也一樣。既然身而為人，何不趁還在人世間的時候，至少在上帝眼下，好好地發一次光！跟所有追隨亞瑟王的人一樣，我曾經面對許多惡魔鬼怪，以及人類最邪惡的意圖，但即使在最殘酷的鬥爭中，我也總是奉行偉大國王的典範。你這話是什麼意思？你好大的膽子。你當時在場嗎？我在場啊，先生，現在盯著你看的這雙眼睛，見識過各種妖魔鬼怪！不過那又怎麼樣呢，朋友們，現在不是討論這個的時候，我們還有其他事情要處理。你剛才問了什麼？對了，這隻野獸，喔，我知道牠恐怖又殘暴，但牠不是魔鬼也不是妖怪，而且我這把劍殺得了牠。」

「不過，蓋文爵士，」碧亞翠絲說：「既然你知道這裡有野獸，我們真的還要繼續往前走嗎？」

「我們有什麼選擇呢？如果我沒搞錯的話，回修道院的路已經封死了，不過那道門隨時可以再打開，讓官兵殺進來。我們只能繼續往前走，如果沒有這隻野獸擋路，我們很快就可以逃到森林裡。尼尼安向我保證，這是一條真正的地道，而且保養得宜。所以我們就趁蠟燭熄滅前趕緊上路吧，這是我唯一的一根蠟燭。」

「我們要相信他嗎，艾索？」碧亞翠絲問道，一點也不擔心被老騎士聽見。「我現在心煩意亂，不願意相信仁慈的布萊恩神父會出賣我們，但這位騎士說的也不像假話。」

「我們跟他去吧。蓋文爵士，謝謝你不辭辛勞，現在就拜託你帶我們逃到安全的地方，也希望這隻野獸此刻正在打盹兒，或到別處覓食去了。」

「我擔心恐怕沒這麼好運。不過，來吧，朋友們，我們勇敢前進。」老騎士慢慢站起來，把蠟燭舉到面前。「艾索先生，請你幫我們拿著蠟燭吧，因為我得兩手握著劍柄，隨時準備舉劍。」

他們在地道裡繼續往前走，蓋文爵士走在最前面，艾索拿著蠟燭跟在後面，碧亞翠絲從後面抓著他的手臂，而愛德溫則走在最後面。通道狹窄，四周都是青苔，結實的樹根低垂，最後就連碧亞翠絲也得彎著腰走路。艾索盡量把蠟燭舉高，但地道裡不時吹來冷風，他常常必須把蠟燭低下來，用另一隻手擋著風。蓋文爵士倒是沒有半句埋怨，握著劍的身影始終如一。突然間，碧亞翠絲驚呼一聲，拉著艾索的手臂。

「怎麼了？」

「噢，停下來！我的腳好像絆到什麼東西了，但燭光移動得太快了。」

「那又怎麼樣，老婆大人？我們必須繼續前進。」

「艾索，我覺得那是一個小孩！我的腳踢到一個孩子，我在燭光移開前看到了。天啊，我想是一個死了很久的孩子！」

「好了，別難過。妳在哪裡看到的？」

「走吧，朋友，」老騎士在漆黑中說：「這個地方有很多東西還是不看得好。」

碧亞翠絲像是沒聽到騎士的話。「在這裡，艾索，把燭光照過來。在那下面，照那下面，雖然我不敢看他可憐的臉！」

儘管蓋文爵士催促大夥兒繼續往前走，但他自己也忍不住回頭看。愛德溫站到碧亞翠絲旁邊。艾索屈膝向前，拿起蠟燭照來照去，只看到潮濕的泥土、樹根和石塊。然後火光照到一隻大蝙蝠，張開翅膀躺在地上，睡得很安穩。蝙蝠的外皮看上去又濕又黏，長得像豬仔的臉光禿無毛，翅膀的凹處積了一點水。如果不是牠身體上的傷口，你真的會以為牠是睡著了。當艾索以燭火照得更清楚時，才赫然發現蝙蝠身上有一個空洞，從胸部延伸到腹部，擴及兩側胸腔。傷口清楚得不得了，彷彿有人在一顆鮮脆的蘋果上咬了一口。

「這種傷口是怎麼造成的？」艾索問。

他一定是移動得太快了，燭火在瞬間熄滅。

「別擔心，朋友，」蓋文爵士說：「我再把火絨找出來。」

「我不是跟你說嗎？」聽碧亞翠絲的語氣，彷彿馬上要哭出來。「我的腳一碰到他，就知道是個小嬰兒。」

「妳在說什麼？這不是嬰兒。」

「這可憐的孩子究竟出了什麼事？他爸媽又怎麼了？」

「老婆大人，這只是一隻蝙蝠，黑漆漆的地方經常出現這種動物。」

「噢，艾索，那是個嬰兒，我很確定！」

「可惜燭光滅了，不然我會再照一次給妳看。那只是蝙蝠，但我也想再看一眼牠躺在什麼東西上面。蓋文爵士，你看到蝙蝠躺在什麼上面嗎？」

「我不明白你的意思。」

「我覺得蝙蝠好像躺在一堆白骨上，我好像看到可能是人類的頭骨。」

「你是什麼意思？」蓋文爵士的聲音大了起來。「什麼頭骨？我沒看到頭骨！只有一隻倒楣送了命的蝙蝠。」

這時碧亞翠絲低聲啜泣，艾索站起來摟住她。

「那不是小孩，」他的語氣變得比較溫柔。「別難過。」

「死得這麼孤單。他爸媽在哪裡？」

「你在說什麼？頭骨？我沒看見頭骨！就算有幾塊老骨頭又怎麼樣？又有什麼特別的？我們不是在地底下嗎？但我沒看到骨頭，我不知道你在說什麼。你當時在場嗎？你和偉大的亞瑟王站在一起嗎？我可以很自豪地說我有，而且他是一位仁慈又英勇的指揮官。對，沒錯，是我去找院長，提醒他留意威斯頓先生的身分和意圖，但我有什麼選擇呢？難道我能猜到聖者的心會變得多黑暗嗎？你剛才說的話毫無根據！對於曾經和偉大的亞瑟王並肩作戰的人來說，那是一種侮辱！這裡沒有白骨堆。再說，我不是來救你們了嗎？」

「蓋文爵士，你的聲音太大了，誰知道現在那些官兵在哪裡。」

「既然知道了，我能怎麼辦？對，我騎馬到這兒來找院長，但我怎麼知道那個人的心腸這麼壞？而比較善良的人，那個可憐的約拿，他的肝臟被鳥啄傷了，只怕來日無多，那個院長卻活得好好的，那些鳥幾乎沒在他身上留下半點痕跡……」

這時有聲音從前面的地道傳來，打斷蓋文爵士的話。很難確定聲音是遠是近，但肯定是野獸的叫聲，聽起來像是狼嚎，也有點像低沉的熊吼。叫聲不算長，但艾索馬上緊緊攬住碧亞翠絲，蓋文爵士也立刻拔起插在地上的劍。有好一會兒，他們默默站在原地，然後突然間蓋文爵士大笑起來，笑到喘不過氣。他不停地笑，而碧亞翠絲則在艾索的耳邊說：「我們離開這個地方，我想趕快忘記這個孤獨的墳墓。」

蓋文止住笑，說：「或許我們剛才聽到的是那隻野獸的叫聲，但我們別無選擇，只能往前走。既然如此，朋友們，我們別再吵了。我們等會兒再把蠟燭點上，暫且先摸黑前進吧，以免燭光引來野獸。你們看，這裡有些微光，我們就著光往前走，來吧，別再吵了。我的劍已經準備妥當，我們繼續前進。」

現在地道變得更曲折，他們走得更加小心，就怕每一次轉彎不知道會遇到什麼。但他們什麼也沒撞見，也沒再聽到叫聲。接著地道坡度驟降，他們就這樣走了好一段路，才出了地道，走進一間很大的地下室。

他們停下來喘息，四下打量這個地方。在地道裡走了這麼久，現在看到高聳的天花板，以及穩固的建築，總算讓人鬆了一口氣。蓋文爵士重新點亮蠟燭，艾索這才發現他們走進了某種陵墓，四面牆壁上還留著壁畫和羅馬字跡。面前是一對堅固的柱子，形成一個入口，通往另一個規模差不多的房間，門口則見滿地月光，應該是橫跨兩根柱子的高聳圓拱後面有個開口，湊巧和月亮連成一線，引入月光。柱子上長滿青苔，起初艾索以為地上滿是碎石，但很快就發現是一層白骨。這時他赫然發現自己腳底下還有更多斷裂的白骨，而且兩個相鄰的房間都鋪滿了這種詭異的東西。

「這裡想必是古代的墓地，」他大聲說：「只不過埋了很多人。」

「墓地，」蓋文爵士喃喃自語。「對，是墓地。」他一手仗劍，一手秉燭，在墓室裡慢慢走著。他走向拱門，但沒有踏進另一間墓室，彷彿被皎潔的月光嚇得不敢往前走。他把劍往地上一插，艾索看著他的側影倚劍佇立，疲憊地拿著蠟燭。

「我們不必吵了，艾索先生。我不否認這些是人的頭骨。這裡一隻手臂，那裡一條腿，現在都只剩下骨骸。可能是古老的墓地吧。我敢說我們全國上下都是這樣：一座蒼翠的山谷，令人心曠神怡的小灌木林，但掘開土壤，在雛菊和毛茛底下不遠處，就是骨骸。而且我說的可不只是接受基督教葬禮的那些人。在我們的國土底下，還有早年大屠殺留下的骸骨。何瑞斯和我已經累了。我們疲憊不堪，而且不再年輕。」

「蓋文爵士，」艾索說：「我們只有一把劍。請你不要懷憂喪志了，別忘了那隻野獸就在附近。」

「我沒忘記那隻野獸，我只是在思考前面這道門。你往上面看，看到沒？」蓋文爵士把蠟燭舉高，圓拱的下緣好像有一排朝向地面的矛頭。

「是吊閘，」艾索說。

「沒錯，這道門沒那麼古老，我敢說它比我們兩個都還年輕。有人把吊閘拉起來，希望我們通過。你看那裡，綁著吊閘的繩索。還有那裡，是輪軸。有人經常過來這裡升降這個吊閘，也可能是餵食那隻野獸。」蓋文爵士走向其中一根柱子，腳步踩在白骨上嘎吱嘎吱響。「只要我割斷繩索，吊閘一定會降下來，擋住我們的出路。但如果那隻野獸在門後面，我們就不會被牠傷害到了。是那個撒克遜男孩的聲音，還是有什麼妖怪偷偷溜進來？」

其實是待在暗處的愛德溫唱起歌來，起初聲音很小，艾索以為他只是在安撫自己的緊張情緒；但後來他的聲音漸漸大了起來，唱的好像是一首搖籃曲。他面向牆壁唱著，身體輕輕搖晃。

「那孩子好像中邪了，」蓋文爵士說：「別管他了，我們現在必須做決定，艾索先生。要繼續往前走？還是割斷這條繩子，暫時擋住門後面的東西？」

「我說我們先割斷繩子吧。吊閘隨時可以再拉起來。先看看吊閘落下來以後，會遇到什麼情況。」

「好提議，就照你的話做。」

蓋文爵士把蠟燭遞給艾索，然後上前一步，舉劍朝柱子一揮。只聽見金屬撞擊石頭的聲音，吊閘晃個不停，卻依然懸在半空。蓋文爵士有點難為情地嘆了口氣，然後換了個位子，再次舉起長劍，又敲了一下。

這回聽到啪的一聲，吊閘整個落下來，在月光下揚起一陣塵埃。聲音大得嚇人，愛德溫忽然停下來不唱了，艾索望著已經落地的鐵柵欄，想看看究竟有什麼會出現。一直不見野獸的影子，過了一會兒他們總算鬆了一口氣。

儘管他們現在等於是被關了起來，但吊閘放下來之後，他們四個人才放心地在陵墓裡走來走去。蓋文爵士把劍入鞘，走到鐵柵欄那裡，伸手觸摸。

「上等鐵器，」他說：「可以讓我們安全無虞。」

先前一直很安靜的碧亞翠絲走到艾索面前，把頭埋進他的胸膛。他伸手摟著她，才發現她的臉頰都是淚水。

「放心吧，我們很快就會走出這裡。」

「這些頭骨，艾索。這麼多！這隻野獸真的殺了這麼多人嗎？」

她的聲音很小，但蓋文爵士聽了轉過頭來。「妳是什麼意思，夫人？難道這場屠殺是我幹的？」他這句話說得有氣無力的，完全沒有他先前在地道裡的那股怒氣，但語氣強硬。「妳說這裡有這麼多頭骨，但我們不就是在地底下嗎？妳想說什麼？光憑一個亞瑟王的騎士，殺得了這麼多人嗎？」他回頭面向閘門，用一根手指順著鐵柵欄劃過去。「多年以前，有一次在夢裡，我看到自己殺死很多敵人。那是在睡夢中，而且是很久以前的夢了。敵軍有好幾百人，或許和這裡的白骨一樣多。我不停作戰。那只是一個傻氣的夢，但我到現在都還記得。」他嘆口氣，看著碧亞翠絲。「我不知道該怎麼回答妳，我自認凡事都是按照上帝的旨意行事。我怎麼會想到這些該死的隱修士變得這麼壞心？何瑞斯和我在日落前來到這間修道院，當時你們剛到不久，我認為必須趕緊告訴院長實情。後來我發現他打算對你們不利，於是我假意順從，向他們告辭，他們所有人都以為我已經走了，但我把何瑞斯留在林子裡，天黑之後悄悄走回來。不是每個隱修士的想法都一樣，感謝上帝。我知道善良的約拿會見我。我從他那裡得知院長的詭計，然後請尼尼安帶我到下面這裡來等你們。該死，那孩子又唱起來了！」

沒錯，愛德溫又唱起歌了，沒有先前那麼大聲，但他的姿勢很奇怪。他屈身向前，兩手握拳按著兩邊的太陽穴，同時緩緩地四處晃動，彷彿在一齣劇中扮演什麼動物的角色。

「這幾天發生的事顯然讓他嚇壞了，」艾索說。「他能表現得這麼勇敢，實在令人訝異，離開這裡之後，我們一定要好好照顧他。不過蓋文爵士，請你告訴我們，那些隱修士為什麼企圖殺害一個無辜的男孩？」

「不管我怎麼爭辯，院長都要殺了這孩子。所以我把何瑞斯留在森林裡，徒步走回……」

「蓋文爵士，請你解釋一下，是不是和惡魔在他身上咬出的傷口有關？但他們可是接受基督教育的人。」

「那孩子的傷口不是惡魔咬的，他身上的傷口是一隻龍造成的。昨天那個士兵一撩起他的上衣，我就看到了。誰知道他怎麼會遇上一隻龍，但那傷口確實是龍咬的，現在他一定熱血沸騰，巴不得趕快和母龍在一起。反過來說，只要附近有任何母龍，牠一定能聞到他的氣味，跑來找他。所以威斯頓先生才會這麼喜歡他這個徒弟啊。他相信愛德溫會帶他找到魁里格。基於同樣的原因，隱修士和這些官兵自然要置他於死地。你瞧，這孩子的野性愈來愈強了！」

「這些頭骨是怎麼回事？」碧亞翠絲突然提問。「為什麼會這麼多？難道這些都是嬰兒的骨骸？有些確實小到一掌就抓得起來。」

「老婆大人，別自尋煩惱了。這裡是墓地，如此而已。」

「妳究竟想說什麼？嬰兒的骨頭？我曾經對抗男人、魔鬼和惡龍。但說我屠殺幼童？妳好大的膽子！」

突然間，愛德溫從他們旁邊擠過去，走到吊閘那裡，整個人貼著柵欄，繼續吟唱著。

「退後，孩子，」蓋文爵士抓住他的肩膀。「這裡很危險。你別再唱下去了！」

愛德溫用雙手抓住鐵柵欄，和老騎士扭打了幾下，然後兩人掙脫對方，雙雙往後退。靠在艾索懷裡的碧亞翠絲吁了一口氣，艾索看著愛德溫和蓋文爵士。不一會兒，那隻野獸便出現在月光下。

「上帝保佑我們，」碧亞翠絲說：「這是從大平原跑來這裡的野獸。這裡愈來愈冷了。」

「別擔心，牠沒辦法破壞那些鐵柵欄。」

蓋文爵士隨即拔劍出鞘，低聲笑了出來。「遠遠不及原本擔心的那麼可怕，」他說，又笑了幾聲。

「也夠可怕了，爵士，」艾索說：「看樣子可以把我們一個個都吞下肚。」

他們看到的是一隻沒有外皮的大型動物：肌肉和關節被一層像羊肚內膜的東西給緊緊包住。牠此刻站在月影下，體型及身材和公牛差不多，脖子上長的卻是像狼的深色頭顱。牠的顎骨極大，雙眼宛如爬蟲類動物。

蓋文爵士還在自顧自的笑著。「從那條幽暗的地道走過來，我一路上天馬行空地想像要如何面對比這更嚴重的情況。我曾經在沼澤區遭遇過長了恐怖女巫頭的狼！在柯爾維奇山遇過能夠一邊發出吶喊、一邊朝你嘔血的雙頭惡魔！眼前頂多是一隻發火的小狗。」

「不過牠擋住我們通往自由的路。」

「確實如此。所以我們可以瞪著牠看一個小時，直到官兵來追捕我們。或者我們可以拉開閘門，給牠迎面痛擊。」

「我個人認為敵人比惡犬更可怕，蓋文爵士。但請你千萬不要掉以輕心。」

「我年紀大了，很久沒有在盛怒之下揮動這把劍。但我仍然是個訓練有素的騎士，只要是人世間的野獸，都會敗在我手上。」

「你看，艾索，」碧亞翠絲說：「牠的眼睛一直盯著愛德溫。」

愛德溫冷靜得出奇，像在測試什麼一樣，先往左走，再往右走，但一直瞪著那隻目光不曾從他身上移開的野獸看。

「這隻狗想抓這個孩子，」蓋文爵士若有所思地說。「或許這隻怪獸身上有龍的血統。」

「不管是什麼怪獸，」艾索說：「牠居然在哪裡等著看我們下一步要怎麼做。」

「那就讓我提個建議，朋友，」蓋文爵士說：「我很不願意把這個撒克遜男孩綁起來，當作誘捕狼的小山羊。不過他應該是個勇敢的男孩，況且手無寸鐵在這裡走來走去也是一樣危險，不如讓他拿著蠟燭走到墓室後面。然後你，艾索先生，或許也請尊夫人幫忙，如果你們能把閘門再拉起來，我想這隻野獸會直接朝那個孩子撲過去。屆時我就站在這裡，趁牠經過的時候砍了牠。你贊成這個計畫嗎？」

「這是萬不得已的作法。不過我擔心官兵們很快會發現這裡，所以我們就姑且一試吧。就算讓內人和我一起吊在繩子上，我們也會盡全力把閘門拉起來。老婆大人，妳把我們的計畫說給愛德溫聽，看他願不願意加入。」

但一個字也不用說，愛德溫似乎就明白了蓋文爵士的策略。他從老騎士手中接過蠟燭，在白骨堆上邁了十大步，走回到陰暗處。等他再度轉身時，蠟燭幾乎沒有晃動，只見他的灼灼目光盯著鐵柵欄另一頭的野獸。

「快點，老婆大人，」艾索說：「妳爬到我背上，設法抓到繩子的末端。繩索就吊在那裡。」

起初他們差點翻倒。後來以柱子支撐，再稍微摸索一下之後，艾索就聽見碧亞翠絲說：「我抓到了。只要把我放下來，就可以把繩子一起拉下來。你在下面接住我，免得我整個人摔下去。」

「蓋文爵士，」艾索低聲說：「你準備好了嗎？」

「準備好了。」

「如果你沒能把野獸擋下來，這勇敢的孩子就必死無疑了。」

「我知道，先生。我一定擋得住。」

「慢慢放開我，艾索。如果我還抓著繩子吊在半空中，你就伸手把我拉下來。」

艾索放開碧亞翠絲，但她的重量不足以拉起閘門，一度懸在半空中。艾索設法抓住她雙手附近的另一段繩索，兩人一起往下拉。起初沒有任何動靜，接著閘門就在搖晃中慢慢往上升了。艾索繼續拉，大聲喊說：「夠高了嗎？」

蓋文爵士頓了一下才回答。「那隻狗瞪著我們這裡看，現在牠和我們之間已經沒有任何阻礙了。」

艾索轉回身，正好看見野獸往前縱身一躍。月光照著老騎士的臉，在揮劍的那一刻，他的表情極為驚恐，但已經太遲了，那隻動物越過他身邊，絲毫不差地撲向愛德溫。

愛德溫瞪大了眼睛，依然緊握手中的蠟燭。接著他往旁邊移動，簡直像是出於禮貌，要讓路給這隻野獸。出乎艾索的意料，那隻野獸真的接受了他的好意，衝進他們不久前才走出的漆黑地道。

「我繼續拉著閘門，」艾索大聲喊：「你們趕快跨過去，才能活命！」

但碧亞翠絲和已經把劍放下的蓋文爵士好像都沒聽見他說的話。即使是愛德溫，對於那隻剛剛快速衝過他身邊且隨時會再跑回來的野獸，也顯得興趣缺缺。這孩子拿著蠟燭走到老騎士那裡，兩人一起低頭看著地上。

「把閘門放下，艾索先生，」蓋文爵士頭也不抬地說。「待會兒再拉起來。」

艾索這才發現老騎士和愛德溫正興味盎然地看著地面上有什麼東西動來動去的。他把閘門放下時，碧亞翠絲說：「好恐怖的東西，我不想看。但你想看就去看，再跟我說你看到了什麼。」

「剛才野獸不是跑進地道了嗎？」

「只有一部分跑進去了，我聽見牠的腳步停下來。艾索，過去瞧瞧牠躺在騎士腳邊的那一部分。」

艾索走過去的時候，蓋文爵士和愛德溫嚇了一跳，彷彿從恍惚中被驚醒。他們讓了開來，艾索看到野獸的頭。

「顎骨硬是不肯闔上，」聽蓋文爵士的語氣甚是懊惱。「我想再揮一劍，不過擔心這樣會褻瀆神明，可能會招致更多災禍。但我希望牠別再動了。」

要說割下來的這顆頭顱不是活物，確實令人難以置信。頭顱躺在地上，露出的一隻眼睛眨呀眨的，活像海中生物。嘴巴開闔著，顯得格外有力，舌頭自在地在齒間晃來晃去。

「這都是你的功勞，蓋文爵士，」艾索說。

「不過是區區一隻狗，就算是更凶殘的野獸也無妨。不過這個撒克遜孩子展現出少見的勇氣，我很榮幸能為他做點事。現在我們得盡快離開，而且不能掉以輕心，誰知道前面還會遇上什麼事，甚至會不會有第二隻野獸等在外面。」

他們在柱子後面找到一支曲柄，把繩索繫上去，就能輕易吊起閘門。他們把野獸的頭顱留在原地，穿過吊閘底下。同樣是蓋文爵士帶頭，手上握著劍，愛德溫走在最後面。

第二間墓室一看就知道是那隻野獸的巢穴：在陳舊的骨骸間，散置著比較新鮮的羊或鹿的屍體，還有他們認不出來的其他發臭物體。然後他們再次弓著身體，氣喘吁吁地穿過一條蜿蜒的通道。再也沒有遇到其他野獸了，最後他們終於聽見鳥鳴聲，遠處一道光亮，引領他們出了地道，步入森林。只見晨光灑滿大地。

艾索頭昏眼花地走到樹叢間，他牽著碧亞翠絲的手，扶她坐下。碧亞翠絲起初喘得厲害，連話都說不出來，過了一會兒，她抬起頭說：「我旁邊還有位置，如果暫時安全無虞，讓我們坐在一起休息吧。我很慶幸我們兩人都安然無恙地離開了那條可怕的地道。」然後她問：「愛德溫在哪裡？我沒看到他。」

艾索在微光中四處張望，只見蓋文爵士的身影就在附近，垂著頭，一邊抓著樹幹穩住身子，一邊調節呼吸。但到處都沒有那孩子的蹤跡。

「他剛才還在我們後面，」艾索說：「呼吸到新鮮空氣的時候，我還聽到他驚呼一聲。」

「我剛才看到他忙不迭地跑了，」蓋文爵士說，他沒轉過頭來，仍然喘得厲害。「他不像我們這幾個老人，需要靠著樹喘個不停。我想他是要趕回修道院去救威斯頓先生。」

「你沒想到要阻止他嗎？他這樣無疑是自尋死路，而且威斯頓先生可能已經被殺死或俘虜了。」

「你要我怎麼辦？我能做的都做了。躲在那個黑暗地道裡這麼久。還有那隻野獸，雖然牠曾經吞噬過許多英勇之士，照樣成了我的手下敗將。到了最後，那孩子居然跑回修道院去！要我背負這一身沉重的盔甲和長劍追上去嗎？我已經筋疲力盡了，先生。現在我該怎麼辦？我必須停下來好好想想，亞瑟王會要我怎麼做？」

「你不是說是你跑去向院長通風報信的，是你告訴他威斯頓先生的真實身分是從東邊來的戰士？」碧亞翠絲問道。

「為什麼要舊話重提呢？難道我沒有帶你們逃到安全的地方？我們踩過這麼多白骨才能離開地道，進入這甜美的晨曦！這麼多白骨！不必往下看，每踩一步就聽得到骨頭嘎吱作響。死了多少人？一百人？一千人？你數了嗎，艾索先生？還是你當時不在場？」他的身影依然模糊，鳥兒開始啁啾，他的話語難以辨識。

「不管今晚發生什麼事，」艾索說：「我們對你感激不盡。你的勇氣與劍術顯然絲毫不減當年，但我有一個問題想請教你。」

「饒了我吧，先生，夠了。這裡盡是山坡，我怎麼追得上一個身手矯健的年輕人？我精神不濟，恐怕氣息也耗盡了。」

「蓋文爵士，我們多年以前是否曾是袍澤？」

「放過我吧，我的職責已盡，這樣還不夠嗎？現在我得去找我可憐的何瑞斯，我把牠綁在樹下，所以牠無法四處遊蕩，但萬一遇上狼或熊怎麼辦？」

「我的過去籠罩在重重的迷霧中，」艾索說：「然而最近我想起昔日曾被託付一項任務，而且堪稱是重責大任。那是一條律法嗎？一條讓所有人更接近上帝的律法？是你，還有那位亞瑟王，擾動我遺忘多年的思緒。」

「我可憐的何瑞斯很不喜歡待在黑暗的森林裡。牠面對如大雨般落下的箭矢毫不退縮，但光是貓頭鷹和狐狸的嗥叫就足以令牠膽怯。我要去找牠了，你們兩位別在這兒休息太久。別管那對撒克遜年輕人了。你們現在要想的是正等著你們的寶貝兒子。少了毯子和各種必需品，我看你們最好趕快上路吧。附近有一條往東流的河，只要向船夫求情，就能把你們載到下游。別在這兒耽擱了，誰知道官兵什麼時候會追上來？願上帝保佑你們，朋友。」

接著只聽到草叢的沙沙聲和腳步聲，蓋文爵士的身影便消逝在曙色裡。過了一會兒，碧亞翠絲說：「我們忘了跟他說再見，我覺得很可惜。不過他走得莫名其妙的，如此突然。」

「我也這麼覺得。但他的話也許是對的。我們應該趕緊上路去找兒子，別管這兩天的同伴了。我擔心可憐的愛德溫，不過要是他急著趕回修道院，我們又能怎麼辦呢？」

「再休息一會兒吧。我們很快就會上路，就我們兩個人，而且我們應該找一艘船，這樣可以快點到達目的地。兒子一定想不通我們怎麼會耽擱這麼久。」

8

這個年輕的隱修士是個瘦削孱弱的皮克特人，操著一口流利的撒克遜語。能有個和自己年紀相仿的人作伴，他顯然很高興，兩人一起下山穿過黎明的迷霧。起初他興致勃勃地說個不停，可是進入樹林之後，他一句話也沒再說過。愛德溫不禁懷疑是不是自己哪裡得罪了這位嚮導。不過這位隱修士應該純粹是擔心驚動了潛藏在樹林裡的任何動物。在悅耳的鳥鳴聲中，不時聽到一些古怪的沙沙聲和咕噥聲。後來愛德溫又問了他一次，與其說是想要安心，更多是希望打破沉寂。

「我哥哥的傷嚴不嚴重？」但對方沒有多做回答。

「約拿神父說不嚴重。此外，沒有人知道這件事。」

那麼威斯頓的傷應該不是太重。事實上，想必他不久前才同樣從這條路下山，當時天還沒亮。他是不是重重倚在這位嚮導的手臂上？或是奮力騎上他的馬，或許還有一名隱修士穩穩地抓著馬勒？

「帶這個孩子去桶匠的小屋。小心別讓人看見你們離開修道院。」年輕的隱修士告訴他，約拿神父是這樣吩咐的。所以愛德溫很快就能和威斯頓重聚，但他能期待對方用什麼態度迎接他呢？他們第一次一起面臨挑戰，他就讓威斯頓失望了。一看到雙方打起來，他非但沒有馬上趕到他身邊，反而逃進狹長的地道。但他母親不在下面，而且直到在一片漆黑中看見了宛如明月的地道盡頭，他才從五里雲霧的夢中醒來，驚覺發生了什麼事。

至少他一出地道，接觸到清晨的寒冷空氣時，就盡全力往回趕。他幾乎是一路跑回修道院的，只有在陡峭的上坡路才放慢速度。急忙穿越樹林的途中，他有時覺得自己迷了路，後來樹木變得稀疏，修道院在蒼白的天空下清晰可見。於是他繼續往上爬，上氣不接下氣地抵達修道院的大門，兩腿痠痛不已。

大門旁邊的小門沒鎖，他也已經恢復鎮定，於是偷偷摸摸地溜進修道院。才爬到一半，他就發現煙霧濃到讓人胸口發癢，難以抑制咳嗽的衝動。現在把乾草車推走已經太遲了，他覺得心裡一陣慌亂。但他把這種感覺暫時擱在一邊，繼續走進修道院裡頭。

他沒遇到任何隱修士或官兵，但走在高牆邊的時候，他還是低著頭，以免有人從遠處的窗戶發現他。他看到官兵們的馬匹擠在大門內側的一個小庭院裡，四面都是高牆，套著馬鞍的馬兒緊張地繞著圈。然後他朝隱修士的宿舍走去，另一個和他差不多年紀的隱修士匆匆離開，很可能是往中庭走去。他冷靜地回想修道院的地理環境，利用他記憶中的後巷小徑，迂迴前進。抵達目的地之後，他躲在一根石柱後面，小心翼翼地四下窺探。

中庭幾乎變了樣。有三個穿著長袍的人疲倦地掃著地，他看到另一個人提了一個桶子過來，在鵝卵石地板上四處灑水，把鬼鬼祟祟的幾隻烏鴉給趕跑。地上到處是乾草和砂石，他的目光移向地上幾個蓋著粗麻布的人形，看起來應該是屍體。巍峨佇立的古老石塔也變了樣，他知道威斯頓就是在這裡抵禦官兵的，現在石塔的許多地方被燒得焦黑，特別是拱門和窄窗。愛德溫覺得眼前的石塔好像縮水了。他伸長了脖子，想確定蓋著粗麻布的人形附近一窪窪的積水，究竟是鮮血還是雨水。就在這時候，一雙嶙峋的手從後面抓住他的肩膀。

他轉過身，發現尼尼安神父正看著他。愛德溫沒有驚喊出聲，而是指著那幾具屍體小聲地問：「威斯頓先生，我的撒克遜兄弟。他躺在那裡嗎？」

尼尼安神父似乎明白他的意思，使勁地搖頭。他和先前一樣，伸出一根手指按住嘴唇，以眼神示意愛德溫要小心。然後尼尼安朝四周瞥了幾眼，拉起愛德溫離開庭院。

「我們能確定嗎？」愛德溫在前一天問過威斯頓，「官兵真的會來嗎？誰會告訴他們說我們在這裡？這些隱修士自然相信我們只是單純的牧羊人。」

「誰知道，孩子，或許不會有人來找我們麻煩。但我猜有一個人可能會把我們在這裡的消息洩漏出去，而布倫努斯此刻可能正下達逮捕令。好好檢查，伙伴，不列顛人擅長用木片把一捆捆乾草分開。但我們需要純淨的乾草，沒有其他東西藏在裡頭。」

當時他和威斯頓站在舊石塔後面的穀倉裡。木柴砍完了，威斯頓忍不住把堆放在小屋後面的乾草拿進來，一層層疊在不時搖晃的推車上。兩人動手堆乾草的時候，威斯頓要求愛德溫每隔一段時間就要爬到一捆捆的乾草頂上，拿一根棍子戳呀戳的。威斯頓站在底下仔細端詳，有時會叫他在某個部分再戳一次，或是命令他把腿盡量往下伸到某個位置。

「這些修士老是漫不經心的，」威斯頓解釋說：「他們可能會把鏟子或耙子留在乾草堆裡。如果是這樣的話，不妨幫忙他們拿出來，畢竟修道院的工具寥寥可數。」

雖然在那個時候，威斯頓完全沒有暗示這些乾草的用途，但愛德溫馬上就知道這和即將發生的戰鬥有關，因此當一捆捆的乾草愈堆愈高時，他才問起為什麼官兵們會找上門。

「誰會出賣我們？隱修士不會懷疑我們的。他們只顧辯論神聖的經書，連看都沒看我們一眼。」

「也許是吧，孩子。對了，那裡也檢查看看，就是那裡。」

「出賣我們的人，會不會是那對老夫婦？當然，他們太笨也太老實了。」

「他們或許是不列顛人，但我不擔心他們會出賣我們。可是你千萬別以為他們是笨蛋，孩子。艾索先生是個莫測高深的人。」

「我們為什麼和他們一起上路？他們一路上都在耽誤我們的時間。」

「沒錯，他們耽擱了不少時間，但我們很快就會分道揚鑣了。我們剛出發的時候，我很想和艾索先生結伴上路，而且我希望能和他們多走一段路。我說過了，他是個莫測高深的人。他和我還有一點事情要談。但我們先專注於眼前的情況吧。我們必須把這輛推車上的乾草堆得紮紮實實的。我們需要乾淨的乾草，裡面不能有木板或鐵片。看我多麼仰仗你，孩子。」

但愛德溫讓他失望了。他怎麼能睡那麼久？他根本就不應該躺下來的。他應該坐在角落，稍微闔上眼，一聽到聲音就馬上站起來。威斯頓向來如此。而他卻像個孩子似的，從老太太手上接過一杯牛奶後，就在房間的一角沉沉睡去。

難道是他媽媽在夢裡喚他？或許是因為這樣，他才睡了這麼久。而且當跛腳的隱修士把他搖醒時，他為什麼沒有趕到威斯頓身邊，反而尾隨其他人走進古怪的地道，彷彿他還沉醉在夢境深處。

沒錯，一定是他媽媽的聲音，就是之前在穀倉裡呼喚他的聲音。「為我尋找力量，愛德溫，找到力量來救我。來救我。來救我。」語氣中帶有他前一天早上沒聽過的急切感。不僅如此，當他站在那道暗門前方，低頭看著漆黑的階梯時，他覺得好像有什麼東西在拉扯他，力量大到令他頭暈眼花、噁心想吐。

那個年輕隱修士用一根棍子把黑刺李撥開，讓愛德溫先走過去。這時他終於開口說話了，儘管聲音很小。「這是捷徑。我們很快就會看到桶匠小屋的屋頂。」

走出樹林，地勢陡然下降，迷霧漸稀，愛德溫聽見蕨葉搖晃的瑟瑟聲。他想起了夏末時節那個晴朗的夜晚，他和那個女孩在說話。

那一天，起初他沒看見那座池塘，因為池塘很小，又隱藏在草叢深處。一群色彩鮮豔的昆蟲飛到他面前，通常這種事一定會引起他的注意，但這一次他只顧留意池邊傳來的聲音。是誤入陷阱的動物嗎？又來了，就在鳥鳴風聲間。這個聲音有一種模式：先是強烈的沙沙聲，像是在苦苦掙扎，然後歸於平靜。接著很快傳來更多的沙沙聲。他小心翼翼靠上前去，聽見上氣不接下氣的喘息聲。然後就看到那個女孩。

她躺在凹凸不平的草地上，整個身體轉向一邊。她比他大上幾歲，大概十五或十六歲吧，一雙眼睛牢牢盯著他看，毫無懼色。他過了好一會兒才恍然大悟，原來她的姿勢會這麼古怪，是因為她的手被綁在背後。從她周圍被壓扁的雜草可以看出她不斷踢動雙腿，在地上掙扎著滾來滾去。她身上那件繫腰的罩衫有一邊全變了色，可能是浸濕了，黑得出奇的腿上還有薊草造成的傷痕。

他心想她究竟是幽靈還是妖怪。不過她一開口，他就安心了。

「你想幹麼？你來這裡做什麼？」

愛德溫定下神來，說：「如果妳願意的話，我可以幫妳。」

「這些結不難解開，只不過他們綁得比平常更緊。」

這時他才注意到，她的臉上和脖子上都是汗水。就算在說話的時候，她的手也在背後不停地掙扎。

「妳受傷了嗎？」他問。

「沒有。不過剛剛有一隻甲蟲停在我的膝蓋上，牠咬了我，我想馬上就會腫一個包。我看得出來你還是個孩子，根本幫不了我。沒關係，我自己會解決。」

只見她臉色繃緊，身體來回扭動，甚至拱起身來。他呆站在那裡，以為隨時會看到她的手從背後抽出來。但她往下一躺，努力終告失敗，蜷在草地上氣喘吁吁的，忿忿不平地瞪著他。

「我可以幫忙，」愛德溫說：「我很會解繩結。」

「你只是個小孩子。」

「我快滿十二歲了。」

「他們很快就會回來了，要是他們發現是你幫我解開的，一定會打你一頓。」

「他們是大人嗎？」

「他們自以為是大人，但其實是小男生。不過都比你大，而且他們有三個人。他們巴不得打你一頓。他們會把你的頭按到那些泥水裡，直到你暈過去為止。我看過他們做出那種事。」

「他們是村子裡的人？」

「村子？」她不屑地看著他。「你的村子？我們每天走過一個又一個村子。誰管你是什麼村子的人？他們可能很快就會回來了，到時你就慘了。」

「我不怕。如果妳願意的話，我可以幫妳解開。」

「我一向都靠自己解開繩子。」她繼續扭動身體。

「他們為什麼把妳綁起來？」

「為什麼？我想是因為這樣才有得看，看我怎麼掙脫的。但他們現在走了，去偷東西吃。」然後她說：「我以為你們這些村民整天都要幹活兒。你媽媽怎麼會讓你四處遊蕩呢？」

「我可以出來，是因為我今天自己一個人完成三塊田。」接著他又說：「我媽媽已經不在住村子裡了。」

「她去哪裡？」

「不知道，她被帶走了。我現在和我嬸嬸住。」

「我像你這麼小的時候也住在村子裡，現在則四處旅行。」她說。

「妳跟誰一起旅行？」

「哦……就是他們。我們經常路過這裡。我記得去年春天，他們也把我綁起來之後留在這裡，就在這個地方。」

「我來幫妳解開，」他突然說：「要是他們回來了，我才不會怕他們的。」

不過他並沒有幫她解開繩索。他原本以為她的眼睛會往別處看，或者既然知道他要靠過來，至少先翻個身。但她只是繼續瞪著他，雙手在拱起的背脊下方不斷掙扎。直到她發出長長一聲嘆息，他才知道她憋了好一會兒的氣。

「我平常都能解開的，」她說：「要不是你在這裡，我現在已經解開了。」

「他們把妳綁起來，是怕妳逃跑嗎？」

「逃跑？我幹麼逃跑？我是跟他們一起旅行的。」然後她說：「你幹麼來這裡，怎麼不去救你媽呢？」

「我媽媽？」他大吃一驚。「為什麼我要救她？」

「你剛才說她被帶走了，不是嗎？」

「對，但那是很久以前的事了。她現在過得很好。」

「她怎麼會好？你不覺得她想要人家去救她嗎？」

「她只是出去旅行了。她不會要我……」

「她以前不要你去救她，是因為你還是小孩子。但現在你都快長大了。」她沒再說下去，而是再度拱起背想辦法解開繩結。接著又往下一躺。「有時候，」她說：「如果他們回來，而我還沒解開。他們會盯著我看，一句話也不說，直到我自己解開繩索。在我解開之前，他們會盯著我看了又看，他們兩腿中間的魔鬼角會愈變愈大。如果他們有開口說話，我還不會那麼介意。但他們只顧盯著我看，什麼也不說。我剛才看到你的時候，以為你也是這樣。我以為你也會走過來盯著我看，一聲不吭。」

「要我替妳解開繩結嗎？我不怕他們，而且我很會解繩結。」

「你只是個小孩子。」淚水來得很快，而且她臉上完全沒有其他的表情，所以愛德溫一開始以為她在流汗，後來才發現那是眼淚，而且因為她的臉往上仰，所以淚珠先滾過鼻梁，然後流到另一邊的臉頰。她從頭到尾都盯著他。他不懂她為什麼要哭，所以走到一半又打住了。

「過來啊，」她說，第一次往側面翻身，視線轉向水裡的蘆葦。

愛德溫連忙上前，像個伺機而動的小偷，蹲在地上開始拉扯繩結。麻繩又細又粗糙，把她的手腕給割傷了，她的手掌嬌小細嫩，交疊在一起。起初他怎麼也解不開，但他叫自己冷靜下來，仔細研究繩索如何纏繞。接著他再試一次，這回繩結鬆了。現在他拆解得更有信心，目光不時瞥向那雙嬌嫩的手掌，像是一對溫馴的小動物，等待英雄救美。

他拉開她手上的麻繩之後，她一轉身，坐在他面前，兩人的距離如此接近，他突然覺得很不自在。當時大多數的人身上都有一股腐臭味，但他發現她身上的味道就像是用濕木頭燒火的那種怪味。

「萬一他們回來了，」她輕聲地說：「他們會把你從蘆葦叢拖過去，把你給淹死。你還是走吧，回你的村莊去。」她試探性地伸出一隻手，好像不確定自己能否控制這隻手，然後往他胸口一推。「走吧，快點。」

「我不怕他們。」

「你不怕，但他們照樣會這樣對付你。你幫了我，但你必須馬上離開。走吧，快走。」

他在日落前再度回到原來的地方，她躺過的位置，草被壓得扁扁的，但不見她的蹤跡。那個地方依舊靜得離奇，然後他在草地上坐了一會兒，看著蘆葦在風中擺動。

他沒跟任何人提過那女孩的事。他沒有告訴嬸嬸，因為她馬上就會斷定對方是惡魔。他也沒跟其他男孩說過。不過在後來的幾個星期裡，他腦子裡經常不自覺地冒出她的影像，有時是晚上做夢的時候，但多半是在白天，他正在犁田或幫忙修補屋頂的時候，這時他雙腿間的魔鬼角就會腫脹起來。等魔鬼角終於消去，他正覺得羞愧的時候，便會想起那個女孩說過的話：「你幹麼來這裡。怎麼不去救你媽呢？」

但他怎麼有能力救他媽媽呢？那女孩自己都說他「只是個小孩子」。不過話說回來，她也說過，他很快就會長大。每次想起這句話，他又會感到羞愧，然而他實在看不出有什麼法子可想。

不過就在威斯頓推開穀倉大門，讓陽光照進來，宣稱他是他心目中執行任務的最佳人選那一刻，這一切就改變了。如今愛德溫跟著威斯頓走南闖北，要不了多久，一定會遇見他媽媽，到時和她同行的那些男人一定都會嚇得發抖。

他逃出修道院，難道是因為她的呼喚嗎？還是因為官兵太恐怖了？在他跟著年輕的隱修士沿著杳無人跡的小徑走下山的途中，他忽然想到這個問題。他能夠確定自己被隱修士叫醒，從窗口看到石塔附近跑來跑去的官兵時，沒有被嚇得驚慌失措？現在仔細想來，他確定自己當時一點也不害怕。而且稍早的時候，威斯頓已經帶他走進那座石塔，兩人還在那裡談了好一會兒，當時愛德溫只覺得自己等不及要與威斯頓並肩作戰。

他們一到修道院，威斯頓就一直盯著那座石塔。愛德溫還記得他們在柴房劈柴的時候，他動不動就抬頭看。後來他們推著推車在修道院各處送柴時，還特地繞了兩次路，只為了從石塔旁經過。直到修士全都去開會了，庭院空無一人的時候，威斯頓把斧頭往木柴堆一靠，說：「過來，我們去仔細瞧瞧那個低頭凝視我們的高大老友，我覺得它一直在監視我們的行蹤，我們到現在還沒上門拜訪，它必定覺得臉上無光。」

他們穿過低矮的拱門，走進寒冷幽暗的石塔，這時威斯頓對他說：「小心，別以為這是室內，要留意腳底下。」

愛德溫低頭一看，發現他前面是條壕溝，順著圓形的牆壁形成一個圓圈。壕溝太寬了，一般人跳不過去，只能藉由兩塊木板做成的簡陋便橋，走向塔樓中央的泥地板。他踏上木板橋，低頭看著下方漆黑的壕溝，聽見威斯頓的聲音從後面傳來：「你看，壕溝裡沒有水，而且就算你摔下去，我敢說它的深度不會超過你的身高。你不覺得奇怪嗎？為什麼要在室內挖一條壕溝？這麼小的塔樓挖一條壕溝做什麼？有什麼用處？」威斯頓跨過木橋，用腳跟測試中間的泥地。「或許古人興建這座塔樓是為了宰殺動物。或許這裡曾經是他們的屠宰場。宰殺動物之後，凡是不要的部分，直接丟進壕溝裡。你怎麼想，孩子？」

「有這個可能，」愛德溫說：「不過要牽著動物穿過那種狹窄的木板橋，應該不容易。」

「或許古時候搭的橋比較好，」威斯頓說：「撐得住公牛的重量。動物一旦被牽過橋，就猜到了自己的命運。萬一第一刀沒有讓牠跪倒在地，這樣的設計可以讓動物沒那麼容易逃走。想像一下，動物全身顫抖，試圖發動攻擊，卻發現不管哪裡都有壕溝，逃不了。這裡曾經是個血腥的屠宰場，我可沒有胡說八道。告訴我，你抬頭看到什麼？」

愛德溫看見塔頂一片圓形的天空，說：「頂上是開放的，像一座煙囪。」

「真有意思。再說一次。」

「像煙囪。」

「你為什麼覺得是煙囪？」

「如果古人用這個地方來宰殺動物，他們可以在我們現在站的位置生火。可以把動物剁成一塊塊的，生火烤肉，把煙從頂上排出去。」

「很可能就像你說的。不過我好奇這些基督修士究竟知不知道從前這裡是什麼地方？我想這裡的修士可能是來塔裡避開其他人，好好安靜一下。你看這道圓形的牆壁有多厚。我們進來的時候聽見烏鴉的叫聲，但現在幾乎聽不見了。而且光是從高處照進來的，一定會讓他們聯想到上帝的恩典。你說是嗎？」

「沒錯，這些人可能是進來禱告的，雖然這裡的地板太髒了，沒辦法跪地祈禱。」

「或許他們是站著禱告的，完全不知道這裡曾經是屠殺的地方。你看那上面還有什麼？」

「什麼都沒有。」

「什麼都沒看到嗎？」

「只看到階梯。」

「啊，階梯，你說說是什麼樣的階梯。」

「沿著圓形的牆壁，從塔底往上升，一路通到塔頂。」

「你觀察得很仔細，現在聽好了，」威斯頓靠上前去，壓低嗓音。「這個地方，我指的不只是這座石塔，而是這整個地方，整座現在所謂的修道院，我敢說它過去一定是一座堡壘，是我們撒克遜人的祖先在打仗的時候蓋的。所以其中有不少陷阱，專門用來對付入侵的不列顛人。」威斯頓退開幾步，低頭凝視著壕溝，順著地板的周邊慢慢走，最後抬起頭說：「把這裡想像成一座堡壘，孩子。在堅守多年之後，堡壘被攻破了，敵軍紛紛湧入。他們在每一個院子、每一道牆邊作戰。現在想像一下，我們兩位撒克遜兄弟，在外面的庭院裡抵擋大批不列顛人。他們英勇作戰，但敵眾我寡，撒克遜英雄必須撤退。假設他們撤退到這裡，退到這座石塔。他們跳過這條小橋，就在我們腳下的這個位置，轉身對抗敵軍。不列顛人現在充滿自信。他們把我們的兄弟逼得走投無路，他們拿著刀劍斧頭攻進來，火速過橋衝向我們的英雄。我們勇敢的族人撂倒了第一個不列顛人，但很快又得再往後撤退。你看那裡，孩子。他們爬上牆壁上那些蜿蜒的樓梯，然後有更多不列顛人跨過壕溝，直到我們現在所站的整個空間擠滿了人。不列顛人雖然以眾擊寡，但一直無法展現人數的優勢，因為我們勇敢的兄弟在樓梯上並肩作戰，入侵者也只能逐一和他們對打。我們的英雄劍術高超，雖然不斷往高處撤退，但侵略者始終沒辦法制伏他們。每次有不列顛人摔下去，後面的人就會補上，然後又摔下去。但我們的撒克遜兄弟當然會累，他們一階一階往上撤退，入侵者一階一階追上去。怎麼辦？愛德溫，難道我們的族人終於害怕了？他們轉身跑向剩下的幾圈階梯，偶爾和後面的追兵對打。顯然結局就是如此，不列顛人贏了。站在這裡由下往上看的那些人，笑得活像餓死鬼看到了滿桌盛宴。不過你看仔細了，孩子。你看到什麼了嗎？你看到我們的撒克遜兄弟在上面那一圈天空看到的東西嗎？」威斯頓抓著愛德溫的肩膀，要他換個位置，同時用手指著上方的開口。「說，你看到什麼？」

「我們的兄弟設了陷阱，他們不斷往上撤退，只是為了引誘不列顛人像飛蛾撲火似的落入陷阱裡。」

「說得好，小子！陷阱是怎麼做的？」

愛德溫想了一會兒，然後說：「就在抵達樓梯最高處之前，我從這裡可以看到一個像是凹槽的地方。或者是一道門？」

「很好。你認為那裡藏了什麼？」

「會不會是十幾名最偉大的撒克遜戰士？他們和那兩個兄弟一起作戰，最後攻下不列顛軍隊。」

「再想想。」

「要不就是藏了一隻凶狠的熊，或是獅子。」

「你多久沒遇見獅子了？」

「是火，那個密室裡面藏的是火。」

「說得好，孩子。我們無法確定當年究竟發生了什麼事。然而我敢說，等在上面那裡的就是火。在那個從下面這裡幾乎看不見的密室裡，藏著一把火炬，或許兩三把，在那道牆壁後面熊熊燃燒著。告訴我後來發生了什麼事，孩子。」

「我們的兄弟把火炬丟下去。」

「丟在敵軍頭上？」

「不，丟進壕溝裡。」

「壕溝？注滿水的壕溝？」

「不，壕溝裡堆滿了柴火。就像我們剛才辛苦劈好的木柴。」

「正是如此，孩子，所以在月亮升上高空前，我們還要再多劈些木柴。另外我們還要多找些乾草。你剛才說這裡是煙囪，你說對了，我們現在就待在一根煙囪裡。我們的祖先興建這座煙囪，就是為了達到這種目的。否則的話，既然塔頂的視野不比牆外看到的更好，為什麼要在這裡蓋一座高塔？你想像一下，一把火炬掉進這條所謂的壕溝裡，然後又一把。我們先前在這裡繞過一圈，我在石塔後面看到接近地面的石牆上有幾個開口。這表示從東邊吹來的強風，會把火焰搧得更旺。不列顛人要怎麼逃出這座煉獄？四周是堅固的牆壁，只能從一條狹窄的小橋逃出去，而壕溝又著火了。我們離開這裡吧。這座古老的石塔可能很不高興我們居然猜中它這麼多祕密。」

威斯頓轉身走向木板橋，愛德溫仍然仰頭望著塔頂。

「可是，」他說：「我們那兩位英勇的兄弟，必須在火焰中和敵人同歸於盡嗎？」

「如果是的話，這筆帳不是很划算？然而或許不必落到這步田地。或許在火燙的熱度不斷升高的同時，他們衝到塔頂邊緣，一躍而下。他們會不會這麼做呢？即便他們沒有翅膀？」

「他們沒有翅膀，」愛德溫說：「但他們的袍澤可能弄了一輛推車，放在石塔後面。推車裡堆了很厚的乾草。」

「是有這個可能，孩子。誰知道這裡在遠古的時代究竟發生了什麼事？我們別再做白日夢了，回去再劈一些柴火吧。在夏天來臨之前，這些好心的隱修士還得度過不少寒冷的夜晚。」

打仗的時候，沒有時間詳細交換消息。瞬間的一個表情、一次揮手、在喧嚣中大聲喊出的幾個字，真正的戰士只憑這幾個辦法，就能互相傳達心意。那天下午在石塔裡，威斯頓就是秉持著這種精神，清楚傳達他的想法，可惜愛德溫讓他失望了。

威斯頓是不是對他期待過高了？老史提法也只說過，愛德溫很有潛力，只要接受戰士的訓練，就會成為一名偉大的戰士。但威斯頓還沒把他訓練好，這樣他如何和他心意相通呢？再說現在威斯頓好像受傷了，但這絕不可能是愛德溫一個人的錯。

年輕的隱修士在溪邊停下來，脫下鞋子。「這裡要涉水過去，」他說：「渡橋還要往下游走一大段路，而且那裡地勢空曠，就算在隔壁的山頭，也可能發現我們。」然後他指指愛德溫的鞋子，說：「這雙鞋的手工似乎很精巧。是你自己做的嗎？」

「是鮑德溫先生幫我做的，他是全村手藝最好的鞋匠，雖然他每次月圓的時候都會發一頓脾氣。」

「脫下吧，如果浸了水就毀了。你看得到水裡那些踏腳石嗎？把頭放低一點，注意往水裡看。就在那裡，看到沒？那就是我們要走的路。如果不想掉進水裡，一定要盯著石頭看。」

年輕隱修士的口氣又變得冷淡。會不會是因為他們上路之後，他總算有時間弄清楚愛德溫在昨晚發生的混亂裡扮演了什麼角色？畢竟他們剛啟程的時候，他不但態度熱情得多，而且一直說個沒完。

他們是在約拿神父房間外面那條寒冷的走廊遇見的，愛德溫在外面等待的同時，裡頭有好幾個人的聲音在爭執，音量雖小，火氣卻很大。他擔心自己可能要被叫進去，結果非但沒有，反而看到這個帶著盈盈笑意的年輕隱修士走出來。

「他們要我幫你帶路，」他用撒克遜語得意洋洋地說：「約拿神父說我們必須馬上出發，而且要悄悄溜出去。勇敢一點，小兄弟，你很快就會回到你哥哥身邊。」

這位年輕隱修士走路的樣子很古怪，把手臂藏在長袍底下，緊緊裹著自己，像是冷得不得了。愛德溫跟著他下山的時候，一開始還以為他天生缺了手臂。但遠離修道院之後，年輕隱修士立刻放慢腳步，和他並肩前行，還伸出一條手臂環抱愛德溫的肩膀，表示鼓勵。

「你實在不應該跑回來的，再說你都已經安全逃走了。約拿神父聽到的時候很生氣。不過你現在又安全離開了，運氣好的話，根本不會有人知道你回去過。但這整件事真是莫名其妙！你哥哥的脾氣一向都這麼火爆嗎？還是哪個官兵狠狠地羞辱過他？或許等你到他那邊之後，可以問他事情是怎麼發生的，因為我們沒有人知道究竟是怎麼回事。如果是他侮辱了官兵，那他一定把話說得很難聽，因為他們所有人都忘了他們為什麼要來見院長，一個個變成了野蠻人，要他為出言不遜付出代價。我自己是被喊叫聲吵醒的，雖然我的房間離中庭很遠。我嚇得趕緊跑過去，結果只能無力地和其他隱修士站在一旁，驚恐地看著眼情的景象。他們告訴我你哥哥已經跑進那座古老的石塔，免得被官兵的怒火給吞噬，但官兵們也跟著跑進去，想把他五馬分屍。不過看樣子他這時才使出看家本領，儘管官兵至少有三十幾個人，而他只是一個撒克遜牧羊人，但雙方居然勢均力敵。我們在外面觀戰，以為隨時會看到他血淋淋的屍體被抬出來，結果反而是一個又一個官兵驚慌失措地跑出石塔，或是背著受傷的同袍蹣跚地走出來。我們簡直不敢相信自己的眼睛！我們祈禱雙方的紛爭趕快結束，因為不管一開始是誰侮辱誰，都沒必要像這樣弄得你死我活的。可是雙方打了又打，後來可怕的事情發生了。誰知道是不是在聖殿裡這樣窮凶惡極的爭鬥，把上帝給惹惱了，於是他伸手一指，讓聖殿燒起熊熊烈火？官兵拿著火炬跑來跑去，恐怕是其中有人摔了一跤，於是釀成大錯。好可怕！石塔突然起了大火！誰會料到一座老舊的石塔裡會有這麼多易燃物？不過火勢真的很大，布倫努斯勛爵的人和你哥哥都被困在裡面。早知道應該把雙方的爭執擺在一邊，盡快跑出來才是。但我想他們都希望把火給熄滅，等他們發現自己被大火包圍時，已經來不及了。真是一次恐怖的意外，少數幾個逃出來的人，也只是躺在地上不斷扭曲，死相極為猙獰。然而，奇蹟中的奇蹟，你哥哥居然逃過一劫！我們其他人還在看著陷入火海的石塔，為困在裡面的人禱告時，尼尼安神父居然發現你哥哥在黑暗的走廊間走來走去，精神恍惚，也受了傷，不過還活著。你哥哥沒死，約拿神父親自為他治傷，但他交代我們這幾個知情的人千萬要保密，連院長都不能說。他擔心萬一消息走漏，布倫努斯勛爵會派更多官兵來報仇，也不管大多數人是死於意外，不是被你哥哥給弄死的。你最好不要對任何人透露半個字，至少在你們兄弟遠離這個國家之前，務必要保密。你居然冒著生命危險跑回修道院，約拿神父氣得不得了，不過這樣你和你哥哥就可以團聚了，神父也就滿足了。『他們一定要一起離開這裡，』他說。約拿神父是最好心的人，即使被那些鳥啄得七勞五傷的，也還是我們這裡最有智慧的一個。我敢說你哥哥的命是他和尼尼安神父救回來的。」

不過那些都是他們剛上路時說的事了。現在年輕的隱修士變得很冷漠，再次把手臂牢牢藏在長袍裡。愛德溫跟著他渡過小溪，盡量看清楚湍急溪水下的石塊，這時他想起應該向威斯頓坦白，把他媽媽如何召喚他的事告訴戰士。如果他老老實實解釋清楚，威斯頓可能會諒解，並再給他一次機會。

愛德溫拎著鞋子，輕快地跳到下一塊踏腳石上，想到威斯頓可能會原諒他，心裡不禁感到一絲歡喜。

第三部

蓋文爵士的第一次回想

那些黑寡婦啊！上帝讓她們出現在我面前這條山路上，究竟有什麼目的？祂是不是想考驗我夠不夠謙卑？祂明明看見我救出那對和善的夫婦跟那個受傷的男孩，甚至殺了一隻惡魔犬，然後在潮濕的落葉上睡不到一個小時，一想到任務尚未完成就趕緊起身。何瑞斯和我必須再度上路，不是到山下的村莊借宿，而是在烏雲滿布下爬上另一條陡峭的小徑，難道這樣還不夠嗎？然而祂卻讓那些寡婦擋住我的去路，準是祂！我彬彬有禮地對她們說話，即使她們滿嘴汙辱人的蠢話，還朝何瑞斯的屁股丟了一團團的泥巴，彷彿要把牠嚇得急馳而去，但我還是抬頭挺胸地往前走，同時在何瑞斯的耳邊低語，要牠別忘了我們必須承受所有考驗，因為在烏雲聚集的遙遠山峰，還有一個比這些遭遇艱鉅得多的考驗在等著我們。再說，那些衣衫襤褸、飽經風霜的女人，曾經也是純真少女，擁有美貌和優雅，或至少是在男人眼中同樣迷人的清新氣質。她不就是這樣的人嗎？每當陰鬱的秋天，我獨自來到這片空蕩蕩、任我馳騁的大地時，偶爾就會想起那個人。她不是美女，但足以讓我傾倒。我只在年輕的時候瞥過她一眼。我當時有跟她說話嗎？她的模樣偶爾會出現在我腦海，我相信她曾經入我的夢裡，因為即使我不記得夢到了什麼，但醒來時經常有一股莫名的滿足感。

昨天辛苦了一個晚上之後，我躺在柔軟的林地間，一早被何瑞斯的跺腳聲叫醒時，我就感覺到幾分殘存的滿足感。牠很清楚我的體力早已不復當年，奔波了一整晚，只睡一小時就再度出發，對我可不是一件容易的事。牠不停地跺腳，直到我終於站起來，身上的盔甲嘎嘎響。我愈來愈討厭這身盔甲，它真的能保護我不受刀劍所傷嗎？我想頂多替我擋過一兩次小傷吧。我能像現在這樣老當益壯，全都多虧了這把劍，而不是這身盔甲。我站起來，朝四周看了看。還是盛夏時節，地上怎麼會有這麼多落葉？一束陽光穿過樹梢，照著何瑞斯的口絡，牠不斷甩著頭，像是那道光是老天特別派來折磨牠的蒼蠅。牠晚上肯定沒睡好，不斷聽見森林裡的各種聲響，不知道牠的騎士可能會遇上什麼危險。雖然我很不高興牠這麼早把我吵醒，但我朝牠走去的時候，只想伸手輕輕擁抱牠的脖子，把頭靠在牠的鬃毛上歇一會兒。牠有個嚴厲的主子，我心裡有數。明知道牠太累了，還硬要牠繼續跑，明知道牠沒有犯錯，也要咒罵牠幾句。這身金屬不但壓在我身上，也重重壓在牠身上。我們還要一起騎多少路？我輕拍牠幾下，說：「我們很快就會找到一個友善的村莊，讓你吃一頓比剛才更豐盛的早餐。」

我會這樣說也是相信威斯頓先生的問題已經解決了。但我們根本還沒上路，人還在樹林裡，就遇到那個穿著髒衣破鞋的隱修士，他正匆匆趕往布倫努斯勛爵的營帳，他說威斯頓已經逃出修道院，還把夜裡追捕他的人全置於死地，不少人被燒得只剩下一堆骨骸。好傢伙！說也奇怪，聽到這個消息，我居然滿心歡喜，即使我又得再次執行原本以為已經完成的任務。於是何瑞斯和我現在暫時不去盤算哪裡能找到乾草和好客的主人，準備再一次啟程上山。幸好我們至少可以離那個天殺的修道院遠一點。聽到威斯頓先生沒有死在那些隱修士和該死的布倫努斯手裡，我其實鬆了一口氣。這傢伙真行！他每天流的血，足以讓塞文河氾濫！那個髒兮兮的隱修士說他受了傷，但誰會相信像威斯頓這樣的人，這麼容易就倒地不起，一命嗚呼？我實在太糊塗了，居然讓愛德溫那個孩子就這麼跑了，現在誰敢說他們兩個還沒找到對方？我實在愚不可及，然而當時我疲憊不堪，除此之外，誰也沒想到威斯頓居然能逃出來。好傢伙！如果他活在我們那個時代，就算是撒克遜人，也會得到亞瑟王的賞識。就連一等一的圓桌武士，也不敢與他為敵。不過昨天看他和那個士兵決鬥時，我看出他左邊的一個小破綻。或者他是故意露出馬腳的？只要再有一次機會看他和別人比武，我會弄清楚的。無論如何，他是個劍術高超的戰士，只有亞瑟王的騎士才會懷疑他有沒有破綻。但我認為有，因為我看過他出招。當時我對自己說，看啊，左邊有個小破綻，狡猾的對手很可能會利用這個弱點。不過我們誰會不敬重他呢？

這些黑寡婦怎麼偏偏被我們給遇上了？我們要辦的事還不夠多嗎？我們的耐性還沒有被消磨殆盡嗎？我們會在下一個山頭停下來的，上山的時候我這樣告訴何瑞斯。我們會停下來休息的，即使極可能碰上一場暴風雨。就算那裡沒有樹，我還是會一屁股坐在低矮的石南花叢間，我們照樣要休息一會兒。可是等到路終於平坦些，卻只看到大鳥棲息在石頭上，接著凌空飛起，不是飛向逐漸黯淡的天空，而是朝我們飛過來。然後我發現那些不是鳥，而是披著斗篷的老女人，聚集在我們前面的小路上。

為什麼偏偏要聚集在這麼一塊荒蕪的地方？這裡沒有石堆也沒有枯井當作地標，更沒有樹林或灌木叢供旅人遮陽避雨。只有一塊塊白堊岩，深陷在道路兩側的泥地裡，方才這些黑寡婦就是從白堊岩上跳下來的。我跟何瑞斯說，讓我們先確定我這雙老花眼沒有讓我失望，眼前這些人不是找麻煩的盜賊。不過沒必要拔劍，因為她們確實只是一群老女人，雖然也許應該用幾面盾牌來擋住她們。另外，儘管我睡覺前把劍深深插進土裡，刀刃上還是殘留惡魔犬身上黏膩噁心的臭味。我對何瑞斯說，我們要記住她們是女士，她們難道不可憐嗎？我們不該稱她們醜婆娘，即使她們那副德行讓我們很想這樣叫。我們要永遠記住，至少她們其中有些人曾經擁有優雅和美貌。

「他來了，」一個人喊道：「那麼冒牌騎士！」我騎到她們面前的時候，其他人跟著衝上來。我們原本可以從她們中間小跑步穿過去，但我不是一個不敢面對逆境的人。於是我讓何瑞斯停下來，只不過眼睛仍然看著前方的山頭，彷彿在研究漸漸聚集的烏雲。直到她們破舊的斗篷在我身邊拍呀拍，我能感覺到她們叫聲的振動時，才從馬鞍上低頭看著她們。一共有多少人？十五個？二十個？她們伸手摸著何瑞斯的腰窩，我低聲安撫牠。然後我挺直背脊，說：「諸位女士，如果有話要說，妳們得先安靜下來！」她們一聽馬上就靜下來，表情依然十分氣憤，然後我說：「各位女士，有何貴幹？妳們為什麼這樣攔下我？」其中一個女的表示：「我們知道你就是那個沒膽子完成任務的笨騎士。」然後另外一個說：「如果你早就完成上帝交付給你的任務，我們會像這樣哀傷地四處流浪嗎？」然後又冒出另外一個人說：「他不敢承擔責任！看他那張臉就知道了。他不敢承擔責任！」

我按捺怒火，請她們把話說清楚。於是有個人走上前來，她比其他人有禮貌一點。「原諒我們，騎士。我們已經在這裡流浪了很久，看到你本人無畏地騎到這邊來，我們不能不讓你聽聽我們的憂傷。」

「夫人，」我對她說：「我看起來或許老態龍鍾，但我仍然是亞瑟王的騎士。只要把妳們的煩惱告訴我，我很願意盡力幫忙。」

萬萬沒想到這些女人，包括那個有禮貌的人在內，全都嘲諷地笑了起來，然後我聽見一個聲音說：「要是你早早盡了你的責任，殺了那隻母龍，我們就不會這樣悲慘地四處飄零了。」

我嚇了一跳，大聲說：「妳們知道什麼？妳們對魁里格瞭解多少？」然後我及時克制住自己，冷靜地說：「各位女士，妳們為什麼非得這樣到處流浪？」

後方一個沙啞的聲音說：「如果你問我為什麼流浪，騎士，我很樂意告知。就在船夫問了我問題，而我那已經上了船的愛人伸手要扶我的時候，我發現我遺失了寶貴的回憶。當時我不知道為什麼，但現在我知道了，正是魁里格害的，你早該殺了那隻怪獸，牠吐出的氣息奪走了我最珍貴的記憶。」

「妳怎麼知道的，夫人？」我問，再也無法隱藏我的震驚。像她這樣四處流浪的人，怎麼會知道這個天大的祕密？這位有禮貌的女士聽我這麼問，帶著詭異的笑容說：「我們是寡婦，老騎士，世界上沒什麼事情瞞得過我們。」

這時我感覺到何瑞斯打了個哆嗦，然後我聽見自己問：「妳們是誰？妳們究竟是人是鬼？」這些女士聽了之後放聲大笑，笑聲帶有幾分嘲弄，何瑞斯不安地揚起馬蹄。我輕拍牠幾下，同時說：「各位女士，妳們笑什麼？我的問題很可笑嗎？」後面有個粗啞的聲音說：「看他多害怕！現在他怕我們就像怕那隻龍一樣！」

「妳胡說八道什麼？」我大聲咆哮，這時何瑞斯退了一步，我得拉住韁繩好讓牠站穩了。「我才不怕什麼龍，雖然魁里格很凶猛，不過再凶險的事我這輩子都碰過。如果說我遲遲沒有動手殺牠，那純粹是因為牠很狡猾，知道怎麼躲藏在巨石堆裡。妳們罵我，但我們現在有聽到魁里格的任何消息嗎？曾經有一段時間，牠每個月至少劫掠一個村莊，然而從上一次聽到牠出沒到現在，我看小男孩都已經長成男子漢了。牠知道我就在附近，所以整天躲在這幾座山上，不敢往外跑。」

在我說話的當兒，有個女人掀起破舊的斗篷，跟著一團泥巴打中了何瑞斯的脖子。忍無可忍下，我對何瑞斯說，我們必須離開這裡。這些老太婆哪裡懂得我們的任務？我輕輕踢牠一下，要牠往前走，但何瑞斯不知為什麼動也不動，我得用馬刺狠狠戳牠一下，才能讓牠往前走，也幸好那些黑寡婦紛紛退到兩邊。我再度凝視遠處的山峰，心往下一沉。即使面對這些可怕的老巫婆，恐怕也比忍受山上蕭瑟的寒風好一點。不過那些女士彷彿為了讓我擺脫傷感，開始在我後面唱起聖歌，我感覺到更多泥巴朝我們丟過來。她們在唱什麼？她們是不是大罵我懦夫？我本來打算掉頭給她們一點顏色瞧瞧，旋即又冷靜下來。懦夫，懦夫。她們懂什麼？她們在場嗎？多年前我們出兵迎戰魁里格那一天，她們看到了嗎？那時她們會說我或我們五個人當中的任何一個人是懦夫嗎？況且，即使在完成那次的重大使命之後，只有三個人活著回來，我不是幾乎還來不及喘口氣，就兼程趕到山谷邊緣，實現我對那位小姑娘的承諾？

她後來告訴我她叫愛德拉。她不是什麼美女，穿的是簡陋的麻布衣，不過就像另外一個我有時會夢到的女孩，她的青春令我心動。我看到她站在路邊，雙手抱著一把鋤頭，看到如此天真無邪的人獨自走在恐怖的場景間，即使當時身負重任，我實在不忍心一走了之。

「回頭吧，小姑娘，」我坐在馬背上往下喊，當時我還是個年輕人，胯下的坐騎還不是何瑞斯。「妳怎麼會笨到往那邊走？妳不知道山谷裡正打得如火如荼嗎？」

「我很清楚，先生，」她說，一點也不怕和我四目交接。「我走了很久才走到這裡，很快就會抵達山谷，加入這場戰役。」

「妳是不是中邪了，小姑娘？我剛從山谷那邊過來，即便是經驗豐富的戰士，都會嚇得膽戰心驚。我勸妳還是離得愈遠愈好，況且妳怎麼拿著一把大得和妳不相稱的鋤頭？」

「我知道有一個撒克遜的勛爵就在那裡，我全心禱告他還沒死，而且上帝會好好保佑他。因為我要讓他死在我的手裡，報復他對我親愛的母親和姊妹們做的事，這把鋤頭是用來報仇的。就算是凍冽的冬日早晨，它也能把硬土耙鬆，自然可以砍斷那個撒克遜人的骨頭。」

這時我不得不下馬，抓著她的手臂，儘管她試圖掙脫。如果愛德拉現在還活著，年紀應該跟這些寡婦們差不多，說不定她就在她們其中？她不是很美，不過和另一個女孩一樣，她的純真打動了我。

「放開我，先生！」她喊道。然後我說：「妳不能到山谷去，光是在山谷旁看到的景象，就會把妳嚇昏的。」「我不是膽小鬼，先生，」她叫道。「放開我！」我們就這樣站在路邊，活像兩個小孩子在吵架。我只能安撫她說：「小姑娘，看來我說什麼也勸不住妳。不過妳想想，妳一個人找到仇家報復的機會有多麼渺茫。所以妳耐心點，找個陰涼的地方待一陣子。聽我說，妳就坐在那棵老樹下等我回來。我要和另外四位同袍一起去執行任務，任務雖然危險，卻花不了多少時間，萬一我死了，妳會看到我被綁在同樣這匹馬的馬鞍上，從這條路回來，那妳就知道我再也無法實踐諾言。如若不然，我發誓一定會回來，我們一起走下山谷，實現妳復仇的願望。耐心點，小姑娘，我相信妳的理由正當，而上帝會讓這個勛爵活著等我們找他復仇的。」

妳們覺得這些是懦夫會說的話嗎？即使在啟程迎戰魁里格的那一天，我仍然說出這番話。

任務完成之後，既然大難不死，儘管疲憊不堪，我仍然快馬加鞭地趕回那棵老樹下，那個小姑娘仍然抱著鋤頭在樹下等我。她看到我趕緊站了起來，模樣讓我的心揪了一下。然而我實在不敢讓她走進那座山，當我再度設法勸她打消念頭時，她憤怒地說：「你在騙我嗎？你不打算遵守你的諾言了嗎？」於是我讓她坐在馬鞍上，她把鋤頭緊緊抱在懷裡，一邊拉著韁繩，而我則徒步牽著馬匹和這個小姑娘走下山谷的邊坡。當我們聽到戰爭的喧囂，或是遇到被追得窮途末路的撒克遜人時，她有沒有嚇得臉色發白？當精疲力竭的戰士在我們行經的路上拖著傷口徐行時，她有沒有畏縮？我看到一顆顆細小的淚珠淌流而下，我看到她的鋤頭在顫抖，但她沒有別過頭去，因為她的雙眼要在血腥的戰場上持續搜尋。接著我騎上馬，讓她坐在我前面，她像是一隻溫馴的羔羊，我們一起深入戰事最激烈的地方。當時我揮舞長劍，用盾牌護著她，駕著馬東轉西繞，最後雙雙墜入泥濘中，但我何曾有過一絲膽怯？而她也很快站起來，拾回她的鋤頭，穿過大大小小的屍體。我們耳邊充斥著陌生的哀號聲，但她似乎完全沒聽見，猶如篤信基督的少女拒絕聽見粗俗男子的淫穢聲。我當時年紀很輕，雙腳靈活敏捷，跟在她身邊用劍砍殺任何想對她不利的人，同時以盾牌為她抵擋不斷落下的箭。最後她終於看到她要找的人，然而我們彷彿漂流在波濤洶湧的海上，眼前的小島看似近在咫尺，卻因為浪潮的關係，怎麼樣都游不過去。那天的情況就是這樣。我一路打打殺殺，同時保護她的安全，過了宛如一生一世之後，我們才終於來到那個撒克遜勛爵面前，即使在那個時候，還是有三個人保護著他。我把盾牌交給這個小姑娘，對她說：「好好保護自己，因為妳的戰利品幾乎到手了。」接著我以一敵三，儘管他們個個驍勇善戰，但一個接著一個倒下，最後我終於和她恨之入骨的撒克遜人面對面。他的膝蓋沾滿了戰場上的鮮血，但我看得出來他不是戰士出身，於是將他打倒在地，他的腿再也走不動了，只能含恨仰望天空。然後她走過來，高站在他面前，拋下盾牌，儘管當時屍橫遍野，但她的眼神令我不寒而慄。然後她舉起鋤頭往下……不是用力一揮，而是輕輕戳一下，再戳一下，活像在田裡挖農作物，最後我不得不說：「給他個痛快吧，小姑娘，不然我自己動手！」她回答說：「別管我，先生，謝謝你的幫忙，但現在你的任務完成了。」「只完成了一半，小姑娘，」我喊道，「除非我護送妳平安離開這座山谷。」但她再也不理會我說什麼，只顧繼續她血腥的差事。我本來想同她爭辯，這時他突然冒出來。我指的是現在的艾索先生，當時的他自然很年輕，但已有聖人的風範。我看到他的時候，戰場的喧嚷化為一片寂靜。

「怎麼這麼毫無防備，先生？」我對他說：「你的劍還沒出鞘？至少從地上撿一面盾牌來保護自己吧？」

但他仍是一副恍惚的表情，像是在一個芳香的早晨，站在一片長滿雛菊的草地上。「如果上帝決定讓箭射過來，」他說：「我不會抵抗的，蓋文爵士，很高興見到你安然無恙。你是剛到，還是從一開始就待在這兒？」

這簡直像是在某場夏季嘉年華會上打招呼的話，我只得大聲說：「保護你自己吧！戰場上仍然布滿了敵軍。」在他繼續朝四周打量時，我想起他剛才的問題，於是說：「我起初在這裡作戰，不過後來亞瑟王挑選了包括我在內的五個人，去執行一件很重要的任務，我剛剛才回來。」

這下總算引起他的注意。「很重要的任務？任務順利完成了嗎？」

「可惜失去兩位同袍，但我們總算讓梅林先生滿意了。」

「梅林先生，」他說：「他或許是個能人，但那個老頭子總是讓我心裡發毛。」他朝四周看了幾眼，說：「很遺憾聽到你的朋友死了，天黑之前這裡還會死不少人。」

「我們贏定了，」我說：「這些該死的撒克遜人，為什麼就是不肯罷休？除了死神，這樣對誰也沒有好處。」

「我相信他們這麼做，純粹是出於對我們的氣憤和憎恨，」他說：「因為他們現在必然已經知道，留在他們村子裡那些無辜者的遭遇。我剛從那些村子過來，消息怎麼會不同時傳到撒克遜的部隊去呢？」

「你說的是什麼消息，艾索先生？」

「有關他們的婦孺和老人的消息，由於我們當初立下協議，絕不會傷害他們，因此老弱婦孺無人保護，但如今卻被我們殺得精光，連剛出生不久的嬰兒都不放過。如果人家才剛剛這樣對付我們，我們的仇恨會小嗎？你難道不會像他們一樣，拚命搏鬥到最後一刻？」

「為什麼只顧說著這件事？今日我們勝利在望，而且這場戰役將名垂青史。」

「為什麼我只顧說這件事？這些正是我以亞瑟王之名共結友誼的村莊。其中一個村子的人稱呼我是和平騎士，但今天我親眼看著我們區區十幾個同袍血洗全村，而唯一能和他們對抗的，是個子還不到我們肩膀的小男孩。」

「我很遺憾聽到這個消息，但我再次懇求你，至少撿塊盾牌護身吧。」

「我看到一個又一個同樣悽慘的村子，而我們自己的同胞還得意洋洋地拿來說嘴。」

「別怪你自己，也別怪我舅父。你昔日代表執行的偉大律法，確實曾是一樁美事。這些年來，無論不列顛人或撒克遜人，有多少人因此得以保住性命？如果這條律法無法永遠維繫下去，也不是你的錯。」

「然而直到今天，他們仍然相信這份協議。當初他們心中只有恐懼和仇恨時，是我贏得他們的信任。如今我們的行為讓我成了騙子和屠夫，我一點也不樂見亞瑟王的勝利。」

「你說這些瘋話幹什麼？如果你有意叛變，我們馬上決鬥！」

「我不會傷害你舅父的。不過，蓋文爵士，以這種代價得來的勝利，你怎麼高興得起來？」

「我舅父想必知道這是唯一能締造永久和平的辦法，我想他下令時一定心情沉重。你想想，你今天痛惜的那些撒克遜男孩，很快就會成為戰士，一心為他們戰死的先人復仇。那些小女孩的肚子裡很快會懷上更多男孩，這樣周而復始的屠殺將永無休止。復仇的欲望多麼深刻啊！你看，就在此時此刻，我親自護送來的那位小姑娘，她還拿著鋤頭砍個不停！今天的凱旋給了我們一個難得的機會。我們也許可以一舉打破這個惡性循環，必須有一位偉大的國王大膽地採取行動。但願歷史永遠記得這一天，艾索先生，因為這一天，我們國家將得到長久的和平。」

「我不懂你的意思。雖然我們今天屠殺了數不清的撒克遜人，不管是戰士或嬰兒，但世上還有更多撒克遜人。他們從東邊來，乘船在我們的海岸登陸，建立新的村莊。仇恨的循環不會被打破的，我們今天的作法反而是讓它永難磨滅。我現在要去見你舅父，報告我今天所看到的一切。從他的臉上，我將看出他相不相信上帝會贊成這種作法。」

嬰兒屠夫。這就是當時的我們嗎？我護送的那個人，她後來怎麼樣了？她是不是成了妳們其中一份子，各位女士？為什麼在我前去執行任務的時候，妳們要像這樣圍著我？就讓一個老頭子安安靜靜地離開吧。嬰兒屠夫。那時候我不在現場，就算在場，和一位偉大的國王爭辯對我有什麼好處？更別說那個人還是我舅父。當年我只是個年輕的騎士，除此之外，一年一年過去，事實不都證明他是對的嗎？你們不都在承平下活到了現在？讓我們走吧，別在背後咒罵我。不得濫殺無辜的協議是偉大的律法，讓人類更接近上帝，這句話是亞瑟王本人說的，還是艾索說的？我們當時叫他艾索勒姆或艾索魯斯，不過他現在叫艾索，還有一位好妻子。為什麼要譏笑我，各位女士？難道是我害妳們傷心的？我的日子就快到了，到時我不會和妳們一樣跑回這裡遊蕩。我會心甘情願地和船夫寒暄，登上他的搖船，四周的水潑潑濺濺的，我可能會聽著他搖槳的聲音睡上一會兒。半睡半醒間，我會看見太陽低垂在水面上，海岸離我愈來愈遠，接著我再度沉入夢鄉，直到船夫的聲音把我喚醒。如果他像人家說的那樣問問題，我會老實回答。我還有什麼好隱瞞的？我沒有妻子，雖然有時很想娶個老婆。然而我是一個直到最後一刻都盡忠職守的好騎士，他會知道我沒有說謊。我不擔心他。就著暖和的夕陽，他從船的這一頭走到另一頭，影子打在我身上。不過這個以後再說吧。今天何瑞斯和我必須在這片灰暗的天空下上山，從荒蕪的山坡爬上一座山峰，因為我們的任務尚未完成，母龍魁里格在等著我們。

10

他壓根兒沒想過要對戰士撒謊。彷彿是謊言自己神不知鬼不覺地跑來，緊緊包圍他們兩個人。

從外觀看來，桶匠的小屋好像蓋在一個很深的溝渠裡，茅草屋頂和地面的距離很近，愛德溫必須低頭才能進門，感覺就像爬進地洞。他早料到裡頭很暗，但那種令人窒息的悶熱，還有濃烈的柴煙，著實嚇了他一跳，他忍不住一陣咳嗽，裡面的人一聽就知道是他來了。

「很高興看到你平安無事，小伙伴。」

威斯頓的聲音從黑暗中傳來，蓋過了木柴悶燒的聲音，愛德溫認出了他躺在泥炭床上的身影。

「你傷得很重嗎？」

威斯頓坐起來，慢慢出現在火光照耀的範圍下，愛德溫看到他的臉、脖子和肩膀全都是汗。不過伸向爐火的手卻像是冷得發抖。

「這些傷不算什麼，但這些傷口害我發燒。先前的情況更糟糕，我幾乎不記得是怎麼到這兒來的。隱修士說他們把我綁在馬背上，我想我大概從頭到尾不停喃喃自語，就像在森林裡假裝是張大嘴的傻瓜那副模樣。你怎麼樣呢？除了原本的傷口，我想你沒有受傷。」

「我好得很，戰士，不過我沒有臉站在你面前。我在你作戰的時候呼呼大睡，根本不配當你的戰友。你罵我吧，把我趕出去，這是我咎由自取。」

「先別急，愛德溫。如果你昨晚辜負了我，我很快就會告訴你要怎麼彌補虧欠。」

威斯頓的雙腳小心翼翼地踩在地上，彎腰拾起一塊木柴丟進火堆裡。愛德溫看見他的左手臂緊緊裹住麻布，臉頰瘀青了一大片，眼睛有些睜不開。

「沒錯，」威斯頓說：「我從燃燒的石塔往下看的時候，沒看見我們費心準備的推車，那時我真的很想罵你。塔頂和石板地面的距離很遠，火熱的濃煙已經竄到我周圍。聽著敵人在下面的慘叫聲，我問自己，是要和他們一起燒成灰燼？還是寧願獨自在夜空下摔得粉身碎骨？不過在我找到答案以前，推車終於到了，是一個隱修士拉著馬勒，讓我自己的馬把推車拖過來。我沒問這個隱修士是敵是友，就從那個煙囪口跳下去，我們先前的準備工夫做得夠好，雖然我整個人栽進乾草裡，還好沒碰到尖銳物品。等我醒來的時候，已經躺在一張桌子上，一班效忠約拿神父的隱修士盯著我看，彷彿我是他們的晚餐。不管是因為這些傷口，還是因為溫度過高，總之我當時發著高燒，他們說我神智不清、語無倫次，必須摀住我的嘴，直到他們把我送到這兒來，安全無虞為止。如蒙眾神疼惜，我的燒很快便會退了，然後我們就出發，完成我們的任務。」

「戰士，我仍然覺得很羞愧。即便醒來之後，看到官兵圍繞石塔，我卻像被妖精附了身似的，跟著那兩個不列顛老人逃出修道院。我本來要求你罵我幾句，或打我一頓，但剛才你說我也許有辦法彌補。請告訴我該怎麼做，不管你叫我做什麼事，我都會馬上去辦。」

他話還沒說完，就聽見媽媽在呼喚他，聲音響遍整間小屋，弄得愛德溫也不清楚自己有沒有說這些話。但他一定是說了，因為他聽見威斯頓說：「你是不是認為我選上你，完全是因為你有過人的勇氣？你的精神很了不起，如果我們能活著完成任務，我會讓你學會所有技巧，成為一名真正的戰士。但你現在還是一塊礦石，尚未雕琢成玉。我之所以挑了你，是因為我看出你有當獵人的天分，和你的戰士精神不相上下。很少人同時具備這兩種本領。」

「這怎麼可能？我對打獵一無所知。」

「小狼喝著母奶，就能聞出獵物的氣味。我相信這是天生的本領。等我退燒之後，我們就深入這山區，相信老天會告訴你該走哪一條路，帶我們直搗那隻母龍的巢穴。」

「我擔心你所託非人。我家族裡從來沒有人擁有這種技巧，也不曾有人想過我會打獵。就連看出我有戰士靈魂的老史提法，也沒說過我有這種本事。」

「那就讓我一個人相信吧。我絕對不會說是你自吹懂得狩獵之術。等我燒一退，我們就往山區出發，傳說魁里格的巢穴就在那裡，只要遇到岔路，我就跟著你走。」

謊言就是這時候開始的。他本來沒打算要撒謊，當謊言像小妖精一般走出黑暗角落時，他也避而遠之。他媽媽不停地呼喚他。「找到力量來救我，愛德溫。你長大了。找到力量來救我。」一方面是希望安撫母親，一方面是亟欲彌補自己的過失，於是他跟戰士說：「說也奇怪，現在聽你這麼說，我已經感覺到這隻母龍的魔力。與其說是感應，更像是隨風吹來的一種氣味。我們應該馬上啟程，誰知道我這種感覺什麼時候會消失。」

就在這麼說的同時，他腦子裡充斥著一幕幕的畫面：他們圍坐成半圓形，看著她媽媽設法掙脫繩索，這時他走進營地，令他們大驚失色。現在那幫人已經成年了，八成留著大鬍子，挺著大肚腩，不再是那天大搖大擺走進他們村子裡的惡少年。那些粗俗的男人伸手拿斧頭時，會看見威斯頓跟在愛德溫後面，個個面露驚恐。

但他怎麼能對戰士撒謊。這是他的恩師，也是他最欽佩的人。眼前威斯頓滿意地點點頭，說：「第一眼見到你時，我就看出來了，愛德溫。就在我到河邊，把你從那些惡魔手裡救出來的時候。」

愛德溫心想，他會走進他們的營地，把媽媽放出來，而那些粗漢會因此賠上性命，或者可以讓他們逃進山上的大霧裡。然後呢？到時他就得向威斯頓解釋，為什麼在他們趕著要完成一件緊急任務的時候，他卻選擇撒謊。

他意識到現在後悔已經太晚了，為了分神不去想這些事，愛德溫說：「我想問你一個問題，雖然你可能覺得不相干。」

威斯頓踱進黑暗裡，躺回床上。愛德溫只看到他的膝蓋慢慢晃來晃去。

「問吧。」

「我想知道你和布倫努斯勳爵之間是不是有什麼深仇大恨，所以即使我們明明可以逃離修道院，早半天找到魁里格，你卻偏要留下來和他的官兵作戰？一定是為了某個天大的理由，你才會連自己的任務都擺在一邊。」

威斯頓半天沒答腔，愛德溫還以為他被沉滯的空氣悶得暈過去了。接著又看到他的膝頭搖晃著，等他的聲音終於響起，發燒帶來的震顫似乎消失得無影無蹤。

「我無話可說。我只能承認自己的愚昧，那位好心的神父早就警告過我，不要忘了自己的任務！你看你師父的決心多麼容易動搖啊。戰士是我首要的身分，所以很難捨棄一場明知道可以贏的戰役。你說的對，原本我們現在就可以站在母龍的巢穴前，叫牠出來受死。但既然我知道是布倫努斯的官兵，只要有機會見到他本人，我都要留下來迎戰。」

「那我想得沒錯，你和布倫努斯勳爵之間有深仇大恨。」

「稱不上仇恨。我們從小就認識了，當時的年紀和你現在差不多。那是一個比這裡更西邊的地方，我們二十幾個男孩住在一座守衛森嚴的堡壘，從早到晚受訓，準備成為不列顛軍隊的戰士。當時的同伴們都是很好的人，我們像兄弟一樣生活在一起。唯一的例外是布倫努斯，身為勳爵之子，他不屑和我們為伍。不過他經常和我們一起受訓，雖然武術低劣，但每次和他對打，我們都得讓他獲勝。誰敢不讓勛爵的兒子取得光榮的勝利，所有人就得受罰。你能想像嗎？我們這些心高氣傲的初生之犢，日復一日假裝被這種三流對手打得落花流水？更糟的是，即使我們假裝戰敗，布倫努斯還特別喜歡侮辱對手。他喜歡踩在我們的脖子上，或是叫我們躺在地上讓他踹。你想想我們當時是什麼感覺？」

「我很明白，戰士。」

「但如今我應該感謝布倫努斯，因為他讓我逃離了一種可悲的命運。我跟你說過，在那座堡壘裡，我把同伴當成自己的兄弟，即使他們是不列顛人，而我是撒克遜人。」

「既然你從小和他們一起長大，共同面對艱苦的任務，這又有什麼可悲的呢？」

「當然可悲，孩子。即便現在，想起我對他們的感情，我仍然感到羞恥。因為布倫努斯讓我明白自己錯在哪裡。或許是因為我的武藝出色，他特別喜歡找我和他對打，也把最不堪的侮辱保留給我。他很快就發覺我是撒克遜人，過不了多久，就讓我的同伴為此和我反目。即使曾經和我最要好的人，也一起欺負我，在我的伙食裡吐口水，或是在嚴寒的冬日清晨，當我們因為怕師父生氣急著趕去受訓時，把我的衣服藏起來。這是布倫努斯當時給我的一個教訓，而當我明白自己把不列顛人當成兄弟根本是自取其辱時，就決定離開那裡，即使我在外頭無親無故的。」

威斯頓突然打住，在爐火前深深嘆了一口氣。

「離開那裡之前，你有沒有向布倫努斯報復？」

「由你判斷，因為我自己也說不準。依照那座堡壘的規定，我們這些學徒除了上課，晚飯後有一小時的休息時間，我們會在院子裡生火聊天，就像一般男孩子那樣。布倫努斯當然從來不會參加，因為他有專屬的豪華宿舍，不過那天晚上，不知道為什麼，我看到他一個人從旁邊經過，然後我藉故先離開了，我的同伴完全不疑有他。那座堡壘和其他的要塞一樣，有許多隱密的通道，而我對這些通道瞭若指掌，所以我很快便躲入一處陰暗角落。當布倫努斯朝我這裡晃過來時，我忽地步出暗處，他停下腳步一臉驚恐地看著我，因為他知道那不是巧遇，不僅如此，他平常的權勢這會兒完全派不上用場。說也奇怪，看到這個囂張跋扈的勛爵在我面前突然變成隨時可能嚇出尿來的小孩子，感覺真的很奇妙。我很想對他說：『先生，我看到你的劍搭在腰間。閣下自認劍術比我高明得多，一定不會害怕和我比劃比劃。』然而我沒有這麼說，因為要是傷了他，我逃離堡壘的夢想怎麼辦？我什麼都沒說，只是默默站在他面前，延長對峙的時間，因為我希望他永遠記住這一刻。要不是一點殘餘的自尊告訴他，這時候如果大聲求救，一定會成為他永難磨滅的恥辱，他早就大喊救命了。所以我們從頭到尾都沒有說話，後來我就轉頭走了。你看，我們之間什麼都沒發生，然而一切也都無法回頭了。我那時候就知道我最好當晚離開，而既然已經不用打仗了，堡壘的守衛並不嚴格。我沒有向任何人道別，趁守衛不注意的時候悄悄離開。我獨自走在月光下，家族親友早就被屠殺殆盡，我只能憑著一股勇氣和剛剛學會的武藝走下去。」

「戰士，布倫努斯一直追殺你，是擔心你為當年的事情報復嗎？」

「誰知道這個傻瓜中了什麼邪？他如今已經是偉大的勛爵了，掌管本地和鄰近的地區，然而他時時害怕著某個從東邊路經此地的撒克遜人。他是不是把那天晚上的恐懼愈養愈大，成了寄居在他肚子裡的一條大蟲？還是母龍吐出的氣息讓他忘了當年為什麼怕我，而這種恐懼因為不明所以，所以更加恐怖。去年有一名從沼澤地來這裡的撒克遜戰士，他只是安安靜靜地路過此處，結果竟然落得客死異鄉。然而我還是要感謝布倫努斯教會我的事，要是沒有當時那個教訓，我可能到現在都把不列顛人當作袍澤。你在煩惱什麼？看你坐立難安的，好像和我一樣發燒了。」

原來他已經無法隱藏自己的不安，但戰士不可能懷疑他。難道戰士也聽見他媽媽的聲音？因為在戰士說話的時候，媽媽一直不停叫喚他。「你會找到力量來救我吧，愛德溫？難道你還太年輕嗎？你會來救我吧？那天你不是答應要來救我嗎？」

「對不起，戰士。是我的獵人直覺讓我變得焦躁，因為我擔心聞不到那股氣味，而且外面天已經亮了。」

「只要我能重新爬上馬背，我們就出發。不過讓我再休息一會兒，如果我燒得連劍都舉不起來，到時候要怎麼面對像魁里格這麼可怕的對手？」

II

他渴望有一抹陽光能讓碧亞翠絲暖暖身子。儘管對岸沐浴在晨曦中，他們這邊總是陰暗寒冷。兩人走著走著，艾索可以感覺到她往他身上靠，顫抖的情況也愈來愈嚴重。他正想提議再休息一會兒的時候，終於發現了在柳樹後面若隱若現的屋頂。

他們好不容易才越過通往船屋的泥濘斜坡，兩人走進船屋低矮的拱門時，屋裡一片漆黑，加上不斷潑濺上來的河水，碧亞翠絲反而抖得更厲害了。他們穿過潮濕的木板繼續往裡面走，盡頭處只見一堆雜草、燈芯草和遼闊的河面。然後他們左手邊的暗處突然冒出一道人影說：「兩位是誰，朋友嗎？」

「你好，先生，」艾索說：「如果吵醒你睡覺，真是對不起。我們只是兩個疲倦的旅人，希望到兒子位在下游的村莊去。」

一個滿臉鬍鬚的粗壯中年男子，身上裹著好幾層獸皮，走到光亮處仔細打量他們。然後親切地問：「這位女士身子不舒服嗎？」

「她只是累了，沒辦法繼續趕路。我們希望你或許能撥一艘舢舨或小船來載我們。我們只能仰仗你好心的幫忙了，因為我們剛遇到意外，身上的包袱都給弄丟了，連可以付船資的錢也沒有。我看到河裡只有一艘船，要是你讓我們使用這艘船，不管你託付我們載運什麼貨物，我至少可以保證幫你安全送達。」

守船人往外看著在屋簷下輕輕搖晃的船隻，又轉回來看著艾索。「這艘船還要好一陣子才會划到下游，因為我在等我的伙伴帶大麥回來把船裝滿。但我看你們兩位都累了，又遇到意外。不妨讓我提個建議，這樣吧，朋友，你看到那些籃子了？」

「籃子？」

「雖然看起來不經用，但浮力很好，也撐得住你的重量，只不過一個籃子只能坐一個人。我們經常在籃子裡裝滿整袋的玉米，有時甚至放上一隻宰好的豬，再把籃子綁在船後面，即便沿途河水洶湧也平安無事。你們也看到了，今天水勢穩定，所以你們大可以放心乘坐。」

「你真好心，先生，但你有沒有容得下我們兩個人的大籃子？」

「一個籃子只能載一個人，否則會溺水的。但我很願意幫你們把兩個籃子綁在一起，這樣就和同乘一個籃子差不多。等看到下游同岸的船屋，你們就可以下船了，再請你們把籃子留在那裡。」

「艾索，」碧亞翠絲悄悄說：「我們別分開。我們一起用走的過去吧，雖然這樣可能很慢。」

「我們走不動了，老婆大人。我們也需要取暖和吃點東西，再說這條河很快會把我們帶到兒子那裡。」

「拜託你，艾索，我不想和你分開。」

「但這位先生說他會把兩個籃子綁在一起，這樣就和抱在一起差不多。」然後他轉頭對守船人說：「實在很感謝你，先生。我們就照你的意思辦，麻煩你把兩個籃子綁緊些，免得湍急的河水沖散我們。」

「不怕水速快，就怕慢，因為一慢就很容易被岸邊的野草纏住，無法前進。不過我會借你一根桿子，可以用來推開野草，所以沒什麼好擔心的。」

守船人走到防波堤上忙著綁繩索時，碧亞翠絲低聲說：「艾索，拜託別讓我們分開。」

「我們不會分開的，妳看，他把繩子打結，免得我們被沖散了。」

「河水真的會把我們給沖散的，別管這個人說什麼。」

「我們不會有事的，而且很快就會抵達兒子的村莊。」

守船人叫喚著他們，他們小心踩著石頭走過去，只見兩個籃子在水面晃動，守船人用一根長桿穩住籃子。「籃子的襯裡很牢靠，是獸皮做的，」他說：「你們幾乎不會感覺到河水的冰冷。」雖然蹲得辛苦，艾索依然扶著碧亞翠絲，直到她安全坐進第一個籃子裡。

「千萬別站起來，不然籃子可能會翻倒。」

「你不進來嗎？」

「我馬上就坐進妳旁邊的籃子。妳看，這位好心的先生把我們牢牢綁在一起。」

「別把我一個人丟在這裡。」

說這句話的同時，她似乎已經放心了，只管倒在籃子裡，像小孩子準備睡覺似的。

「好心的先生，」艾索說：「瞧我太太冷得直打哆嗦，有沒有什麼能借我們蓋在她身上？」

守船人也盯著碧亞翠絲看，她側躺在籃子裡，蜷起身體，閉上眼睛。他脫下身上披著的一塊皮草，俯身蓋在她身上。她渾然不覺，眼睛一直緊閉著，是艾索開口道了謝。

「不客氣，朋友。幫我把東西留在下游的船屋就好。」守船人用長桿將他們推向河中央。「把身子壓低，桿子放在好拿的地方以便隨時撥開野草。」

河上寒風刺骨，不時有浮冰漂過來，他們的籃子穿梭其間。籃子的形狀和扁舟差不多，有頭有尾，不過很容易打轉，因此艾索時不時會看到上游河岸上依然清晰可見的船屋。

清晨的陽光灑在不停搖擺的野草上，守船人說得一點都沒錯，河水流動的速度很緩慢。儘管如此，艾索仍然不斷瞥向碧亞翠絲的籃子，不知情的人會以為裡面裝滿了獸皮，只露出部分的毛髮。他朝她喊了一聲：「我們很快就到了，」但她沒有反應，於是他伸手把她的籃子拉近一點。

「老婆大人，妳在睡嗎？」

「艾索，你還在嗎？」

「我當然在。」

「我還以為也許你又丟下我了。」

「我怎麼會丟下妳？那個好心人很仔細地把我們的籃子綁在一起。」

「不知道是做夢，還是我記起了以前的事。但我記得當時只有我一個人，深夜時分站在我們的房間裡。那是很久以前的事了，那件獾皮斗篷緊緊裹在我身上，是你以前做了送給我的。我就那樣站著，而且是在以前住的房間裡，不是我們現在住的地方，因為牆上有交錯的山毛櫸樹枝，我看見毛毛蟲沿著樹枝爬呀爬，心想為什麼牠這麼晚還不睡覺。」

「別管毛毛蟲了，妳自己幹麼大半夜不睡覺的，盯著牆壁看。」

「我想我那樣站著，是因為你丟下我走了。也許是那個人蓋在我身上的皮草讓我想起了那件皮斗篷，因為當時我就呆站著，緊緊抓住斗篷，是你用獾皮做給我的那件斗篷，後來被燒掉了。我當時一面盯著毛毛蟲，一面問為什麼牠不睡覺，以及牠會不會區分黑夜和白晝。但我相信那是因為你丟下我走了，艾索。」

「真是莫名其妙的夢，妳可能快發燒了。我們很快就會坐在溫暖的爐火邊取暖。」

「你還在嗎？」

「我當然在，而且已經看不見船屋了。」

「那天晚上你離開我，我們的寶貝兒子也走了。他說他不想在家等你回來。所以只剩我一個人，在我們以前住的地方。夜很深了，但那時候我們有蠟燭，所以我看得見那隻毛毛蟲。」

「妳的夢境好奇怪，必然是因為發燒的緣故，再加上這裡這麼冷，真希望太陽快點出來。」

「你說的對，這裡好冷，即使蓋著皮草也一樣。」

「要不是正在渡河，我一定會讓妳在我懷裡取暖。」

「艾索，兒子會不會是負氣離開我們的，而我們也氣得把門關上，叫他永遠別回來？」

「老婆大人，前面的河裡好像有什麼東西，也許有船隻被蘆葦纏住了。」

「你愈飄愈遠了，艾索。我幾乎聽不見你說話。」

「我就在妳身邊。」

他屈著腿，低坐在自己的籃子裡，但這會兒他雙手抓住籃子邊緣，小心蹲了起來。

「我現在看得比較清楚了。那是一艘小船，在前面的河道轉彎處，陷在蘆葦叢裡。我們也會經過那裡，所以得小心應付，不然我們也會被困住。」

「艾索，別離開我。」

「我就在妳身邊，但我得撐著這枝桿子，免得被燈芯草纏住。」

籃子前進的速度愈來愈慢，在河岸轉彎的地方，不斷靠向岸邊汙泥。艾索把桿子往水裡一插，發現一下子就碰到河床，而當他試圖把籃子重新推入水中時，桿子卻陷進泥沙裡，籃子根本動不了。陽光照耀田野，青草長得很高，野草把兩個籃子團團圍住。那艘小船幾乎就在他們前面，兩人只能慢慢漂過去，這時艾索抽出桿子，頂著小船的船尾，籃子停了下來。

「下游的船屋到了嗎？」

「還沒有。」艾索瞥向河面。「對不起，老婆大人，我們被困在蘆葦叢裡了。但我們前面有一艘小船，如果這艘船還能划，我們就能划到目的地。」他把桿子又往水裡一撐，設法讓籃子靠在小船旁邊。

從他們的位置看過去，艾索可以清楚看到損壞的木頭，以及船舷底下有一排像蠟燭似的冰柱。他把桿子插進水裡，小心翼翼站起來，好把船上的狀況看個仔細。

船身沐浴在陽光下，他過了一會兒才看清楚，船上那一堆破布其實是一個老婦人，她穿著由黑色碎布縫補而成的衣服，滿臉抹著烏黑的煤灰。這個老婦人的衣服不知怎的牽動了他的記憶，而此刻她也睜開眼睛盯著他看。

「幫幫忙，陌生人，」她低聲說，整個人一動也不動。

「妳病了嗎，女士？」

「我的手臂不聽使喚，不然我早就起來划槳了。幫幫我，陌生人。」

「你在對誰說話？」後面傳來碧亞翠絲的聲音。「小心別遇上惡魔。」

「只是一個和我們年紀一樣大，或者更老的可憐女人，受了傷躺在船上。」

「別忘了我。」

「忘了妳？我怎麼會忘了妳呢，老婆大人？」

「這些迷霧弄得我們忘東忘西的，誰敢說它不會讓我們忘記彼此？」

「這種事情根本不可能發生，現在我得幫幫這位可憐的女士，要是走運的話，我們三個人可以划著這艘船到下游去。」

「陌生人，我聽到你說的話了。我很歡迎你們和我同船，不過你得先幫幫我，因為我摔了一跤，受傷了。」

「艾索，別把我丟在這兒，別忘了我。」

「我只是要踏上旁邊這艘船，我得看看這位可憐的女士。」

他的四肢凍僵了，爬上小船時差點失去平衡，但他及時把自己穩住，朝四下打量。

這艘船看起來簡單又牢固，顯然沒有進水。船尾堆了什麼貨物，但艾索沒多留意，因為那個老婦人又開口了。她依舊躺在船上，他看得出來她的目光牢牢盯著他的腳，專注到連他自己都忍不住低頭瞧。他沒發現什麼特別的東西，於是小心往她那裡走過去。

「看得出來你年紀不小了，但你還有點氣力。擺出一副凶狠的表情給牠們瞧瞧，要凶狠到把牠們給嚇跑。」老婦人說。

「來，女士，妳能坐起來嗎？」他這麼說是因為受不了她奇怪的姿勢，她一頭白髮披散在潮濕的木板上。「來，我幫妳，盡可能坐直一點。」

他往前碰到她的時候，她原本握在手上的一把生鏽刀子掉在船底。就在同一時間，不知是什麼東西從她的破布衣服裡蹦出來，一溜煙躲到暗處。

「船上有老鼠嗎？」

「牠們在那裡，陌生人。我叫你對牠們擺出凶狠的表情。」

他現在才明白她剛才瞪的不是他的腳，而是在船尾的什麼東西。他轉過身，但陽光照得他兩眼發昏，看不清楚是什麼東西在那裡竄來竄去。

「是老鼠嗎？」

「牠們怕你。牠們曾經也怕過我，但牠們一點一點爬到我身上。要不是你上船來，牠們現在已經把我整個人都蓋住了。」

「等等，女士。」

「他走向船尾，伸出一隻手遮住陽光，低頭端詳堆在暗處的東西。他看到糾結的網子、一張濕透的毛毯、一根像是鋤頭的工具，還有一個無蓋的木箱子，像是漁夫用來裝漁獲的。可是當他往箱子裡仔細一瞧，才發現裡面裝的不是魚，而是剝了皮的兔子，數量可觀，全部堆在一起。他看著看著，發現那些兔子的肌腱、手肘和腳踝開始變化。他看到一隻兔子張開眼睛，然後又一隻張開眼睛，他不由得退後一步。他聽到什麼聲音，轉頭看著小船另一頭，那個老婦人猛然倒在船首，多得數不清的小妖精爬滿她全身。乍看之下，她的表情很滿足，彷彿被什麼擁抱著，而那些纖細瘦小的妖精越過她的破衣衫，爬滿她的臉和肩膀。愈來愈多小妖精從河裡冒出來，爬滿小船。

艾索伸手去拿那把鋤頭，但他有種莫名的平靜感，他慢條斯理地從糾結的漁網中抽出鋤頭。他知道河裡正冒出愈來愈多的小妖精，上了船的有幾隻？三十隻？六十隻？牠們發出的聲音很像孩童在遠處玩耍的嬉鬧聲。他舉起那把鋤頭，往下劈向那些爬上船邊的小東西。接著他又使勁一揮，這回打到裝著剝皮兔子的木箱，有更多小妖精從箱子裡往外跳。他的劍術一向不甚高明，他的專長在外交，必要時還能耍些陰謀詭計，雖然他從來沒有背叛過他以這些手腕贏得的信任，相反地，被出賣的人是他。不過他仍然可以舞刀弄槍的，而這會兒他就拿著鋤頭劈來劈去，因為他必須保護碧亞翠絲，不讓這些東西爬到她身上。但牠們不斷接近，而且愈來愈多。牠們是不是正圍繞著熟睡在籃子裡的碧亞翠絲，還愈聚愈多？剛才這一劈多少產生了一些效果，因為有好幾個小妖精摔回水裡，然後他再劈一下，又震起來兩三隻。他和那個老婦人素昧平生，有什麼義務要先保護她，而不是自己的妻子？不過那個老太太躺在船板上，快要被扭動的小妖精給掩沒了，於是艾索走到船的另一頭，舉起鋤頭一揮，在不傷害到老婦人的情況下，能趕走多少算多少。然而牠們牢牢貼在她身上！而且居然膽敢跟他說話，抑或是小妖精底下的老婦人在說話？

「丟下她，陌生人。把她交給我們。丟下她。」

艾索再次舉起鋤頭一揮，空氣好像河水一樣濃稠，鋤頭動得很慢，但終究擊中了目標，讓更多小妖精四散奔逃，儘管又有更多爬上來。

「把她交給我們，陌生人，」那個聲音又說了一次，直到這一次，他才赫然發覺這句話指的不是眼前這個垂死的老婦人，而是碧亞翠絲。他頓時陷入深深的恐懼，轉頭望向被蘆葦困住的籃子，發現河面上滿是妖精，牠們拚命想爬進籃子裡，要不是有原本就放在裡面的重物撐著，恐怕他的籃子早就翻覆了。但牠們爬上他的籃子，只是為了跳到隔壁去。看到小妖精大批爬上蓋著碧亞翠絲的皮草，他大吼一聲，二話不說就跳下水。河水及腰，比他預期的更深，不過這種令他窒息的震撼轉瞬即逝，彷彿是來自久遠以前的記憶，他像戰士般厲聲一喝，高舉著斧頭，掙扎著涉水朝籃子而去。他的衣服不斷被拉扯，河水像蜂蜜般又濃又重，可是當他把鋤頭往自己的籃子一劈，即使速度慢得令人洩氣，當鋤頭落下時，比他想像中更多的妖精一個個摔進河裡。他再次拿起鋤頭一劈，造成了更多毀滅，而且這回他八成是命中目標，因為他看到了染血的身體躍入陽光中。然而碧亞翠絲好像渾然不覺，即使周圍爬滿了妖精，她依舊穩穩地躺在籃子裡，現在陸地上也冒出許多小怪物，大批越過河岸的草地，甚至有幾隻吊在他的鋤頭上，他把鋤頭往水裡一拋，一心只想陪在碧亞翠絲身邊。

他穿過野草和蘆葦，河裡的泥巴讓他舉步維艱，而碧亞翠絲離他愈來愈遠。然後他又聽到老婦人的聲音，即使此刻他站在河水中，已經看不見她，但他心裡仍然清清楚楚記得她的模樣，在陽光下，她倒在船底，妖精在她身上跳來跳去的。這時他聽到她說：「丟下她，陌生人。把她交給我們。」

「去死吧，」艾索咕噥一聲，繼續奮力向前。「我絕對不會丟下她的。」

「像你這麼聰明，早就知道她無藥可救。以她日後的情況看來，到時你怎麼受得了？難道你希望有一天親眼看著你的摯愛痛苦得全身扭動，而你除了幾句安慰的話，什麼忙也幫不上？把她交給我們吧，我們會舒緩她的痛苦，就像照顧她之前的那些人一樣。」

「去死吧！我不會把她交給你們的！」

「把她交給我們吧，我們絕對不會讓她痛苦。我們會用河水為她洗去這些年的歲月，讓她彷彿做了一場美夢。為什麼要留住她？除了生離死別的痛苦，你能給她什麼？」

「我會擺脫你們的。放手，別碰她。」

他伸長手臂，雙手緊扣，就像一根棍子不停左右揮動，一邊涉水，一邊清出一條通道，直到終於來到碧亞翠絲面前，她在籃子裡仍然睡得很熟。妖精爬滿她身上，他動手把妖精們給拉開，用力甩出去。

「你為什麼不把她交給我們？你這樣對她很殘忍。」

他推著籃子涉水而過，直到籃子停在野草和蘆葦間的泥地上。然後他俯身抱起妻子。幸好她醒來了，靠在他脖子上，兩人一起蹣跚前進，先爬到岸上，然後繼續往前走到田野。直到腳下的土地變得堅硬而乾燥，艾索才把她放下來，兩人坐在草地上，他重重喘息，她則慢慢清醒。

「艾索，我們到了什麼地方？」

「妳覺得怎麼樣？我們必須馬上離開這裡，我會背妳。」

「你全身都濕透了！你剛才跌進河裡了？」

「這是不祥之地，我們必須馬上離開。我很樂意背妳，就像以前年輕時那樣。」

「我們一定要遠離那條河嗎？蓋文爵士說的沒錯，坐船會更快到達目的地。這裡的地勢好像和我們之前爬的山一樣高。」

「我們別無選擇，必須趕緊遠離此地，來，我背妳，抓住我的肩膀。」

12

他聽到戰士從下面傳來的聲音，叫他爬慢一點，但愛德溫置之不理。威斯頓動作太慢了，他似乎不明白情況有多緊急。他們攀上懸崖的路途還不到一半，他就問愛德溫說：「剛才是不是有老鷹從我們頭頂上飛過去？」這個問題有那麼重要嗎？難道這次受傷讓戰士的身心都軟弱了。

只要再爬上一小段就好了，然後他至少可以跨過懸崖邊，站在結實的地面。到時他就可以用跑的，他多麼渴望向前飛奔！但要跑去哪裡呢？他差點忘記他們真正的目的。他一直在欺騙威斯頓，現在差不多該坦白了。他們上山的時候，把精疲力竭的母馬綁在山路旁的灌木叢裡，當時他就下定決心，只要上了山頂，他就說出實情。然而現在快到山頂了，他的腦子卻一片空白。

他攀過最後幾塊岩石，使勁蹬上崖邊。眼前是一片荒蕪的風蝕地形，地勢逐漸上升，一直到盡頭的蒼白山峰。附近有幾片野草地，但蔓草最高只到腳踝。說也奇怪，在前往山峰的中途似乎有一片樹林，蒼翠的樹木在狂風吹襲下卻寧靜地佇立著。難道是哪個神一時興起，伸手抓起一塊豐饒的林子，擺在這個荒涼地帶上？

儘管氣喘如牛，愛德溫硬是拔腿狂奔，因為那片樹林顯然就是他要去的地方，只要到了那裡，他什麼都會想起來了。後面又傳來威斯頓的叫聲，想必這位戰士終於也爬上了山頂。但愛德溫頭也不回，加快腳步往前跑。到了樹林之後，他自然會說出實情。在樹林的庇護下，他應該可以記起更多，也不會有呼嘯的風聲干擾他們說話。

走著走著，他突然一個踉蹌，不由得大吃一驚。事情發生得太突然，他頓時只覺得天旋地轉，整個人趴在地上，等他想站起來的時候，卻被一個柔軟但力道十足的東西給壓住。後來才發現是威斯頓的膝蓋壓在他背上，把他的雙手綁在背後。

「你先前問過為什麼一定要帶繩子上路，」威斯頓說：「現在你知道繩子多好用了。」

愛德溫慢慢想起他們在山下的對話。當時他急著上山，受不了戰士仔細地把一樣樣東西從馬鞍裝進兩個麻袋裡，準備帶上路。

「我們要快點才行！帶這些東西幹什麼？」

「拿著，母龍這個敵人已經夠厲害了，我們絕不能讓自己挨餓受凍，搞到最後體力不繼，反而只是使宜了牠。」

「但那股氣味會消失的！我們要繩子幹什麼？」

「到時或許用得著，山上的樹枝可沒長繩子。」

現在繩索牢牢綁在他的腰際和手腕上，等他好不容易站起來，必須擺脫繩索的拉扯才能繼續往前跑。

「戰士，你不再是我的良師益友了嗎？」

「我仍然是你的良師益友，同時也會保護你。從現在起，你得走慢一點。」

他根本沒把繩索放在心上，可是在繩索的束縛下，他只能以騾子般的步伐前進，於是他想起不久之前，他曾經假裝自己是頭騾子，推著一輛推車轉圈圈。莫非他現在又扮起了騾子，即使繩索不斷把他往回拉，他仍然悶著頭前進？

他拉了又拉，偶爾可以跑個幾步，然後又被繩索猛地一扯，只得停下來。他聽到了一種熟悉的聲音，半唱半吟地哼著一首他從小就很熟悉的童謠。這股聲音讓人安慰又心煩，但是他發現只要一邊拉扯繩索，一邊跟著吟唱，他心裡便多了撫慰，少了不安。於是他跟著吟唱，起初聲音很小，接著他放肆地在風中高唱：「是誰打翻了這杯麥酒？是誰切斷龍的尾巴？是誰把蛇留在桶子裡？就是你的阿德尼表哥。」他不記得後面的歌詞，卻驚訝地發現，只要跟著那個聲音唱下去，自然而然會唱出正確的歌詞。

樹林快到了，戰士又把他往回拉。

「走慢點，要進這片奇怪的林子，不能光憑勇氣。你看，這裡的地勢這麼高，有松樹並不奇怪，但松樹旁邊是橡樹和榆樹嗎？」

「不管這裡長的是什麼樹，或飛過天空的是什麼鳥，我們沒多少時間了，必須趕快跑過去！」

他們走進樹林，發現腳下的土地全變了樣，有柔軟的青苔、蕁麻，甚至是蕨類。他們頭頂上的樹葉非常茂密，足以形成一片遮蔽，因此他們在幽暗中走了好一陣子。但這裡不是森林，因為他們很快就看到前面是一片空地，而空地上方是開闊的天空。愛德溫忽然想到，如果這是哪個神的傑作，想必是要用這些樹木作為掩飾，把不知什麼樣的東西藏起來。他憤怒地拉扯繩索，說：

「為什麼要耽擱呢？難道你怕了？」

「你看看這個地方，你獵人的本能發揮了作用。這裡一定是龍的巢穴。」

「我才是獵人，所以我告訴你，這片空地根本沒有龍。我們必須趕快穿過這片林子，前面還有路要走！」

「讓我看看你的傷口現在如何。」

「別管我的傷口了，我告訴你，那個氣味很快就會消失！解開我的繩子。就算你不同意，我也要用跑的！」

這一次威斯頓放開了他，愛德溫趕忙穿過薊草和糾結的樹根。他好幾次差點摔跤，因為他的雙手還被綁著，沒辦法張開維持平衡。但他安然來到這片林間空地，在空地邊停下來，把眼前的景象看個仔細。

空地中央是一片池塘，水面結了冰，一個人只要夠勇敢，或夠愚蠢，邁開大步，也許二十幾步就能跨過去。結冰的表面十分平滑，只有一棵枯樹的樹幹破冰而出。在距離枯樹不遠的岸邊，一隻體型高大的食人魔蹲在池畔，膝蓋和手肘著地，整個頭埋在水裡。牠原先大概是在喝水，或是探頭到水面下找東西，然後池面突然結冰，讓牠措手不及。乍看之下，會以為這個食人魔是一具無頭屍，爬到水邊解渴時被砍斷了頭。

打在食人魔身上的光影很奇特，愛德溫看了好一會兒，以為牠會活過來，抬頭露出一張恐怖的臉。後來他才驚覺池塘的右邊還有第二隻食人魔，姿勢和第一隻一模一樣。還有那裡！第三隻離他不遠，就在他前方的岸邊，身體有一半被蕨類給遮住了。

通常食人魔只會引起他的嫌惡，但眼前這幾隻以及他們那種悲哀得詭異的姿勢，讓愛德溫興起一絲憐憫。牠們怎麼會落得這種下場？他朝那些食人魔走過去，但繩索再度被拉緊，他聽見威斯頓靠在他後面說：「你仍然否認這裡是龍的巢穴嗎？」

「不是這裡，戰士，我們必須繼續往前走。」

「不過我對這個地方有些感應。即使這裡不是牠的巢穴，難道牠不會來這裡喝水和洗澡？」

「這是個不祥之地，不適合在這裡和牠作戰。我們在這裡只會倒大楣。看那幾個可憐的食人魔，牠們的個子和你那天晚上殺死的食人魔差不多。」

「你在說什麼？」

「你看不見牠們嗎？看，那裡！還有那裡！」

「愛德溫，你已經瘋了，和我原本擔心的一樣。我們在這裡歇一會兒。就算這是個不祥之地，至少能擋擋風。」

「你怎麼能說要休息呢？那幾隻可憐的東西不就是因為在這個邪魔之地耽擱太久，才落得這種下場？注意牠們帶來的教訓啊，戰士！」

「我唯一要注意的是逼你休息，免得你把自己搞得心臟爆裂。」

愛德溫覺得自己被扯了一下，然後他的背貼在一棵樹的樹幹上。威斯頓拖著笨重的腳步在他周圍繞圈子，用繩索綁住他的胸膛和肩膀，他幾乎動彈不得。

「這棵樹不會害你的。」威斯頓伸出手輕輕搭在他的肩膀上。「何必這樣浪費力氣，想把它連根拔起？冷靜下來歇一會兒，我再仔細研究一下這個地方。」

他看著威斯頓撥開蕁麻，朝池塘走去。到了池邊，他來回走了好一會兒，仔細看著地面，有時蹲下去檢查任何吸引他注意的東西。然後他又站了起來，有好長一段時間似乎陷入幻想，癡癡望著池塘另一頭的樹。從愛德溫這裡看過去，在結冰的池水映照下，威斯頓幾乎成了一抹剪影。為什麼他就是不看那些食人魔一眼？

「我們不是最早來到這裡的人，」他說：「不到一小時前就有人來過了，而且不是母龍。愛德溫，很高興看到你冷靜下來了。」

「戰士，我有一件事要跟你坦白。即使我現在被綁在這棵樹上，你聽了以後，可能還是會殺了我。」

「說吧，孩子，不用怕我。」

「你宣稱我有獵人的天分，而且就在你說這句話的時候，我感覺有一股強烈的力量吸引著我，於是我就讓你相信我聞到魁里格的氣味，但我從頭到尾都是在騙你。」

威斯頓走過來，站在他面前。

「繼續說。」

「我說不出來。」

「你如果不說，還有比惹我生氣更可怕的事會發生。說。」

「我說不出來。之前在爬坡的時候，我很清楚該跟你坦白什麼。然而現在……我不清楚我究竟瞞了你什麼。」

「這是因為母龍的氣息使然。牠先前對你沒什麼影響，現在卻牢牢控制了你。顯然我們離牠很近了。」

「我擔心是這該死的池水迷惑了我，可能也迷惑了你，讓你心甘情願在這裡徘徊，連看都不看那些溺死的食人魔一眼。我知道我有事情要向你坦白，只可惜我現在想不起來了。」

「告訴我怎麼去母龍的巢穴，不管是什麼事，不管你對我撒了什麼小謊，我都會原諒你。」

「問題就在這裡，我們趕路趕到馬兒差點暴斃，然後爬上這片陡峭的山坡，可是我根本不是要帶你去找母龍。」

威斯頓靠得很近，愛德溫幾乎能感覺到他的呼吸。

「那你究竟想帶我去哪裡？」

「去找我媽媽。我現在想起來了，我嬸嬸不是我媽媽，我的媽媽被人家帶走了，雖然我當時年紀還小，卻親眼看著她被帶走。我向她保證，有一天會帶她回來。現在我差不多長大了，又有你在我身邊，那些把她擄走的男人一定會嚇得發抖。我騙了你，但我們就快要找到她了，拜託你體諒我的心情，助我一臂之力。」

「你媽媽？你說她此刻就在我們附近？」

「是的，戰士。但不是在這裡，不是這個不祥之地。」

「你記得是什麼人帶走她的嗎？」

「他們一副凶神惡煞的模樣，把殺人當家常便飯，那天全村沒有一個男人敢出來面對他們。」

「是撒克遜人還是不列顛人？」

「是不列顛人。三個男的，而且史提法說他們一定剛離開軍隊不久，因為他看得出來他們帶有軍人的習性。我當時還不滿五歲，不然我一定會拚命去救她。」

「我自己的母親也是被捉走的，所以我很明白你的感受。她被捉走的時候，我也是個小孩子，毫無抵抗之力。當時在打仗，他們殺死了許多人，我年幼無知，見到他們笑盈盈地看著她，居然還覺得高興，以為他們會善待她。當時你年紀小，對那些男人一無所知，或許就像我一樣。」

「我媽媽是在承平時期被帶走的，所以沒受到什麼傷害。她後來到處旅行，這種生活可能還不錯。然而她渴望回到我身邊，因為和他一起旅行的男人有時候很殘忍。請接受我的懺悔，晚一點再懲罰我，但我求你幫忙我對付擄走她的那些人，她已經等我很多年了。」

威斯頓一臉狐疑地望著他，似乎有話要說，隨即搖搖頭，走開了幾步，彷彿滿心羞愧。愛德溫從來沒看過他這副表情，感到很訝異。

「我隨時可以原諒你撒這個謊，愛德溫，」威斯頓轉頭對他說：「還有其他你可能說過的無傷大雅的謊言。我會解開你身上的繩索，一起面對你要帶我們去找的任何敵人，但條件是，你要向我保證一件事。」

「儘管說吧。」

「萬一我死了，而你還活著，你一定要答應我，繼續懷著對不列顛人的仇恨。」

「什麼意思？什麼不列顛人？」

「所有的不列顛人，即使是善待你的人。」

「我不懂，難道我必須恨一個把麵包分給我吃，或是像蓋文爵士那樣，剛剛把我從敵人手裡救出來的不列顛人？」

「有些不列顛人很可能會贏得我們的尊敬，甚至是愛，但我們現在背負的任務，比這些私人情感更重要。正是亞瑟王領導下的不列顛人，屠殺了我們的同胞。是不列顛人帶走了你我的母親。我們有責任憎恨和他們流著相同血液的男人、女人和小孩。所以你要答應我，萬一我來不及把劍術傳授給你就死了，你一定要好好孕育這份仇恨。萬一你的恨意動搖了，或者消失了，請務必要悉心守護，直到仇恨之火再度燃起。你會答應我嗎，愛德溫？」

「沒問題，戰士，我答應你。但現在我聽到媽媽的呼喚了，我們真的已經在這個不祥之地耽擱太久了。」

「那就去找她吧，但要有心理準備，說不定我們來晚了，已經來不及救她。」

「這話是什麼意思？怎麼可能來晚了，因為我現在就聽見她的聲音。」

「那我們就快點回應她的呼喚。但要記住一件事，如果來不及救她，我們還有的是時間報仇。讓我再聽你向我保證一次，直到你死於非命或壽終正寢的那一天，你都會仇恨著不列顛人。」

「我願意再向你保證一次，戰士。請解開我身上的繩索，因為我現在很清楚必須走哪一條路。」

13

艾索看得出來這隻山羊對這種高山地形非常熟悉，牠正快樂地吃著粗短的野草，不管風勢有多麼強勁，或是牠左邊兩條腿的位置比右邊兩條腿低了許多。這種動物拉扯的力道很強，艾索在上山途中經歷得再清楚不過了，他和碧亞翠絲停下來休息的時候，常常不知道怎樣才能把牠牢牢綁好。他看見一棵枯樹突出在山坡邊，便把繩索仔細地綁在樹根上。

從他們休息的地方可以清楚看到那頭山羊。他們後面這兩塊大石頭像老夫妻似的相互依傍，從山坡下就看得見，但早先還沒走到這裡的時候，艾索只希望有個地方可以讓他們擋擋風。這片光禿的山坡上空無一物，他們咬牙爬上小徑，山羊和劇烈的狂風都使勁地拉扯他們。不過等他們終於到了夫妻石，才發現這裡簡直像是上帝為他們打造的避難所，他們聽得見四周颯颯的風聲，卻只感覺到空氣微微的波動。他們挨著彼此而坐，彷彿是在模仿那兩塊石頭。

「一切都在我們腳下了，艾索。我們是不是坐船從那條河過來的？」

「但我們沒多久就上岸了。」

「現在又得爬山了。」

「是啊，恐怕那個小姑娘沒老實告訴我們，這件差事究竟會有多辛苦。」

「一點也沒錯，她說得好像只是去散個步。但誰又能怪她？她還只是個孩子，卻承受了超乎她年齡的煩惱。艾索，你看那裡，在山谷裡，你看到沒有？」

艾索舉起一隻手遮住刺眼的陽光，想看清楚碧亞翠絲說的是什麼，最後搖搖頭。「我的眼力不如妳，我只看到一座座山和一片片山谷，沒什麼特別的。」

「在那裡，順著我的指尖看過去，那邊是不是有一列士兵在前進？」

「我看到了，沒錯，但他們沒有在移動。」

「他們有移動，而且是士兵，看他們排成長長一列的樣子。」

「我的眼睛不中用了，一點也看不出他們在移動。而且就算他們是士兵，距離這麼遠，當然不可能找我們麻煩。我比較擔心暴風雨，那比遠處的官兵可怕多了。」

「你說的對，不知道我們還要走多遠。那個小姑娘不老實，還說只要散散步就到了。但我們能怪她嗎？父母不在家，還有兩個弟弟要操心，她一定是走投無路了，才會要我們幫她跑腿。」

「陽光從雲層透出來，我現在看得比較清楚了。那些根本不是什麼士兵或人，只是一排鳥兒。」

「你在說什麼傻話，如果是鳥，我們從這裡怎麼看得見？」

「牠們比妳想像得更近。那些黑鳥排成一列坐著，山上的鳥就是這樣。」

「那怎麼沒看見有哪一隻鳥兒飛起來？」

「剛剛可能有一隻飛走了。話說回來，我不會怪那個小姑娘的，因為她的處境很悽慘，不是嗎？而且我們剛見到她的時候全身濕透、直打哆嗦，要不是她的幫忙，我們現在會怎麼樣？再說了，老婆大人，不只那個小姑娘急著要把這頭羊送到巨石塚那裡。我記得才不到一個小時前，妳也急得很吧？」

「我現在還是很著急，因為要是真的能殺了魁里格，讓這些迷霧消失，豈不是美事一樁？只不過當我看到那頭羊吃草的德行，實在很難相信牠能除掉一隻威力十足的母龍。」

山羊還在吃草，胃口和他們早上剛到小石屋的時候一樣好。那間小屋很不起眼，隱身在險峻懸崖底下的一個陰暗處，即使碧亞翠絲不斷指呀指，艾索仍然以為只是山坡上一個聚落的入口，和他們的洞穴聚落差不多。後來走近了，他才發現那是一座獨立的房舍，牆壁和屋頂都是用深灰色的岩片堆砌而成，如絹絲般的山水從峭壁淌流而下，匯集在離小屋不遠的水池裡。小屋被清晨的陽光照亮，在前面一點點的地方，有個用籬笆隔起來的小牧場，裡面唯一的牲畜就是這頭山羊。當時牠一樣忙著吃草，但突然停下來，吃驚地瞪著艾索和碧亞翠絲。

那幾個孩子對他們的到來渾然不覺。有個女孩和她兩個弟弟站在一條溝渠邊，背對著來客，全神貫注地看著腳底下不知道什麼東西。其中一個小男生蹲了下來，拿東西丟進溝渠，那個女孩抓著他的手臂把他往後拉。

「他們到底在幹什麼？」碧亞翠絲說。「看起來像是在惡作劇，而且年紀最小的那個個頭這麼矮，可能會不小心掉進溝裡。」

他們從山羊旁邊經過，那幾個孩子還是沒發現他們，這時艾索小聲喊道：「願上帝與你們同在。」那三個孩子嚇得連忙轉身。

看他們一臉愧疚的模樣，顯然碧亞翠絲猜對了，他們是在惡作劇，但那個女孩很快恢復鎮定，露出微笑。

「是兩位老人家！你們好，歡迎。我們昨晚才祈求上帝派你們過來，你們果然來了！歡迎，歡迎！」

女孩踩著潮濕的草地走到他們面前，濺起了一些泥水，她兩個弟弟緊跟在後。

「妳認錯人了，孩子，」艾索說：「我們只是兩個迷路的旅人，又冷又累，剛剛在河邊被野蠻的妖精攻擊，衣服都濕透了。能不能請妳爸媽讓我們進去暖暖身子，在爐邊把衣服烘乾？」

「我們沒有認錯人，先生。我們昨晚向主禱告，這會兒你們就來了。兩位請進屋裡去吧，爐火還燒著呢。」

「但你們的爸媽呢？」碧亞翠絲問道。「我們雖然累，但不能擅自闖入，要等這屋子的主人同意。」

「現在只有我們三個人，妳可以當我是女主人！請進去暖和一下。橫樑上掛的麻袋裡有吃的，爐火旁邊也有木柴可以添加。進去吧兩位，我們暫時不會打擾你們，因為我們得看著這頭羊。」

「謝謝妳的好意，孩子，」艾索說：「請問離這裡最近的村子是不是還很遠。」

女孩的臉色黯淡下來，兩個弟弟並排站在她旁邊，他們互望一眼，再度微笑著說：「這裡的地勢很高，前不著村、後不著店的，所以請你們留下來，讓我們用溫暖的爐火和食物款待兩位。你們一定很累了，而且我看得出來兩位被風吹得直發抖。先別說什麼要走的話，進去休息吧，我們已經等你們很久了！」

「那條溝裡有什麼，讓你們看得這麼入神？」碧亞翠絲突然問起。

「噢，沒什麼，什麼也沒有！你們站在外頭吹風，衣服又濕了，何不趕緊接受我們的好意，到爐火邊休息一會兒？你們看，屋頂還冒著炊煙呢！」

「在那裡！」艾索好不容易站起來，伸出手指向遠方。「一隻鳥飛向天空。我不是跟妳說了嗎，那些東西是鳥兒。」

碧亞翠絲早就站了起來，從這處岩石避難所往前一步，艾索看到風吹動著她的衣服。

「沒錯，是鳥，」她說：「但牠不是從那邊的黑影飛上去的。你或許還是沒看到我指的是什麼。我指的是那裡，在更遠的山脊上的那些黑影。」

「我看得很清楚，但妳先別站在那裡吹風。」

「不管是不是士兵，他們前進的速度很緩慢，這隻鳥和他們八竿子打不著。」

「別站在那裡吹風了，老婆大人，回來坐下。我們必須保持體力，誰知道還得拉著這頭羊走多遠？」

碧亞翠絲回到遮蔽處，把那幾個孩子借給她的斗篷牢牢裹在身上。「艾索，」她又坐回他身邊，「你真的相信嗎？殺死母龍的人可能不是那些偉大的騎士或戰士，而是像我們這樣渾身疲憊、連一根蠟燭都不被允許使用的老夫妻？」

「誰知道呢，說不定這只是一個小姑娘的願望罷了。但為了感激她的熱情款待，我們就別介意她要我們做什麼了。而且說不定她說的對，魁里格會死在我們手裡。」

「艾索，告訴我，如果母龍真的死了，迷霧逐漸散開，你會不會擔心到時我們想起了什麼？」

「妳不是說過，我們的生活就像一個有著快樂結局的故事，不用在乎中途發生什麼轉折。」

「我是這麼說過，然而現在我們甚至有可能親手殺了魁里格，所以我對迷霧的消散有幾分擔心。你會不會也這樣覺得？」

「或許吧，或許我一直都有些害怕。但我最擔心的是妳先前說過的話，就是我們在爐火邊休息的時候妳說的話。」

「我說了什麼？」

「妳不記得了？」

「我們是為了小事在吵嘴嗎？我不記得了，我只知道當時我又冷又累，腦袋一片空白。」

「如果妳不記得了，那就忘了吧。」

「自從我們離開那幾個孩子之後，我一直有種感覺。撇開那頭不聽使喚的羊，我覺得你一路上都在躲著我。是不是因為我們吵了架，雖然我已經不記得了？」

「我沒有在躲妳。如果不是因為那頭羊一下往東、一下往西的，肯定是因為我還在想著我們兩個到底說了什麼蠢話。但相信我，還是忘了好。」

地板中央的爐火再度燃起，小屋裡其他東西都籠罩在黑暗中。艾索把他的衣服拿到火邊烘乾，碧亞翠絲則裹著毯子沉睡。但她冷不防坐了起來，朝四下打量。

「是不是火太熱了？」

她先是一臉茫然，然後又疲倦地倒回毯子上，不過眼睛還是睜著，正當艾索準備再問一次的時候，她小聲地說：「我想到很久以前的一個晚上。那時候你已經走了，留下我一個人，我一直在想，不知道你會不會回到我身邊。」

「雖然我們躲過了河裡那些妖精，但我擔心是牠們對妳施的妖術還沒清除乾淨，所以妳才會做這種夢。」

「這不是夢。我只是重新想起了幾件事。那天晚上和平常一樣黑，我獨自躺在我們的床上，我知道你去找另一個更年輕漂亮的女人了。」

「難道妳不相信我？一定是因為那些妖術在挑撥離間。」

「也許正如你所言，況且就算那些回憶是真的，也是很久以前的事了。儘管如此……」她沒再說下去，艾索以為她又睡著了。但她接著說：「儘管如此，記起這些事讓我不想靠你太近。等我們休息夠了再上路的時候，讓我走在你前面一小段距離。我們就這樣走著吧，因為我不想你走在我身邊。」

起初他不發一語。他把衣服放下來，離開爐火旁，轉頭看著她。她的眼睛又閉上了，但他確定她沒有睡著。他小聲地說：「妳這麼做會讓我很傷心的。我們明明可以像平常那樣一起走，妳卻硬要和我分開。」

碧亞翠絲沒有任何回應，不一會兒她的呼吸聲變得長而穩定。艾索把自己剛烘好的衣服穿上，躺在離他太太不遠的一張毛毯上。一陣疲憊的睡意襲來，然後他又看見妖精們從水裡湧出來，他拿著鋤頭不斷劈砍，耳邊聽到像是孩童在遠處玩耍的吵鬧聲，而他就像滿腔怒火的戰士奮勇對抗。她說出了她記起來的事。他腦海裡出現一幅清晰生動的畫面，是他和碧亞翠絲走在山路上，頭頂上是遼闊的灰色天空，她走在他前面幾步，他心裡湧起無盡的哀傷。他們這對老夫妻低著頭走在山路上，中間隔著五六步的距離。

醒來之後，他看到爐火還在悶燒，而碧亞翠絲已經站起來，正透過石縫往外瞧。他想起兩人睡前的談話，但碧亞翠絲只是轉過身，一抹陽光照在她臉上，她喜孜孜地說：「天亮了，艾索，我本來想叫醒你的。但後來我想到你在河裡弄得全身濕透，光瞇幾下是不夠的，你需要睡飽一點。」

發現他沒答腔，她才問：「怎麼了？你為什麼這樣看著我？」

「我只是覺得安心又開心。」

「我覺得好多了，其實我休息休息就沒事了。」

「我看得出來。那我們趕緊上路吧，就像妳說的，天都亮了。」

「我一直看著那幾個孩子。他們站在那條溝渠邊，和我們剛來的時候一樣。溝裡有什麼東西讓他們看得起勁，而且我敢說他們是在惡作劇，因為他們老是回頭望，好像萬一被大人發現會臭罵他們一頓。你說他們的家人去哪裡了？」

「這不是我們要操心的事，再說了，看來他們不愁吃也不愁穿。我們告辭之後就上路吧。」

「艾索，我們是不是吵過架？我覺得我們之間有點不對勁。」

「反正不是什麼要緊事，誰知道我們什麼時候會想起來。趁現在吃飽睡足了，趕緊上路吧。」

他們踏進冷冽的空氣裡，艾索看到草地結冰，天色明亮，遠處群山層層疊疊。山羊在圍欄裡吃著草，牠腳邊有個翻倒的桶子沾滿泥巴。

那三個孩子仍然站在溝邊瞧呀瞧的，似乎在爭辯什麼。最先看見艾索和碧亞翠絲走過來的是那個女孩，在轉身的同時，她臉上露出一抹燦爛的笑容。

「兩位早！」她很快拉著兩個弟弟從溝渠那裡走過來。「我們家雖然簡陋，但希望你們覺得舒適。」

「我們感恩不盡。現在我們休息夠了，準備上路。但你們的家人呢，怎麼會把你們獨自丟在家裡？」

兩個弟弟分別站在女孩兩側，三人互看一眼。只見她吞吞吐吐地說：「我們自己應付得來，先生，」她雙手摟著兩個弟弟。

「溝裡有什麼東西讓你們看得這麼起勁？」碧亞翠絲問。

「只是我們的山羊罷了，夫人。原本是我們最好的一頭羊，但現在死了。」

「你們的羊是怎麼死的？」艾索溫和地問：「另外那隻羊看起來好端端的。」

幾個孩子面面相覷，但似乎做了決定。

「有興趣的話你們可以去看看，」女孩說，三人讓到一旁。

碧亞翠絲跟著艾索一起走向溝渠。走不到一半，艾索就停下來，小聲地說：「讓我先過去看看。」

「你以為我以前沒看過死山羊嗎？」

「即便如此，妳還是先在這裡等一會兒。」

溝渠的深度差不多一個男人高。太陽當空，照理說應該看得清楚裡面是什麼，可是只見到模糊的影子。山羊的體型非常碩大，散成好幾塊躺在裡面。那裡有條後腿、這裡是脖子和頭，牠的表情十分平靜，艾索看了好一會兒，才發現其中一塊是往上翻的羊肚，有隻很大的手從深色的泥巴裡冒出來，戳進羊肚裡。直到這時候，他才赫然發現，他原先以為的山羊屍體，有很大一部分是屬於另外一隻動物，只不過和山羊糾纏在一起。那個隆起的部分是肩膀，還有僵硬的膝蓋。然後他看到溝裡那個東西動了一下，才發現牠還活著。

「你看到什麼了？」

「不要過來，這不是看了會讓人高興的景象。我想是一隻可憐的食人魔，拖了很久還沒死，也許這些孩子以為牠吃了東西就會復原，所以傻乎乎地丟了一隻山羊給牠吃。」

就在他說話的當下，一個光禿禿的大頭在爛泥裡慢慢轉動，睜得很大的眼睛也跟著轉。接著爛泥不斷翻攪，那個大頭便消失了。

「我們沒有餵那隻食人魔，先生。」女孩的聲音從他後面傳來。「我們知道絕對不能這麼做，如果食人魔上門了，要用門栓牢牢地把自己關在屋裡。這隻食人魔跑來的時候，我們就是這麼做的，我們從窗互看見牠扯下圍籬，抓走我們最肥的一隻羊。然後牠往那裡一坐，就是你現在站的位置，像小孩似的晃著兩條腿，高興地啃著羊肉。我們知道不能開門，直到太陽逐漸西沉，那個食人魔還在吃我們的羊，但我們看得出來牠的體力愈來愈差。最後他拿著吃剩的羊，站起來又倒下去，先是跪在地上，最後往旁邊一倒，和山羊一起滾進溝裡，牠已經掉下去兩天了，到現在還沒死。」

「我們走吧，孩子，」艾索說：「這不是妳或妳弟弟應該看的場面。但這隻可憐的食人魔怎麼會變得這麼虛弱？會不會是你們的山羊病了？」

「不是生病，是中毒！我們照布隆溫教我們的方法，餵了牠一個多星期。我們每天用這種葉子餵牠六次。」

「為什麼要這麼做？」

「哦，是為了拿這頭山羊給母龍下毒。這隻可憐的食人魔自然不知道，所以才會中毒。但這不是我們害的，因為牠本來就不應該搶人家的東西吃！」

「等一下，孩子，」艾索說：「妳說妳是故意餵山羊吃下一肚子的毒藥？」

「這是對付母龍的毒藥，但布隆溫說不會傷害我們任何人。我們怎麼知道這種毒藥對食人魔有害？不是我們的錯，我們沒有惡意！」

「沒有人會怪你們的，孩子。不過妳告訴我，為什麼你們會想製作毒藥來對付魁里格，我想妳說的母龍就是牠吧？」

「噢，我們每天早晚都會禱告，就算白天也常常祈禱。你們出現的時候，我們就知道是上帝派你們來的。所以拜託你們答應幫我們這個忙，我們只是被父母遺忘的可憐孩子！你們願不願意帶著那頭羊，也就是我們現在僅存的羊，走那條山路到巨石塚去？那條路很好走的，來回不過半天，我原本想自己去，但又不能把這兩個小的單獨留在這兒。我們怎麼餵那隻被食人魔吃掉的山羊，就怎麼餵眼前這一隻，而且牠的肚子裡還多了三天的樹葉。只要你們願意帶牠到石塚去，把牠綁在那裡給母龍吃就好了，況且這段路很好走。求求你們答應我，兩位老人家，因為我們擔心沒有其他辦法能把我們親愛的爸媽帶回我們身邊。」

「妳總算說起他們了，」碧亞翠絲說：「怎麼樣才能讓你們的爸媽回到你們身邊呢？」

「我剛才不是說了嗎？只要你們把山羊牽到巨石塚去。人們會定期把食物留在那裡給母龍吃。然後，誰知道，牠或許會像那隻可憐的食人魔一樣死去，而且那隻食人魔在吃下山羊前看起來很強壯！布隆溫會法術，所以我們以前一直很怕她，可是當她看到我們被父母遺忘，獨自待在這裡，她於是心生憐憫。拜託幫幫我們，誰知道什麼時候才會有其他人到這裡來？如果有官兵或陌生人經過，我們才不敢現身，但你們是我們祈求主耶穌指引來的人。」

「你們年紀這麼小，對這個世界知道多少，」艾索問道，「居然會相信一隻有毒的山羊，可以把你們的父母帶回來？」

「是布隆溫跟我們說的，她這個老太婆雖然可怕，卻從不撒謊。她說是住在山上的母龍讓爸媽忘了我們。即使我們經常因為頑皮而惹媽媽生氣，但布隆溫說，只要她再想起我們，馬上就會趕回來擁抱我們。」小女孩緊緊抱著胸口，閉上眼睛，不一會兒她睜開眼睛說：「可是現在母龍施了魔咒，讓爸媽忘記我們，所以他們不會回家的。布隆溫說母龍禍害的不只是我們，而是每一個人，所以牠愈早死愈好。於是我們照她的吩咐，很勤勞地每天餵這兩隻羊六次。求你們答應我們的請求，否則我們這輩子再也別想見到爸媽了。我們只是拜託你們把山羊綁在石塚邊，然後你們就可以走了。」

碧亞翠絲剛要開口，卻被艾索搶先一步：「很抱歉，孩子。我們很想幫你們的忙，但我們實在沒辦法再爬山了。我們年紀這麼大，況且你們也看到了，我們因為連日勞頓而疲累不堪。我們別無選擇，只能趕快上路，免得遇上更多麻煩。」

「是上帝派你們來的！而且只有一小段路，從這裡過去一點也不遠。」

「好孩子，」艾索說：「我們很想幫你們，我們會在下一個村子裡找人來幫忙。我們太虛弱了，沒辦法完成你們的託付，況且一定很快就會有其他人經過這裡，他們會很樂意幫你們把羊牽過去。我們兩個老傢伙實在沒這個力氣，但我們會祈禱你們的爸媽早日回來，也祈求上帝保佑你們平安無事。」

「別走啊！食人魔被毒死不是我們的錯。」

艾索挽起妻子的手臂，帶她離開這裡。直到經過山羊的圍欄，他才回過頭，看到幾個孩子仍舊並肩站在原地。艾索揮手表示鼓勵，羞愧的心情使他加快腳步，這種羞愧感或許是來自某個遙遠的回憶，某種像這樣棄人而去的記憶。

但他們還沒走遠，就在濕軟的土地開始向下傾斜，眼前出現一片山谷時，碧亞翠絲扯著他的手臂，要他慢下來。

「方才我不想在那些孩子面前跟你唱反調，」她說：「但我們真的沒辦法幫他們的忙嗎？」

「他們眼下不會有危險，而我們則有自己的事要操心。妳的身體還疼不疼？」

「還是老樣子。艾索，那幾個孩子還站在那裡，眼睜睜看著我們愈走愈遠。我們難道不能至少先停下來好好談談嗎？別急著離開。」

「不要回過頭看，這樣只會帶給他們希望。我們不會回去牽他們的羊，我們要走下這座山谷，再看看好心的陌生人會給我們什麼東西吃。」

「但你想想他們提出的要求，」碧亞翠絲讓他不得不停下來。「我們還會再遇到這種機會嗎？你想想，我們無意間來到這個地方，魁里格的巢穴近在咫尺。這些孩子提供一隻有毒的羊，儘管我們年老體弱，也有可能殺死那隻母龍！想想看，艾索，如果魁里格死了，迷霧就會消散。誰敢說不是上帝指引我們前來的？」

艾索沉默了半晌，極力壓抑回頭望的衝動。「誰也不知道那隻山羊究竟傷不傷得了魁里格，」他最後表示。「倒楣的食人魔是一回事，但那隻母龍是足以擊敗一整支軍隊的猛獸，像我們這樣的兩個老糊塗在牠的巢穴附近徘徊，可是明智之舉？」

「我們不會和牠面對面的，只是把山羊綁好就趕緊逃走。魁里格可能要過了好幾天才會去那個地方，到時我們已經好端端地待在兒子的村莊裡。艾索，我們共同生活了大半輩子，難道你不想重拾那些回憶？還是我們終究會變成像是在某個夜晚躲雨時偶遇的陌生人？來吧，快跟他們說我們要去，完成那些孩子託付我們的事。」

於是他們到了這裡，地勢更高，風勢更大。這對石頭暫時還能擋風，但他們不可能永遠留在這兒。艾索又開始懷疑他就這麼屈服了是不是太笨。

「老婆大人，」他總算開口。「假如我們真的做到了，假如上帝允許我們完成使命，殺死母龍，那我要妳答應我一件事。」

她依偎在他身邊，凝視遠方那一排微小的身影。

「你要我答應什麼？」

「很簡單，如果魁里格真的死了，迷霧會逐漸消散。一旦回憶重現，妳想起我曾經讓妳失望，或是我做過什麼不堪的事，讓妳眼中的我再也不是現在這個樣子，妳至少要答應我這件事：永遠不會忘記這一刻妳心裡對我的感覺。畢竟如果回憶只會讓彼此疏遠，那迷霧消散又有什麼好處？妳能答應我嗎？答應我把妳這一刻對我的感覺永遠記在心裡，無論妳在迷霧散去後看到什麼。」

「我答應你，而且這一點也不難。」

「妳這句話帶給我的安慰非言語所能形容。」

「你現在的心情很古怪。誰知道我們離那個巨石塚還有多遠？別繼續坐在這裡了。那幾個孩子很焦急，他們在等我們回去呢。」

蓋文爵士的第二次回想

這該死的風。我們是不是遇到了暴風雨？何瑞斯不在乎狂風暴雨，只在乎現在騎在牠身上的不是牠的老主人。「不過是一個疲憊的女人，」我對牠說：「比我更需要坐在馬鞍上，所以你不能掉以輕心。」然而她究竟為什麼會出現在這種地方？艾索先生難道看不出來她有多虛弱嗎？他是不是瘋了，居然把她帶到這麼險峻的高山上？但她和他一樣堅定地趕著路，不管我說什麼都無法讓他們回心轉意。所以我拖著蹣跚的步伐，一手抓著何瑞斯的轡頭，撐著這件發鏽的盔甲。「我們不是向來都樂於為女士服務嗎？」我低聲對何瑞斯說。「難道我們要繼續往前，不管這對牽著山羊的老夫妻？」

起初我看到遠處山坡下的小身影，還誤以為是另外那兩個人。「看，何瑞斯，」我當時說：「他們已經找到彼此了。他們已經來了，看來布倫努斯根本沒有傷到那傢伙半根汗毛。」

何瑞斯若有所思地看著我，好像是在說：「這會是我們最後一次爬上這片荒涼的山坡嗎？」

我沒有回答，只是輕輕撫摸牠的脖子。我在心裡告訴自己：「那個戰士年輕力壯，而且是個狠角色。但我有可能擊敗他的，誰說得準呢？即使在他把布倫努斯派來的人擊敗時，我都看得出來他的破綻。其他人看不出來，然而我看到了。他左邊有個小破綻，讓精明的對手有機可乘。」

但亞瑟王會希望我怎麼做？他的影子仍然籠罩在這片土地上，也籠罩著我。他會要我像野獸一樣，躲在一旁等待獵物嗎？但在這片光禿禿的山坡上，又有何處可躲？還是我光靠風就能隱藏形蹤？亞瑟王的騎士恐怕不屑此道。我寧願公開露面、跟他寒暄、運用一些手腕，把他趕回去。「回去吧，戰士，你這麼做不但危及自己、無辜的同伴，還會連累這個地方所有善良的老百姓。把魁里格交給一個瞭解牠的人。你看我連現在都在趕路，準備去殺了牠。」但威斯頓以前就把我這種請求當作耳邊風，現在距離目標這麼近，又有被龍咬傷的男孩領他到魁里格的巢穴，他憑什麼聽我的話？我救了那個男孩，是不是太傻了？然而隱修士這麼拜託我，而且我知道上帝會因此感謝我的。

「他們按圖索驥來到這裡，」我對何瑞斯說：「我們要等在哪裡？我們要在哪裡露面？」那片林子。我想起來了。說也奇怪，強風把這一帶颳得寸草不生，但那裡的樹木卻長得如此茂盛。那片林子很適合用來掩護騎士和他的坐騎。我不會像劫匪似的撲過去，但既然還要一個多小時才會和他們打照面，何必提早露臉？

於是我輕輕踢了何瑞斯一下，雖然牠現在幾乎毫無知覺，然後我們經過山坡地，狂風不斷迎面吹來。我們很慶幸能抵達這片林子，雖然這些樹木長得奇形怪狀，讓人不禁懷疑是不是梅林在這裡施了法。好個梅林大師！我曾經以為他對死神下了咒，然而他終究還是死了。他究竟上了天堂或下地獄？艾索先生也許認為梅林是魔鬼的僕人，可是他運用法術的方式多半符合上帝的旨意。可別說他沒有勇氣，他一次又一次和我們並肩作戰，勇敢面對落下的箭和亂揮的斧頭。這片林子也許正是梅林的傑作，而且是專門為一個目的打造的：以防萬一將來有人要破壞我們當日的偉大功業，我可以躲在這裡伺機而動。當年我們五個人當中，有兩個死在母龍手裡，然而梅林大師站在我們身邊，在魁里格的尾巴揮動的範圍內鎮定地移動，不然他怎麼施法？

何瑞斯和我抵達的時候，樹林一片靜謐，甚至有一兩隻鳥兒在樹上啁啾，在這裡我的思緒總算可以從一隻耳朵飄到另一隻耳朵，不會被暴風吹散。距離何瑞斯和我上次來到這片樹林，想必已經過了好幾年。野草長得漫天高，照理說應該和小孩的手掌差不多大的蕁麻，現在大得可以把一個成年男子裹上兩圈。我把何瑞斯牽到一個舒服的地方吃草，同時在樹蔭下隨意遊蕩。我何不靠著這棵高大的橡樹休息一會兒？等他們到了這裡，他和我便要以戰士的身分交手。

我撥開巨大的蕁麻，這是不是我穿著這身嘎吱作響的金屬的原因？它是為了保護我的小腿不被刺毛扎傷？終於來到林間空地和池塘，抬頭乍見陰霾的天空。空地周圍有三棵大樹，每一棵都攔腰折斷，栽入水中。上次來的時候，這三棵樹還傲然挺立著。是不是被閃電打中？還是因為枯乾老朽，渴望近在咫尺卻無法企及的池塘滋潤？現在它們總算可以盡情喝個過癮了。鳥兒在斷裂的樹幹上築巢。我會在這種地方和那個撒克遜人交手嗎？如果他打敗我，靠我剩下的一口氣，也許能爬到水邊。但就算不會在冰上打滑，我也不想滾進池塘裡，因為屍體裹在這副盔甲裡，萬一泡水腫脹可就慘了。況且何瑞斯找不到主人，會不會偷偷摸摸穿過樹根，把我的屍體拖出來？我在戰場上親眼看過同袍負傷躺在地上，嚷著要喝水，也看過其他人帶傷爬到河邊或湖邊，儘管這樣會讓身體的痛苦加倍。難道人之將死，會發現什麼別人不知道的大祕密？

那天我的老同袍布爾先生躺在那座山的紅色黏土上，一心想喝水，我告訴他說我的葫蘆裡還剩下一些水，但他說不行，他要的是河水或湖水。「但湖泊或河川都遠得很，」我說。「你真該死，蓋文，」他哀號說：「我們打過這麼多場仗，一起出生入死，你卻不願意成全我臨終的願望？」「但那隻母龍快把你劈成兩半了，」我告訴他：「如果要我背著你到水邊，得頂著酷暑，拖著你搖搖欲裂的身體。」但他對我說：「除非你扶我到水邊躺下，讓我聽到流水輕柔的聲音，否則我死不瞑目。」他說什麼都要去，不管我們的任務是否完成，也不管自己死得值不值得。直到我伸手扶他起來，他才問說：「還有誰活下來了？」我告訴他米魯斯先生死了，我們有三個人還活著，梅林先生也平安無事。他還是沒有問任務是否完成，滿嘴都是湖泊和河川，最後居然還說要看海。而我唯一能做的是，在心裡牢牢記住，這是我的老同袍，也是一名勇士，和我一樣被亞瑟王欽點前來執行這項重大任務。他是不是忘了他的使命？我扶他站起來，他呼天搶地的，這才知道稍微走幾步路的代價有多大。夏日炎炎，我們在一座紅色山岳的頂峰，即使騎馬也要一小時才能趕到河邊。我扶他躺下的時候，他只說要看海。他的眼睛已經瞎了，我把葫蘆裡的水灑在他臉上，聽他向我道謝，我想在他心裡，他已經到了海邊。「我是被刀劍抑或斧頭砍死的？」他問。我說：「你在說什麼，兄弟？你是被母龍的尾巴劈了一下，但我們的任務完成了，你走得既驕傲又光榮。」「母龍，」他問：「母龍怎麼樣了？」「每一支矛都射中牠的腰窩，」我說：「現在牠睡著了。」然而他又忘了我們的任務，說起了大海，他說他小時候坐過一艘船，有一晚天氣很好，他跟著父親坐船到很遠的地方。

等到大限之日來臨，我會不會也想看海？我想我有土地棲身就夠了，而且我不會指定地點，只要是何瑞斯和我多年來在這個國家悠遊過的地方就好。剛才那些黑寡婦聽了一定會笑個不停，忙不迭地提醒我，我可能會和什麼樣的人共享墓地。「糊塗騎士！你得好好挑選你的安息地，不然躺在你旁邊的，可能就是死在你手裡的人！」她們拿泥巴丟何瑞斯時，是不是就開過這種玩笑？她們好大的膽子！她們當時在場嗎？騎在我馬鞍上的這個女人，要是聽得到我腦子裡在想什麼，會不會說出同樣的話？她在那條惡臭的地道裡不停說著嬰兒屠夫，即使是我把她救出來，躲過隱修士的謀害。她怎麼敢說這種話？現在她坐在我的馬鞍上，騎著我親愛的戰馬，誰知道何瑞斯和我還能同行多久？

先前我一度以為那可能是我們最後一次同行，但此刻我們又相遇了，我們一行人安安靜靜地走了好一會兒。即使抓著何瑞斯的轡頭，我仍然必須不斷回頭觀望，因為另外兩個人遲早一定會來的。艾索先生走在我旁邊，那頭山羊讓他沒辦法好好走路。他會不會猜到我為什麼頻頻回頭？「蓋文爵士，以前我們是不是共事過？」那天剛從地道出來時，我就聽他這麼問，然後我叫他弄一艘船到下游去。可是現在他竟然還在山上。我不會看著他的眼睛的。況且年紀改變了我們的容貌，就像綠地和野草遮掩了我們昔日殺戮的戰地。你在找什麼？你帶著這頭山羊做什麼？

「回頭吧，朋友。」他們在樹林間遇到我的時候，我這麼說。「你們這種老人家走不上去的。你看這位女士還捧著腰。從這裡到巨石塚還有一哩多的路，而且唯一的遮風避雨之處是小小岩塊，得彎腰低頭才行。趁你們還有體力，快回頭吧，我會負責把這頭羊綁在石塚那裡。」但他們兩人用懷疑的眼神看著我，艾索先生不肯放開山羊。頭頂的枝葉沙沙響，他太太坐在橡樹的樹根上，望著池塘和栽進水裡的枯樹。我小聲說：「你太太沒辦法走這條路的。當初怎麼不聽我的話，走水路到下游呢？」

「我們必須把羊牽到我們答應人家的地方，」艾索先生說：「這是對一個孩子的承諾。」

他說這話的時候，看我的眼神是不是很古怪，還是我在做夢？

「何瑞斯和我會把羊牽過去的，」我說：「你不相信我們能把事情辦妥？況且就算魁里格把山羊整隻吞下去，我也不相信牠會怎麼樣，不過也許牠的動作可能會慢一點，讓我有機會下手。所以把山羊交給我吧，下山去，免得你們有誰摔跤了。」

他們走到樹下去，我聽見他們把聲音壓低，但不知道他們究竟在說些什麼。然後艾索走過來對我說：「等我太太再休息一會兒，我們就繼續往前走到巨石塚去。」

我知道再爭辯也無濟於事，而且我也急著上路，因為誰知道威斯頓先生和那個男孩多久會追上我們？

第四部

15

你們有些人死後會被立碑紀念，以緬懷所遭受的不幸。有些人只有簡陋的木頭十字架或彩繪的石塊。然而另外有些人，必須永遠躲藏在歷史陰暗的角落。不管怎麼說，你們都是歷史進程的一份子，總是有可能看到這種巨石塚，標示著此處埋葬著在戰爭中被屠殺的無辜青年。除此之外，實在很難想像怎麼會這種巨石塚。我們明白為什麼先人希望在地勢比較低的地方紀念戰爭的勝利或駕崩的國王。但又為什麼要在這種高曠而偏僻的地方，把厚重的石塊堆得比一個人還高？

相信當艾索在山坡上疲憊地往上爬時，同樣也為這個問題感到困惑。那個小姑娘第一次提到巨石塚時，他想像石塚應該位在一個偌大的土丘上。然而直到地勢愈來愈陡峭的時候，這座石塚才出現在他們面前，四周沒有任何景物能解釋它的存在。不過那隻山羊似乎馬上察覺到它的意義，一看到宛如黑色手指的石塚，牠就不停掙扎。「牠很清楚自己的命運，」蓋文爵士說，一手牽著馬匹，而碧亞翠絲就坐在馬上。

此刻山羊已經忘記方才的恐懼，滿足地嚼著山坡上的綠草。

「難道魁里格的迷霧對山羊也起了作用？」碧亞翠絲雙手抓著轡繩，開口問道。

艾索暫時把山羊鬆開，用石頭將一根纏了繩索的木樁搥入土中。

「誰知道呢？但如果上帝對山羊有半點在乎，自然很快會把母龍引來，否則這頭可憐的動物只能孤獨地等在這裡。」

「但如果山羊先死了呢？如果不是新鮮肉，你看母龍還會不會吃？」

「誰知道母龍喜歡吃什麼樣的肉？但這裡有野草，就算質地粗糙，也夠讓這隻山羊活一段日子。」

「你看那裡，艾索。我們兩個人體力衰弱，若是以往，那個騎士早就過來幫忙了，但他現在和平常完全不一樣。」

自從抵達巨石塚，蓋文爵士確實就變得異常安靜。「這就是你們要找的地方，」他以近乎惱怒的口氣說，然後就走開了。現在他背對著他們兩人，仰望天空。

「蓋文爵士，」艾索放下手邊的工作，大聲叫他。「能不能請你幫忙抓住這頭山羊？我可憐的妻子沒力氣了。」

老騎士沒反應，艾索以為他沒聽見，正準備再喚一次的時候，蓋文爵士突然轉過頭，一臉嚴肅，艾索夫婦不解地看著他。

「我看到他們在山下了，」老騎士說：「現在什麼也無法讓他們改變主意。」

「你看到誰了？」艾索問，爵士遲遲不發一語，「是士兵嗎？我們剛才看到遠方有一列隊伍，但我們以為他們是往反方向走。」

「我說的是你們不久前的同伴，也就是前日還和你們同行的伙伴。他們走出林子了，現在誰阻止得了他們？我原本希望自己看到的只是走散的兩個黑寡婦，但那其實是陰暗的天空造成的錯覺。就是他們了，準沒錯。」

「這麼說威斯頓先生終究逃出修道院了，」艾索說。

「確實如此。他來了，他手上的繩索綁的不是山羊，而是替他帶路的撒克遜男孩。」

蓋文爵士好像終於發現碧亞翠絲拉不住山羊，連忙從懸崖邊跑過去抓住繩索。但碧亞翠絲沒有放手，突然間她和騎士好像在爭奪山羊的控制權。後來兩人站定了，都抓著繩索，老騎士就站在碧亞翠絲前面幾步的位置。

「我們的朋友也看見我們了嗎？」艾索問道，同時繼續幹活兒。

「我敢說那個戰士的眼力很好，而且在這樣的天色下，他會看到幾個人正在拔河，對手是一頭山羊！」他自顧自的大笑，笑聲中透著憂鬱。「沒錯，」他最後說：「我想他清楚看到我們了。」

「他可以和我們合力，」碧亞翠絲說，「殺死母龍。」

蓋文爵士不安地看著他們夫妻，然後說：「艾索先生，你還要繼續相信嗎？」

「相信什麼？」

「相信我們是因為志同道合，才會一起來到這個不毛之地？」

「把話說清楚一點，騎士。」

艾索跪在地上敲敲打打，老騎士把羊牽過去，渾然不知碧亞翠絲跟在後面，仍然抓著繩索。

「艾索先生，我們多年前不是在這裡分道揚鑣嗎？我繼續跟著亞瑟王，而你……」這時他注意到後面的碧亞翠絲，於是轉過身，禮貌地鞠個躬。「親愛的女士，拜託妳放下繩索休息吧。我不會讓這頭羊逃跑的。妳快去坐在石塚旁邊，它多少可以幫妳擋擋風。」

「謝謝你，」碧亞翠絲說：「那我就把這隻羊交給你了，牠對我們很重要。」

她舉步邁向石塚，雙肩在寒風下微微聳起，牽引出艾索潛意識裡片段的記憶。他來不及按捺記憶所激起的情緒，登時覺得詫異又震驚，因為他一方面巴不得衝到她身邊守護她，同時卻又清楚感受到幾許憤怒和苦澀。她說過她曾經一個人度過漫漫長夜，因為他不在身邊而痛苦著，可是會不會他也有過同樣痛苦的夜晚，甚至不只一次。當碧亞翠絲站在石塚前面，彷彿道歉似的朝巨石點頭，他心中的記憶和憤怒愈來愈真實，還帶著一種恐懼，讓他忍不住撇過頭不去看她。直到這個時候，他才發覺蓋文爵士也盯著碧亞翠絲看，眼神十分溫柔，不知道想什麼想得出神。但老騎士很快回過神來，走到艾索旁邊俯下身子，彷彿無論如何也不能讓碧亞翠絲聽見。

「誰敢說你選擇的不是更神聖的道路？」他說：「拋下戰爭與和平的偉大論述，拋下讓人類更接近上帝的美好律法，徹底拋下亞瑟王，把自己奉獻給……」他又朝碧亞翠絲瞥了一眼，為了避風，她的額頭幾乎貼在石塊上。「一個好妻子，先生。我看到她和你同進同出，像一道溫柔的影子。我當初是不是應該和你一樣？然而上帝引領我們走上不一樣的路。我有我的使命。哈！我怕不怕那個戰士？一點也不怕。我不是在指控你什麼。你代表擬定的偉大律法在鮮血中被撕毀！儘管它維持了一段時間。現在誰能怪我們？我害怕年輕戰士嗎？單憑年輕就能打敗對手嗎？讓他來吧。你記住，先生！我見到你那一天，你說你聽到孩童在哭泣，我也聽到了。然而那些哭聲和軍醫帳棚裡傳出的哭喊聲有什麼不同？我承認我曾經渴望有個溫柔的影子跟著我，即使到了現在，我都希望能在轉身時看到這樣的影子。每一隻動物，天上的每一隻飛鳥，不都渴望一個溫柔的伴侶？曾經也有過一兩個人，讓我願意奉獻我的歲月。但我現在為什麼要怕他？我曾經和長了尖牙的海盜打鬥，而且他們可沒帶面具！趕快把你的羊綁好。你還要把那根木樁釘得多深？你綁的是山羊還是獅子？」

蓋文把繩索交給艾索後大步走開，一直走到像是天與地的交界處才停下來。艾索單腳跪在草地上，把繩索牢牢綁在木樁上，然後又朝他太太望去。她和先前一樣站在石塚前面，她的姿勢讓他的心揪了一下，他發現先前的苦澀已經消失無蹤，他總算鬆了口氣。現在他感覺到排山倒海而來的一股想要保護她的衝動，不只要為她擋住無情的冷風，還有擋住直到此刻依然籠罩在他們四周的某種龐大而邪惡的力量。他站起來，趕忙跑到她身邊。

「山羊綁得很牢了，老婆大人，」他說：「等妳休息夠了，我們就下山去。我們這不就把答應那些孩子的事給辦好了嗎？」

「哦，艾索，我不想回那片樹林。」

「妳在說什麼？」

「你剛剛忙著和騎士說話，一直沒走到池塘邊，連看都沒有看冷冽的池水一眼。」

「是風把妳給吹傻了吧。」

「我看到他們的臉朝上，好像正躺在床上睡覺。」

「妳說誰？」

「那些嬰孩，就在水面下一點點的地方。起初我以為他們在笑，還有幾個在揮手。可是等到我走近一點，才發現他們只是靜靜地躺著。」

「一定是妳在樹下休息的時候又做夢了。我記得妳在樹下睡著，當時我還感到很欣慰。」

「我真的看到他們了，艾索。就在綠色的雜草間。我們不要回那片樹林了，因為我相信有惡靈在那裡徘徊。」

一直俯瞰著下方的蓋文爵士舉起手臂，頭也不回地在風中高喊：「他們很快就會追上我們！他們著急地沿著山坡上來了。」

「我們去跟他說，老婆大人，不過妳千萬要把斗篷裹好。我實在不該讓妳走這麼遠的路，但我們很快就會找到地方避一避。不過我先看看老騎士有什麼事。」

他們兩人經過的時候，山羊正用力拉扯繩索，但木樁沒有鬆動的跡象。艾索很想知道那兩個人是不是快到了，但這會兒老騎士朝他們走過來，三人停在距離山羊不遠的地方。

「蓋文爵士，」艾索說：「我太太累了，必須下山找個地方避避風，吃點東西。我們可不可以和上山時一樣，借你的馬載她下山？」

「你這是什麼要求？太過分了！我們在樹林間相遇的時候，我不是叫你們別上山了嗎？是你們自己堅持要上來的。」

「或許是我們糊塗了，但當時我們有任務在身。要是我們非得自己下山，這隻山羊是我們費盡心力牽上來的，你得保證不會放了牠。」

「放走這頭羊？我管你的山羊幹什麼？撒克遜戰士很快就要追上來了，他有多厲害啊！走吧，如果你不相信，就在這兒看著！我管你的山羊做什麼？艾索先生，現在看著你，就讓我想起那天晚上。當時的風和現在一樣大。你當面咒罵亞瑟王，而我們其他人都低頭不語！誰願意承擔誅殺你的任務？我們每個人都躲著國王的目光，擔心他眼睛一瞥，下令一劍刺死你，雖然你當時身上沒有任何武器。不過你瞧，亞瑟王是偉大的國王，這件事再次證明了這一點。你在他最精銳的騎士面前罵他，他卻沒有惡言相向。你記得嗎，先生？」

「我一點也不記得了，你的母龍吐出的氣息，讓我全都想不起來。」

「我和其他人一樣低著頭，以為你的頭顱會從我的腳邊滾過去！然而亞瑟王對你說話時彬彬有禮！你一點都不記得了嗎？那天晚上的風和今天一樣大，我們的帳棚隨時可能飛上漆黑的夜空。即使被你咒罵，亞瑟王仍然好言相向。他感謝你為他效勞，感謝你的友誼，然後他叫我們要以你為榮。當你怒氣沖沖地走入暴風中，我低聲向你道別。你沒聽見是因為我的聲音很小，但誠意絲毫不減，而且不只我一個人這麼做。我們多少都有你那種憤怒，但你不該咒罵亞瑟王的，特別是在他凱旋的那一天！你說是魁里格的氣息讓你什麼都想不起來，抑或只是歲月的關係，又或者光憑這陣陣強風，就能讓最有智慧的隱修士變成糊塗蟲？」

「我不在乎這些記憶，蓋文爵士。今天我在努力回想的，是我太太提起的另一個暴風之夜。」

「我誠心誠意地和你道別，坦白說，你罵亞瑟王的時候，也道出了我部分的心聲。因為你擬定的協議很偉大，而且維繫了多年，不分基督徒或異教徒，大家不都睡得比較安穩嗎？作戰時也不用擔心村子裡無辜婦孺的安全，不是嗎？然而，先生，戰爭沒有結束。我們曾經為了土地和上帝而戰，現在則是為了替死去的袍澤復仇而戰，而他們自己也是死在敵人的報復下。冤冤相報何時了？孩子從小到大在戰爭中度過。你那偉大的律法已經被破壞……」

「在那一天之前，雙方都遵守這條法律，」艾索說：「違背這條約定是對神的不敬。」

「啊，現在你想起來了！」

「我記得的是上帝遭到背叛，如果迷霧還要奪走我這個記憶，我也不遺憾。」

「我也曾經希望迷霧消散，不過我很快就瞭解為什麼一個真正偉大的國王會這麼做。因為戰爭終於結束了，不是嗎？從那一天開始，我們不是一直擁有和平？」

「別再提醒我了，蓋文爵士，我不會感謝你的。我還是關心我和我親愛的妻子吧，她在我身邊不停顫抖。你會把你的馬借給我們嗎？至少借我們到那片樹林裡。我們會把牠安全留在那裡等你的。」

「噢，艾索，我不會再回那片樹林了！為什麼你一定要現在離開？會不會是因為你仍然害怕迷霧消散？」碧亞翠絲插嘴說道。

「我的馬？你是在暗示我再也用不著我的何瑞斯了？你太過分了，我才不怕那個戰士，即便他有年輕的優勢！」

「我沒有暗示什麼，只是拜託你的好馬幫個忙，把我妻子載到山下避風……」

「我的馬？你是不是堅持要把牠的眼睛蒙起來，免得牠眼睜睜看著牠的主人死去？牠是一匹戰馬，不是在金鳳花堆裡嬉戲的小馬！牠是一匹戰馬啊，隨時準備看著我依照上帝的旨意戰死或戰勝！」

「要是我必須背著我太太下山，那就這麼辦吧。只不過我以為你也許會讓你的馬匹至少載她到下面的樹林……」

「我要留在這裡，艾索，別管這刺骨寒風了，而且如果威斯頓先生就快追上來了，我們就留在這兒，看看能活過今天的是他，還是母龍。或者你其實根本不希望迷霧消散？」

「這種事我看多了！熱情的年輕人死在睿智的老頭子手下，經常如此。」

「爵士，容我再次懇求你，別忘了你的紳士風度。這風把我太太吹得渾身無力。」

「我今天早上才向你發誓，不管迷霧消散之後會發現什麼，我都不會忘記現在我心裡對你的感覺，難道這樣還不夠嗎？」碧亞翠絲說。

「你難道不明白一個偉大國王的作為？我們只能望而驚嘆啊！一位偉大的國王，就如同上帝，必須做凡人不敢做的事。你以為我沒有一個看得上眼的？你以為我在路上從來沒遇過幾朵讓我想擁在懷裡的嬌嫩花朵？你以為我只能和這身金屬盔甲同床共枕？誰叫我懦夫？嬰兒屠夫？那天你在哪裡？你和我們在一起嗎？我的頭盔呢？我留在樹林裡了！但現在多麼需要它啊？我本來也想脫掉盔甲，但我怕你們看到底下那隻剝皮狐狸時會忍不住大笑。」

他們三個人的聲音一個比一個大，咆哮的風聲也加入戰局，過了一會兒，艾索發現蓋文和碧亞翠絲都安靜下來，雙雙朝他後面看。他轉身看見戰士和那個撒克遜男孩站在懸崖邊緣，方才蓋文爵士差不多就是站在同一個位置憂心忡忡地向下俯瞰。雲層變厚了，看在艾索眼裡，眼前這兩個人彷彿乘雲而至。雖然只看到他們的輪廓，但感覺兩個人都呆住了：戰士像駕馭戰車似的牢牢抓住繩索，男孩則往前傾斜，雙臂張開，像是要保持平衡。有個聲音隨風傳來，艾索隨即聽見蓋文爵士說：「啊！那孩子又在唱歌了，能不能叫他別唱了？」

威斯頓大笑幾聲，身影不再僵硬，男孩在前面拉扯著，兩人來到他們面前。

「很抱歉，」戰士說：「不過只有這樣才能避免他跑得太快，最後弄傷自己。」

「這孩子究竟怎麼回事，艾索？」碧亞翠絲在他耳邊說，他很慶幸她的聲音又恢復平常那種溫柔的親密感。「地道裡那隻怪物出現之前，他就是這個樣子。」

「他非要唱得這麼難聽嗎？」蓋文爵士又對威斯頓說：「我想摀住他的耳朵，不過就怕他一點感覺也沒有。」

戰士繼續往前走，又笑了幾聲，同時高興地看了艾索和碧亞翠絲一眼。「我的朋友，真是萬萬沒想到，我以為你們已經到了令郎的村莊，怎麼反而跑到這麼荒涼的地方？」

「和你一樣，威斯頓先生。我們很想了結剝奪我們寶貴記憶的那隻母龍。你看，戰士，我們帶了一頭下了毒的羊來毒死牠。」

威斯頓看著山羊，搖搖頭。「我們面對的是一隻力大無窮又奸詐狡猾的猛獸，我擔心你們的山羊也許最多只能讓牠嘔吐幾次。」

「我們好不容易才把牠牽上山來，」碧亞翠絲說：「還好遇到這位好心的騎士幫忙。但看到你來了，我很高興，因為我們現在不用把希望全寄託在這頭山羊身上。」

愛德溫的歌聲讓他們難以聽清楚對方說什麼，這孩子現在拉扯得更厲害了，他顯然全神貫注在山坡的頂峰。威斯頓使勁一拉繩索，說：「愛德溫似乎急著趕到上面的岩石那裡。蓋文爵士，那裡是什麼？我看見一塊塊往上堆疊的石頭，似乎是要掩藏一個坑洞或巢穴。」

「問我幹什麼？」蓋文爵士說：「問你這個年輕的伙伴啊，說不定還可以讓他不再唱下去！」

「我用繩索拉住他，但他就像一頭發狂的小怪獸，根本不受控制。」

「威斯頓先生，」艾索說：「我們都有責任保護這個孩子。在這種地方，必須小心盯著他。」

「你說的沒錯，可以的話，我會把他繫在你綁山羊的木樁上。」

威斯頓把愛德溫帶到艾索剛才釘的木樁那裡，蹲下來把綁著男孩的繩索繫在上面。在艾索看來，威斯頓對這件事未免太過小心，他重複測試他打的每一個結，也檢查艾索的手工牢不牢靠。男孩對周圍的情況渾然不覺。他稍微安靜了些，雙眼依舊緊盯著山坡上的石塊，悶不吭聲地繼續拉扯繩索。他的歌聲雖然已經不那麼刺耳，卻有一種絕不退縮的意味，讓艾索想起精力耗盡的士兵靠著唱軍歌保持前進。至於那頭山羊，牠已經在繩索容許的範圍內盡量躲遠一點，卻仍然聽得發楞。

而蓋文爵士呢，他一直留意著威斯頓的一舉一動，在艾索看來，他的眼神很詭譎。當撒克遜戰士正心無旁騖地綁著繩子時，老騎士悄悄靠過去，拔出劍，往地上一插，前臂搭在劍柄上，整個人倚劍而立。眼看蓋文爵士擺出這個架勢，艾索覺得自己彷彿想起了和戰士有關的細節：他的身高、他手臂的長度、他小腿的力量、綁著皮帶的左臂。

等威斯頓終於覺得綁得夠牢靠了，他站起來，轉身面對蓋文爵士，兩人互望一眼，雙方都感到莫名的不安，然後威斯頓親切地笑了。

「這就是不列顛人和撒克遜人不一樣的地方，」他伸手指著老騎士說：「你看，你把劍當成椅子或凳子之類的東西，用來支撐自己的重量。凡是撒克遜的戰士，即使像我這樣受不列顛人調教，也覺得這種習慣奇怪得很。」

「等你將來變成我這把老骨頭，再看看奇不奇怪！在這種承平時代，我想這把劍本身也巴不得能做這種事，即使只是舒緩一下主人的骨頭也好。有什麼好奇怪的？」

「還有，你瞧，你把劍插進土裡。對撒克遜人來說，我們無時無刻不顧著劍，不輕易拔劍出鞘，以免劍緣有任何破損。」

「是嗎？銳利的劍是很重要，這一點我同意。但這樣未免太誇張了吧？靈活的步法、有效的策略、臨危不亂的勇氣，還有那一點點令戰士出招變幻莫測的野性，這些才是勝負的關鍵，而且還要看上帝屬意讓誰獲勝。所以就讓老頭子用它來歇歇肩膀吧。再說了，不是有人拔劍拔得太慢而輸了嗎？我常在戰場上這樣站著喘氣，既然劍已出鞘，就不會等我要用上它的時候，它才揉揉眼睛問我現在是下午還是白天。」

「那一定是我們撒克遜人比較無情吧。因為我們要求它連睡都不能睡，即使放在漆黑的劍鞘裡也一樣。就拿我自己的劍來說，它對我的作風一清二楚。我讓它出來透氣的時候，肯定很快就會讓它接觸到血肉。」

「不過就是風俗的差異罷了，這倒讓我想起從前認識的一個撒克遜人，他是個好人，我們在一個寒夜裡出去收集柴火。當時我忙著用劍劈一棵枯樹，他在我旁邊則全靠兩隻手劈柴，有時會用鈍石。『你忘了帶劍嗎？』我問他。『為什麼像一隻長了利爪的熊？』但他不理我，那時候我以為他瘋了，但你剛才一語驚醒夢中人。真是活到老學到老！」

他們笑了幾聲，然後威斯頓說：「我占便宜的地方可不只是習俗，蓋文爵士。教我劍術的人總是跟我說，即使劍刃刺穿對手的時候，也必須想清楚下一劍要刺向哪裡。要是我的劍不夠鋒利，被卡在骨頭裡或糾結的內臟裡，即使只浪費了短短一刻，到時我一定來不及出下一劍，而勝負可能就在此一擊。」

「你說的對，戰士，一定是因為上了年紀的關係，加上多年的承平生活，讓我變得粗心了。從現在起，我會以你為榜樣，然而我剛才爬山爬得膝蓋發軟，拜託你讓我這樣再歇一會兒。」

「當然，儘管放心，我是看到你這樣休息才想到這件事。」

突然間愛德溫不再唱歌，開始大聲吼叫。他把同樣的話說了一遍又一遍，艾索轉頭看著身邊的碧亞翠絲，小聲問道：「他在說什麼？」

「他說有幾個盜賊就在上面紮營，他叫我們大家跟他過去。」

威斯頓和蓋文瞪著那個男孩，兩人的表情都有些不解。愛德溫繼續咆哮和拉扯了一會兒，接著才安靜下來，整個人倒在地上，眼看就要哭了出來。有好長一段時間，他們誰都沒有說話，只有狂風在他們之間怒吼。

「蓋文爵士，」艾索終於開口了。「現在就看你了。我們別再裝模作樣了，你是母龍的保護者，對吧？」

「是的，先生。」蓋文不以為然地望向他們每一個人，包括愛德溫在內。「我是牠的保護者，最近更成了牠唯一的朋友。多年以來，牠一直由隱修士餵食，就像你們這樣，把動物綁在這片山坡上供牠食用。但現在他們起了內訌，魁里格也察覺他們背叛了牠。但牠知道我對牠的忠誠不變。」

「那麼你是否願意告訴我們，母龍就在這附近嗎？」威斯頓問道。

「牠就在這附近，即使有幸遇到那個男孩當嚮導，你能找到這兒來也很不簡單。」

愛德溫又站了起來，再度開口唱歌，只不過聲音很低，比較像在吟誦。

「愛德溫的運氣可能更好，」威斯頓說：「我的直覺告訴我，他很快就會超越他貧乏的師父，將來有一天會為同胞做大事的，甚或足以媲美你的亞瑟王對他同胞們的貢獻。」

「什麼？這個像傻瓜一樣唱歌和拉扯繩索的孩子？」

「蓋文爵士，」碧亞翠絲突然插話：「如果你願意的話，請告訴一位疲憊的老婦人，像你這樣一位出色的騎士，又是亞瑟王的外甥，怎麼會是這隻母龍的保護者？」

「或許威斯頓先生願意解釋一下？」

「不，我和碧亞翠絲夫人一樣，想聽聽你的說法。不過這且以後再說，我們首先必須解決一個問題：是要由我砍斷愛德溫的繩索，看他跑哪兒去？還是由蓋文爵士你帶路，前往魁里格的巢穴？」

蓋文爵士茫然地望著不停掙扎的男孩，嘆了口氣。「把他留在這兒吧，」他語氣沉重地說。「我來帶路。」他挺起身子，拔出地上的劍，小心插回劍鞘。

「謝謝你，」威斯頓說：「能避免讓這個孩子冒險，我很感謝。不過現在就算沒有人帶路，我也能猜出該怎麼走。我們得走到下一個山峰的石堆那裡，對吧？」

蓋文爵士又嘆口氣，瞥了艾索一眼，彷彿是想求助，隨即憂傷地搖搖頭。「沒錯，戰士，」他說：「那些岩石形成一個洞穴，而且不算小。那個洞和採石場的隧道一樣深，你會看到魁里格就睡在裡面。如果你真的想和牠作戰，威斯頓先生，得先爬進洞裡。現在我問你，你真的想做這麼瘋狂的事嗎？」

「我大老遠跑來這裡，就是為了完成這件事。」

「威斯頓先生，」碧亞翠絲說：「請原諒一個老婦人的多嘴。你方才笑我們的羊不夠看，但你面對的可是一場大戰啊。如果這位騎士不願意幫忙，至少讓我們把羊牽上山坡，放進洞穴裡。如果你必須獨力和母龍作戰，但願毒藥能讓母龍的動作變慢些。」

「謝謝妳，夫人，我很感謝妳的好心。雖然我可以趁牠熟睡的時候占點便宜，但我不想拿毒藥當作武器。再說，我現在沒耐心再等上半天，看母龍吃了山羊之後有沒有中毒。」

「那就早去早回吧，」蓋文爵士說：「走，我來帶路。」然後他對艾索和碧亞翠絲說：「在這裡等著，朋友，到石塚旁邊去避避風，我不會讓你們久等的。」

「外子和我費盡九牛二虎之力才來到這裡。如果可以避開危險，我們想跟你們走完最後這一段路。」碧亞翠絲說。

蓋文爵士再度搖搖頭。「那我們一起走吧。我敢說不會有什麼危險，況且有你們在，我也比較自在。來吧，朋友，我們到魁里格的巢穴去，小聲點，免得把牠從睡夢中驚醒。」

眾人走往另一條小徑，感覺地勢變高了，風勢也弱了。老騎士和威斯頓走在前面，活像兩個戰友，沒多久他們和艾索夫婦之間的距離便拉開了。

「這樣做實在很傻，」艾索邊走邊說：「我們跟著這兩位先生幹什麼？誰知道前面有什麼危險？還是掉頭吧，和那孩子一塊兒在那裡等就好了。」

但碧亞翠絲的步伐堅定。「我說什麼也要去，」她說：「來，艾索，牽著我的手，給我勇氣。我現在覺得最害怕迷霧消散的人是我，不是你。我剛才站在那些石頭旁邊，忽然想起我曾經對你做過的壞事。想到我們可能想起的那些回憶，我的手就顫抖得厲害！到時你會對我說什麼？你會不會轉身離開，把我丟在這座荒山裡？我心裡有一部分希望，這位英勇的戰士走著走著就突然倒地不起。但我不想逃避，不，我不會這麼做，你不也一樣嗎？就讓我們可以自由地回顧一起走過的路，不管是黑夜或白晝。如果這位戰士真的必須在母龍的洞穴裡和牠對抗，我們就盡量鼓舞他。說不定適時的一聲警告或提醒，就能扭轉乾坤。」

艾索任由她說下去，心不在焉地聽著，因為他再度察覺到被埋葬在深處的記憶：暴風的夜晚，苦澀的傷口，寂寞像無盡的深淵在他眼前展開。會不會是他，而非碧亞翠絲，獨自站在房間裡，夜不成眠地點上一根小蠟燭？

「我們的兒子怎麼樣了？」他突然問，感覺她的手緊緊握著他的手。「他真的在他的村莊等我們嗎？還是我們會在這個地方找上一整年都找不到他？」

「這一點我也想到了，但我不敢說出口。先別作聲，艾索，不然母龍會聽見。」

事實上，蓋文爵士和威斯頓已經在前面停下來等他們了，而且他們兩個人好像聊得很愉快。艾索走過去的時候，聽到蓋文爵士小聲笑著說：「我承認，威斯頓先生，即使在此時此刻，我仍然希望魁里格的氣息會奪去你的記憶，讓你忘了為什麼會走在我身邊。我恨不得你趕快問我要帶你去哪裡！然而從你的目光和腳步看來，你什麼也沒忘記。」

威斯頓笑笑。「我相信我的國王會派我來執行這項任務，就是看中我有抵擋奇特魔咒的天分。

我們那裡的沼澤區沒有像魁里格這種東西，卻有其他具有異能的怪物，而即使我的同袍被迷昏或夢遊，我顯然絲毫不受影響。我想這是我被挑上的唯一理由，因為我那些同袍的劍術幾乎都比現在站在你身邊這位更勝一籌。」

「實在令人難以置信！無論聽他人轉述，或是我親眼所見，在在顯示你絕非等閒之輩。」

「你高估我了。那天不得不在你眼前殺死那名士兵，但我太清楚像你這種功力的人，會怎麼看待我微不足道的身手。雖然我可以打敗一個驚慌失措的士兵，但恐怕沒資格得到閣下的肯定。」

「一派胡言！你絕對是個狠角色！現在，朋友們，」蓋文轉過頭，看著艾索和碧亞翠絲。「距離不遠了，我們趁牠還沒睡醒繼續趕路吧。」

他們一行人默默前進。這回艾索和碧亞翠絲沒有落後，因為蓋文和威斯頓突然變得鄭重其事的模樣，像是以一種儀式性的步伐走在前面。現在的地勢也比較好走了，平坦得像一片高原。他們之前提到的岩石，如今赫然聳立在眼前，就在小徑旁的一座土丘上，隨著他們愈走愈近，艾索看得出來石塊排成半圓形，他也看到有一排比較小的石塊，順著土丘築成一排樓梯，直達洞穴邊緣。他們周圍的野草似乎都發黑或被燒過，聞起來有一股衰敗之氣。蓋文爵士在石階前叫大夥兒停下來，轉頭看著威斯頓。

「你要不要考慮最後一次，放棄這個危險的計畫？何不回到被你綁著的孤兒身邊？他的聲音還隱約可以聽見。」

威斯頓回頭看看他們走過的路，然後轉頭看著老騎士。「你知道的，爵士，我不能回頭。告訴我龍在哪裡。」

蓋文爵士若有所思地點點頭，彷彿威斯頓做出什麼出人意表的聲明。

「很好，」他說：「那就小聲一點，何必把牠吵醒呢？」

蓋文爵士帶頭從樓梯爬上土丘，到達岩石後面，示意他們先等等。然後他小心往洞裡窺探，過了一會兒，朝他們招招手，低聲說：「過來站在這兒，這樣你們就可以清楚看到牠了。」

艾索扶著妻子站在岩壁旁，俯身靠在一塊石頭上。洞穴比他預期的更寬也更淺，比較像是一口被抽乾水的池塘，不像地下鑿出的洞穴。洞穴籠罩在蒼白的日光下，看起來是以灰色的岩石和碎石構成，發黑的野草到了洞口就不見蹤影，洞裡頭除了母龍，唯一可見的活物是一株山楂樹，就長在洞底正中央。

至於那隻龍，一開始幾乎看不出來牠是死是活。牠正趴在地上，頭歪到一邊，四肢張開，像是從高處被拋入洞中。乍看之下，連是不是隻龍都不知道，牠的體型非常瘦弱，看起來比較像是一隻水棲的爬蟲類不小心跑到陸地上，出現脫水現象。牠的皮膚原本應該油亮光澤，和青銅的顏色差不多，現在反而呈發黃的白色，很像某種魚的下腹部。雙翼則像是下垂的皮褶子，如果不仔細看的話，還以為是兩片枯葉。牠的頭斜倚著灰色的石壁，艾索只看得到牠的一隻眼睛，像烏龜的眼睛那樣蒙了一層翳，遲鈍地開闔著，加上背骨微乎其微的起伏，是唯一顯示牠還活著的跡象。

「真的是牠嗎？」碧亞翠絲悄聲問。「這隻瘦成了皮包骨的動物？」

「不過你看，夫人，」蓋文爵士的聲音在他們後面響起。「只要牠還吐著氣，就是盡了責任。」

「牠是病了，還是中毒了？」艾索問道。

「牠只是年紀大了，就像我們所有人都會老一樣。但牠還在呼吸，所以梅林的咒依然有效。」

「現在我想起了一小部分往事，」艾索說：「我記得梅林在這裡幹的邪惡好事。」

「邪惡？」蓋文爵士說：「哪裡邪惡了？這是唯一的辦法。我和四位同袍馴服了這隻野獸，想當年牠可是力大無窮，而且生性狂暴，所以梅林對牠呼出的氣施了這個偉大的魔咒。他也許不是善類，但他這麼做不但是亞瑟王的意思，也是奉上帝的旨意。要不是這隻母龍吐的氣，和平會到來嗎？看我們現在過的是什麼生活！一村又一村的人化敵為友。威斯頓先生，你看到母龍之後一直沒說話。我再問一次，你能不能讓這隻可憐的動物安度餘生呢？牠吐出來的氣息已經不比當年了，然而即使是現在，依舊能發揮魔力。你想想，一旦母龍不再吐氣，全國各地的人們可能會記起什麼樣的事！對，我承認我們殺人如麻，我們根本不在乎誰強誰弱。上帝可能會怪罪我們，但我們讓戰爭消失了，不是嗎？離開這裡，戰士，我求你。我們信仰的神或許不同，但你的神一定和我的神一樣，會保佑這隻龍的。」

威斯頓轉頭看著老騎士。

「什麼樣的神會希望過犯得到原諒，不必受到懲罰？」

「問得好，我知道我的神對我們當天的作法可能感到不安。然而事情過了這麼久，昔日埋葬傷亡的地方已經長成茂密的草地，年輕人對此一無所知。我求你離開這個地方，讓魁里格再效命一段時間。牠頂多只能再活幾季，然而即使只有一兩季，就足以讓陳年的傷口復原，讓我們永享和平。看牠對生命多麼眷戀啊，戰士！你就發發慈悲，離開這裡，讓這個國家沉醉在遺忘中。」

「真是愚昧啊，爵士。蛆蟲四處流竄，舊傷如何復原？還是你認為靠屠殺和幻術建立起來的和平，可以永遠維繫下去？我看得出來你多麼盼望昔日的夢魘化為灰燼。然而這些夢魘和白骨一樣，埋在土裡等著被人發現。蓋文爵士，我的答案還是一樣，我必須進入這個洞穴。」

蓋文爵士嚴肅地點點頭。「我明白。」

「那我也必須問你，你能不能把這裡交給我，回到等你的老馬身邊？」

「你知道我辦不到，威斯頓先生。」

「我也是這麼想的，那好吧。」

威斯頓走過艾索和碧亞翠絲身邊，步下石階，回到土丘下方。他四下張望幾眼，然後用一種他們沒聽過的聲音說：「蓋文爵士，這裡的土地有幾分古怪，會不會是母龍在體力比較旺盛的年代，把這裡燒成這個樣子？還是這裡經常被雷電擊中，土壤被燒得焦黑，還來不及長出新草？」

蓋文爵士跟在他後面走下土丘，兩人四處探看，就像一對戰友正在考慮要在哪裡紮營。

「有件事我一直弄不明白，」蓋文爵士說：「即使在牠年紀比較輕的時候，也一直待在土丘上，我不認為是牠製造了這片焦黑的土地。或許這裡向來如此，甚至早在我們把牠帶到這裡來，丟進牠的巢穴以前，就是如此。」蓋文踩踩土地。「儘管如此，土壤仍然很扎實。」

「沒錯，」威斯頓背對著蓋文，同樣用腳在地上測試。

「雖然或許地方不夠寬敞，」老騎士說：「看看盡頭處，如果有人死在這裡，他的血會流過這片焦黑的野草，從懸崖邊流下去。我說的不是你，但我可不喜歡自己的內臟就像海鷗的糞便，從懸崖邊一點一點掉下去！」

兩人雙雙大笑，然後威斯頓說：「不必擔心，你看懸崖邊微微隆起。至於懸崖另一邊，距離恐怕太遠，土壤早就把血給吸乾了。」

「這麼說，這地方還不錯！」蓋文爵士抬頭看著艾索和碧亞翠絲，他們仍然站在岩壁旁，只是現在背對著洞口。「艾索先生，」他高興地喊著，「你一向很有外交手腕，現在願不願意用你卓越的口才，讓我們以朋友的身分離開這個地方？」

「很抱歉，蓋文爵士。你對我們很好，我們很感謝你。然而我們是來這裡見證魁里格的死亡，如果你要保護牠，不管我或內人，都沒辦法幫你說話。關於這件事，我們和威斯頓先生是站在同一陣線。」

「我明白了。那麼至少讓我拜託你一件事。我不擔心我面前這個傢伙，然而萬一死的人是我，你能不能把我的好何瑞斯牽下山？牠很樂意載你們這對善良的不列顛人。你可能以為牠會多所埋怨，但你們對牠來說不會太重的。帶我心愛的何瑞斯遠離此地，等將來你們用不著牠了，就給牠找個綠草如茵的地方，讓牠可以吃個飽，回想昔日光榮歲月。兩位能不能幫我這個忙？」

「樂意之至，也可以說是你的馬幫了我們一個大忙，因為下山的路難行。」

「說到這個，」蓋文爵士走到土丘底下。「我再次勸你們走水路，再搭一次船吧。讓何瑞斯載你們下山，不過一到河邊，就馬上找一艘往東開的船。馬鞍裡有些錫和硬幣，可以付船資。」

「我們在此先謝過了，你的慷慨令我們動容。」

「可是，蓋文爵士，」碧亞翠絲說：「如果你的馬要載我們兩人，又怎麼把你的屍體運下山？你一片好心，卻忘了自己的屍體。我們無法將你丟在這樣一個寂寞的地方。」

老騎士的表情倏地變得僵硬，看起來愁雲慘霧的。不久又咧嘴而笑，說：「夫人，我還指望能取勝呢，先別討論要把我葬在哪兒！不管怎麼說，現在對我來說，這座山不比其他任何地方更寂寞，萬一決鬥的結果不如我所願，我擔心我的鬼魂在地下不知會看到什麼景象。所以別再說什麼屍體了！威斯頓先生，萬一得不到上天眷顧，你有什麼要拜託這兩位朋友的？」

「和你一樣，爵士，我寧願不去想自己會戰敗。但不管你年紀多大，只有愚蠢之輩才會以為你不是可怕的對手。所以我也要拜託這對好心的夫婦一件事，如果我死在這裡，拜託你們把愛德溫送到一個善心的村莊，讓他知道我視他為最有天分的弟子。」

「我們一定會照辦的，」艾索說：「我們會為他做最好的打算，即使他身上的傷會讓他以後的日子不好過。」

「這話提醒了我，務必要更努力讓自己全身而退。好，蓋文爵士，可以開始了嗎？」

「再拜託一件事，」老騎士說：「不過這件事得麻煩你了，威斯頓。我提出這個要求，心裡不免慚愧，因為我們方才還愉快地聊起這件事。我指的是拔劍時機的問題。我年紀大了，要花上長得離譜的時間才能把劍拔出來，如果我們決鬥時劍尚未出鞘，只怕會讓你看得啞然失笑，畢竟我知道你拔劍的速度有多快。而我呢，說不定仍然步履蹣跚，低聲咒罵，一次又一次拉扯這件鐵器，而你則好整以暇，思索究竟要砍下我的頭，還是一邊唱歌一邊等！不過要是我們說好，等雙方都拔出劍……這話說得我羞愧難當啊，戰士！」

「別再說了，我一向看不起靠快速拔劍占對手便宜的戰士。就依你所言，拔劍之後再開始決鬥。」

「無盡感謝。雖然我看到你手臂綁著繃帶，但我發誓絕不刻意攻擊你的弱點。」

「我很感激，儘管這是微不足道的小傷。」

「那好吧，恭敬不如從命。」

老騎士花了一會兒時間拔出長劍，如同先前那樣，把劍尖插入地面。但這回他沒有倚劍而立，反而站在原地，上下打量他的武器，神情既疲憊又充滿感情。然後他用雙手舉起劍，姿勢無疑十分威武。

「我先轉過身，艾索，」碧亞翠絲說：「等他們打完再告訴我，希望不會太久，也不會弄得血腥滿地。」

起初兩人的劍雙雙朝下，以免耗盡臂力。從高處往下看，艾索可以清楚看到兩人的位置：間隔約五大步，威斯頓的身體稍稍向左偏，側向對手。兩人先是按兵不動，然後威斯頓慢慢右移三步，表面看來，他手中的劍保護不了他外側的肩膀，但如果要利用這個破綻，老騎士必須立即拉近距離，因此看到他以銳利的眼神望著戰士，同時刻意大步向右，艾索一點也不覺得意外。同時間威斯頓改變雙手握劍的姿勢，艾索不確定老騎士有沒有發現，因為威斯頓的身體可能遮住了他的視線。這會兒老騎士也改變握劍的方法，讓劍的重量從右臂移向左臂。兩人一動也不動地站在新的位置，不明就裡的人可能以為他們一直站在原地。但艾索明白新的位置有不同的意義，可惜他已經多年不曾這樣仔細觀戰，現在有大半時候看不出兩人在玩什麼花樣，這讓他很洩氣。他知道這場決鬥已經來到關鍵時刻，過不了多久，有一方必須出招。

儘管如此，看到老騎士和威斯頓突然交手，還是嚇了他一跳。彷彿他們是聽信號行動：兩人距離拉近，緊緊糾纏在一起。事情發生得很快，從艾索這裡看過去，還以為兩人丟下了劍，正鎖臂勾腿地纏住對方。同時間，交手雙方稍稍旋轉，或許是因為兩人衝向彼此產生的巨大撞擊力，讓兩把劍好像合而為一，於是雙方都拚命要把武器分開。但這不是三兩下能做到的事，老騎士弄得五官扭曲。艾索暫時瞧不見威斯頓的臉，但看到他的脖子和肩膀都在顫抖，彷彿用盡全身的力氣。但他們的努力終究白費，時間一分一秒過去，兩把劍似乎愈纏愈緊，兩人只能把武器拋下，從頭再來。即使筋疲力盡，兩人似乎都不願意放棄。然後不知哪裡鬆了開來，兩把劍分離了，同時兩人之間冒出一陣黑色的液體，或許一開始就是這種東西讓劍纏在一起。老騎士像是突然鬆了一口氣，旋轉半圈，單膝跪倒在地。至於威斯頓，他幾乎轉了整整一圈，然後停下來，劍指向天空，背對著騎士。

「老天保佑他，」碧亞翠絲在他身邊說，艾索這才發現她一直在旁觀戰。等他再往下看的時候，老騎士已雙膝跪地，接著他高大的身軀一邊顫抖，一邊慢慢倒向焦黑的草地。他掙扎了一會兒，像是睡著的人想換個較舒服的姿勢。然後他面向天空，雙腿交叉，一臉滿足的表情。威斯頓大步走過去想看看他的情況，老騎士好像要說什麼，但距離太遠了，艾索什麼也聽不見。威斯頓在他的對手身邊站了好一會兒，忘了手上還握著劍，艾索看見一滴滴黑色的液體從劍尖滴入土壤。

碧亞翠絲挨著他。「他是母龍的保護者，」她說：「但他對我們很仁慈。要不是他，誰知道我們現在會在哪裡。看到他死了，我很難過。」

艾索將碧亞翠絲攬進懷裡，接著放開她，往下踩了幾步，把躺在地上的屍體看得清楚一點。威斯頓說的對，鮮血只會蔓延到懸崖邊，兩旁地勢隆起，不會灑出去的。這副情景讓他感到一陣傷感，同時卻覺得心中某種強烈的憤怒總算得以抒解。

「好啊，戰士，」艾索往下喊一聲：「現在再也沒有人能阻止你殺母龍了。」

威斯頓一直低頭凝視死去的老騎士，有些暈眩地慢慢走到土丘下，等他抬起頭來，感覺像是做了一場夢。

「我早就學到作戰時不要害怕死神，然而和這位騎士決鬥時，我彷彿聽到他輕柔的腳步聲從後面傳來。他年紀雖大，卻差一點就擊敗我了。」

這時威斯頓才注意到他的劍還握在手上，他作勢要把劍插進土丘底下柔軟的泥土裡。但就在劍幾乎碰到泥土的那一刻，他停住手，站直身體，說：「為什麼要清除劍身的血跡，何不讓騎士的血和母龍的血混在一起？」

他爬上土丘，走路的樣子有點像喝醉的酒鬼。經過艾索夫婦身邊之後，他俯在一塊岩石上看著下面的洞穴，他的肩膀隨著每一次的呼吸而顫抖。

「威斯頓先生，」碧亞翠絲輕聲說：「我們等不及要看你消滅魁里格。但事成之後，你能不能埋葬這可憐的戰士？我丈夫身體虛弱，還得保留體力走完剩下的路程。」

「他是受世人唾棄的亞瑟王的親戚，」威斯頓轉身對她說：「然而我不會任由他被烏鴉啄食。放心吧，我會將他妥為安葬，甚至可能讓他葬在這個洞穴裡，與他守護多年的母龍一起安息。」

「那就快點吧，」碧亞翠絲說：「免得夜長夢多。牠雖然虛弱，我們總得看牠死了才安心。」

威斯頓彷彿已經聽不見她說話。他正望著艾索，神情恍惚。

「你還好嗎？」艾索終於問了一聲。

「艾索先生，」戰士說：「我們以後可能不會再見面了，所以容我問你最後一次，你會不會就是我小時候認識的那位和善的不列顛人，曾經出入我們的村莊，像一位睿智的王者，讓無辜者不必受到戰火蹂躪？如果你還記得的話，請你在我們分道揚鑣之前告訴我實話。」

「就算我曾經是那個人，我現在也只能透過這隻怪獸吐出的朦朧氣息來回憶他。我覺得他是個糊塗蟲，滿腦子幻想，儘管他一片好意，卻看到誓約因為殘酷的屠殺而毀棄，他想必是痛苦不堪。到撒克遜村莊宣揚這份協議者是另有其人，但如果我的長相勾起你的一絲回憶，我又何苦否認呢？」

「我們第一次見面時，我就覺得是你，但我不敢肯定。謝謝你的坦白。」

「那麼請你也坦誠相告，因為從昨日見面之後，有件事一直在我心裡七上八下的，或許其實早在昨天以前就開始了。你記憶中的這個人，是你尋仇的對象之一嗎？」

「你在說什麼？」碧亞翠絲一個箭步上前，擋在艾索和戰士之間。「你和這位戰士能有什麼深仇大恨？就算有，他也得先過我這一關。」

「威斯頓先生說的是我的一副臭皮囊，那副皮囊早在我們兩認識之前就脫掉了。我但願它早就被世人忘得一乾二淨。」然後他對威斯頓說：「你說呢，戰士？你的劍還在滴血。如果你是來尋仇的，現在很輕易就能達成，只不過我拜託你保護我的妻子，她嚇得全身發抖。」

「那是一個我曾經深深景仰的人，後來因為他背叛了我們，我確實不只一次希望他受到殘酷的懲罰。然而如今我發現他或許並非奸險之徒，他一心希望他自己的同胞和我們的族人有好日子過。要是我再遇見他，我會讓他平安離去，儘管我知道和平的日子已經持續不了多久。請見諒，兩位朋友，容我下去完成我的任務。」

母龍在洞穴裡的位置和姿勢都沒變，就算牠的感官警告牠有陌生人接近，從牠的動作也看不出有任何反應。或者牠的脊椎起伏是一種警告？難道牠蒙著翳的雙眼一開一闔代表著危險訊號？艾索無法確定。不過就在他低頭凝視那隻怪物時，突然想到一件事：那株山楂樹是洞裡除了母龍以外僅有的活物，是唯一能帶給牠安慰的東西，即便現在，想必牠仍然伸出手想要觸摸它。艾索知道這個想法很奇怪，然而他愈看愈覺得有道理。怎麼會有一棵樹木孤獨地生長在這種地方？難道不是梅林種下的，好讓母龍有個伴？

威斯頓繼續走下洞穴，他的劍尚未出鞘，目光不曾離開魁里格臥倒的位置，像是以為母龍會突然起身，變成可怕的魔鬼。他不慎一滑，隨即把劍插入地面，穩住自己。因為這個小插曲，碎石紛紛滾下斜坡，但母龍依舊沒有反應。

威斯頓總算安全落地。他抹抹額頭，抬頭看著艾索和碧亞翠絲，接著大步朝母龍走去。他舉起長劍，端詳劍刃，看到上面斑斑血跡，不由得心驚。他駐足了好一會兒，艾索不禁懷疑是不是方才的勝利讓戰士一時忘了自己為什麼進入這個洞穴。

後來威斯頓就如同方才和老騎士決鬥一樣，以迅雷不及掩耳的速度前進。他沒有用跑的，而是腳步俐落地輕躍，踏過龍的身體，像是急著趕往洞穴的另一頭。他一邊走，一邊快速地用劍在低處比劃了一道弧線，艾索看到母龍抬起頭，稍微轉了一下，又靠回地上。沒多久，一陣水流先是漫過牠身體四周，很快便淹沒了牠，將牠推向洞穴另一頭。牠在山楂樹前停下來，喉嚨朝向天空。這幅景象讓艾索想起被蓋文爵士在地道裡砍斷頭的那隻惡魔犬，心裡登時湧起一股苦澀。他逼自己將目光移開，別再看那隻龍，轉而注視威斯頓的身影。戰士為了避開愈漲愈高的水，正沿著岩壁往回走，爬出洞口。

「結束了，艾索，」碧亞翠絲說。

「是的，不過我還想問戰士一個問題。」

沒想到威斯頓過了很久才爬出洞口。等他終於出現在兩人面前的時候，卻是一副不知所措的模樣，一點也沒有凱旋歸來的架勢。他二話不說，坐在焦黑的草地上，把他的劍深深插入土中。他的眼神空洞，沒有往洞穴裡看，反而望著遠方，凝視烏雲和蒼白的山丘。

過了好一會兒，碧亞翠絲走過來，輕輕撫摸他的手臂。「我們感謝你的壯舉，威斯頓先生，」她說：「日後只要是經過此地的人，都會感念你的。你怎麼一副垂頭喪氣的樣子？」

「垂頭喪氣？不要緊的，我很快就會打起精神了。然而，此時此刻……」威斯頓轉過頭，再度凝望雲層，然後說：「或許我跟不列顛人相處太久了，我從小就鄙視你們當中的懦夫，仰慕你們的英雄。現在我坐在這兒，全身發抖，不是因為疲憊，而是想到我剛才親手做了什麼事。我必須趕快硬起心腸，否則一旦意志消沉薄弱，便無法為我的國王效命。」

「你在說什麼？」碧亞翠絲問：「還有什麼任務等著你？」

「等待我的是正義和復仇，夫人。它們很快就會找來了，因為已經延宕多時。不過時間差不多了，而我的心竟然像少女似的撲通撲通跳。唯一的可能，是我和你們相處太久了。」

「我早就注意到了，」艾索說：「就是你先前說的，你說你希望我平安離去，以及和平維持不了多久。我很好奇你到底是什麼意思，這會兒可以請你向我們解釋清楚嗎？」

「我想你也逐漸明白，艾索先生，我的國王派我來殺死這隻母龍，目的不只是為多年前被屠殺的族人報仇。這隻龍的死，也是為將來征服此地預作準備。」

「征服？」艾索靠上前去。「怎麼可能，威斯頓先生？是四海的撒克遜弟兄皆來歸？還是貴國的戰士太凶狠殘暴，竟然想要征服這片和平樂土？」

「我們的軍隊確實勢單力薄。然而遙望這片大地，在每一座山谷、每一條河邊，都有撒克遜人的聚落，每個聚落都有壯碩的男人和男孩。當我們揮軍西行，這些人將會壯大我們的隊伍。」

「你想必是被勝利沖昏了頭才會這麼說，」碧亞翠絲說：「這種事怎麼可能會發生？如你親眼所見，在這一帶地方，你的族人和我的族人和樂共處，誰會和自小感情深厚的鄰居為敵？」

「看看妳丈夫的表情，夫人，他明白我什麼會坐在這裡，不敢直視眼前的亮光。」

「沒錯，戰士的話聽得我毛骨悚然。妳我巴不得魁里格早點死，我們只顧尋回自己寶貴的回憶。然而誰知道有多少陳年舊怨也會再次被撩起？我們只能希望上帝設法維繫兩族的情感，然而習俗和懷疑總是分裂我們。一旦出現般弄口舌的人，把陳年的冤屈和爭奪土地的欲望合而為一，誰知道會發生什麼事？」

「你的擔憂是對的，先生，」威斯頓說：「原本深埋地底的巨獸如今蠢蠢欲動。他的奮起指日可待，而我們之間友善的感情，到頭來就和小女孩用花梗打的結沒兩樣。男人會趁夜燒了鄰居的房舍，把孩童綁在樹上吊死，河裡全是漂流多日的腫脹屍體。在憤怒和復仇渴望的鼓動下，我們的軍容會日益壯盛。你們不是逃之夭夭，就是命喪黃泉，這裡會變成一個新的國度，一個撒克遜人的國度，除了無人看守在山上遊蕩的羊群，再也找不到一絲你們族人曾經盤據此地的痕跡。」

「他說的是真的嗎，艾索？他想必是發燒胡言亂語吧？」

「他或許說錯了，可是他沒有發燒。母龍已經死了，亞瑟王的影響也跟著消失。」接著他對威斯頓說：「看到你在描繪這些慘劇的時候一點也不高興，至少讓我覺得安慰些。」

「如果可以，我也希望自己高興得起來，因為這才是以牙還牙、以眼還眼。然而和你們不列顛人相處的這些年，讓我變得軟弱，不管我再怎麼努力，多少還是不願看到仇恨的火焰高張。這種懦弱令我羞愧，然而我很快會讓位給一位我親手訓練的戰士，他的意志比我堅強得多。」

「你說的是愛德溫？」

「對，而且現在母龍死了，對他的影響也已經消失，我敢說他很快就會冷靜下來。那孩子天賦異稟，擁有真正的戰士精神。其他技藝他很快就學得會，我也會好好訓練他的心，免得他像我一樣被軟弱的情感侵蝕。在未來的復仇大業中，他將不會流露任何慈悲。」

「威斯頓先生，」碧亞翠絲說：「我不知道你是否是燒糊塗了才胡言亂語。但我先生和我都累了，必須下山去找個地方避避。你記得你答應過要好好安葬這位騎士吧？」

「我向妳擔保，夫人，儘管現在恐怕連烏鴉都找來了。兩位好友，你們有足夠的時間逃走。把騎士的馬也帶走，盡快離開這一帶。如果非去不可，請盡快找到令郎的村莊，但最多待一兩天就好，因為誰知道我們的大軍何時會開拔過來。如果令郎不聽你們的警告，就離開他，盡量往西邊跑。你們或許可以逃過被屠殺的命運。現在就走吧，去找騎士的馬。要是愛德溫已經冷靜得多，那股莫名的狂熱也消失了，你們就替他解開繩索，叫他上來找我。他未來的日子會很艱苦，所以在他步入下一個階段前，我想讓他看看這個地方、死去的騎士，以及被摧毀的母龍。此外，我記得他可以用石塊快速地挖掘墓穴！快走吧，好朋友，再見了。」

16

他腦袋瓜子旁邊的草地已經被山羊踐踏了好一陣子。這隻動物為什麼非得靠他這麼近不可？他們或許被綁在同一根木樁上，但有足夠的地方供雙方各自活動。

他大可以站起來，把山羊轟走，但他實在太累了。剛才他突然覺得全身筋疲力盡，這種疲倦感強烈到他整個人倒臥在地。野草緊緊貼著他的臉頰。原本他差點就要睡著了，隨即被驚醒，因為他突然百分之百確定他媽媽已經死了。他連動都沒有動一下，眼睛也沒有睜開，只是大聲朝地底說：「媽媽，我們來了，再等一會兒就好了。」

他沒聽到任何回答，覺得心裡空蕩蕩的。接著他一直醒醒睡睡的，而且呼喚了她好幾次，但一直無人回應。現在山羊正在咀嚼他耳朵旁邊的野草。

「原諒我，媽媽，」他悄悄地說。「他們把我綁起來了，我掙脫不了。」

他聽到頭頂上有人在說話。這時他才發現在他周圍走來走去的不是那頭山羊，有人正在解開他手上的繩索，一隻手輕輕抬起他的頭，他睜開眼睛，看到那個老婦人正低頭凝視著他。他知道綁在身上的繩索都解開了，於是站了起來。

他一邊的膝蓋痛得厲害，一陣強風吹得他東搖西晃的，他只能設法保持平衡。他東張西望，灰色的天空、隆起的土堆、山峰上的岩石。不久之前，那些岩石是他眼中的一切，但現在她死了，這一點無庸置疑。他想起戰士說過的話：如果來不及救人，報仇的時間還多得是。假如他說的是真的，帶走他媽媽的那些人必須付出慘痛的代價。

到處不見威斯頓的蹤影，只有這對老夫婦在這裡，但他們的出現讓他感到安慰。他們站在他身邊，關心地望著他，看到親切的碧亞翠絲夫人，他突然覺得很想哭。他聽到她在說話，是和威斯頓有關，於是他豎起耳朵。

她說的撒克遜語很難懂，而且話語似乎隨風飄散。最後他走到她面前問：「威斯頓先生是不是死了？」

她沒有說下去，也沒有答話。直到他扯開嗓子，再問一次，碧亞翠絲夫人才搖搖頭說：「你沒聽到我的話嗎，愛德溫？我跟你說威斯頓先生平安無事，在那條山路上等著你。」

他聽到之後總算鬆了一口氣，旋即拔腿狂奔，但很快便覺得一陣天旋地轉，還沒跑到山路前就不得不停下來。他站定之後，回透瞥了一眼，看見那對老夫婦往他這裡走了幾步。他這才發現他們看起來有多麼虛弱。他們在狂風中互相依偎，比起他第一次看見他們的時候，顯然蒼老了許多。他們還有力氣走下山嗎？但他們看著他的表情很古怪，那頭山羊也不再惶惶不安，只顧瞪著他。他腦子裡突然閃過一個奇怪的念頭，他此刻恐怕從頭到腳都染了血，才會被這樣細細打量。可是低頭一看，雖然他的衣服沾了泥巴和野草，卻與平常無異。

那位老先生突然大聲說了幾句話，說的是不列顛語，他聽不懂。是警告？還是請求？隨後傳來碧亞翠絲夫人的聲音。

「愛德溫！我們夫妻拜託你，將來別忘了我們。要記得我們啊，還有我們這段友誼。」

聽到這裡，他想起自己對戰士的承諾：必須憎恨所有不列顛人。但他當然不會把這對溫和有禮的老夫婦算在內。艾索先生舉起一隻手，不知道是什麼意思？是道別，還是想要留住他？

他轉過身，雖然狂風從側邊吹來，他依然繼續往前跑，身體也沒有任何不適。他媽媽死了，但戰士還好端端地在等著他。他一直往前跑，即使山路愈來愈陡峭，他的膝蓋也逐漸發疼。

17

他們冒著暴風雨騎馬前來的時候，我正在松樹下躲雨。這對夫婦年紀大了，胯下那匹馬精神萎靡，和他們一樣疲倦，實在不適合在這種天氣上路。那位老先生是不是擔心馬兒只要再多走一步就會暴斃？不然的話，不消二十步他們就可以到樹下躲雨了，為什麼要停在泥濘中？然而馬兒很有耐心地站在傾盆大雨中，等老先生扶老太太下馬。他們的動作會不會比畫中人物更慢？「來吧，兩位朋友，」我大聲對他們說。「快過來躲雨。」

他們沒聽見我說話。或許是因為瑟瑟的風雨聲，再不然就是他們年紀大了，耳朵不靈光。我又喊了一聲，這回老先生四下張望，好不容易才看到我。那位老女士滑進他的懷裡，雖然她就像一隻纖瘦的麻雀，但看得出來他連抱她的力氣都沒有了。所以我走入大雨中，老先生驚慌地轉過身，看著我跨過草地，弄得水花四濺。但他還是接受了我的好意，因為他太太仍然抱著他的脖子，而他好像快要跌倒了。我把她接過來，衝回樹下，她在我手上輕若無物。我聽見老先生氣喘吁吁地跟著我，或許是不放心讓陌生人抱著他太太。於是我小心把她放下，證明我沒有惡意。我讓她把頭靠著柔軟的樹皮，樹蔭很濃密，即便仍有幾滴雨落在她身上。

老先生蹲在她身邊，不斷鼓勵她。我無意侵犯他們的隱私，所以走到旁邊去。我站在樹蔭和空地的交界，看著大雨不斷落下。雨下得這麼大，誰能怪我在這兒躲雨？我只要走快一點，很快便能把時間補回來，接下來還要連續做幾個星期的苦工。我聽見他們在我背後說話，但我能怎麼辦？跑到外面淋雨，免得聽見他們喃喃低語？

「妳發了燒才會這麼說，老婆大人。」

「不，不，艾索，」她說：「我想起來了，我又想起別的事。我們怎麼會忘記呢？我們的兒子住在一座島上，從一處被樹木遮蔽的小海灣就可以看到，而且就在這附近。」

「怎麼可能呢？」

「你沒聽見嗎？我聽到浪潮聲，海灣不就在這附近嗎？」

「只是雨聲罷了，不然可能是河水。」

「因為被迷霧籠罩，所以我們才會忘記，但現在迷霧開始散去。附近有一座小島，我們的兒子就在島上等我們。艾索，你聽見海水的聲音嗎？」

「妳發燒了。我們很快會找個遮蔽處，到時候妳就沒事了。」

「你問這個陌生人，他對這個地方可能比我們熟悉。問問他這附近是不是有個小海灣。」

「人家只是好心幫我們的忙，為什麼他得知道這種事？」

「你去問他，艾索。問問有什麼壞處？」

我要不要保持沉默？我該怎麼辦？於是我轉身說：「這位女士說的沒錯，先生。」老先生嚇了一跳，眼神透著恐懼。我本來希望可以保持沉默，繼續看著那匹老馬堅定地站在雨中。然而既然開了口，就不能只說一半。我往他們的前方一指。

「前面的樹林裡有一條小徑，可以通到這位女士說的那個小海灣。那個海灣大多數時候滿是鵝卵石，不過等到退潮的時候，就像現在，底下的砂石就會冒出來。而且就像這位女士說的，不遠處有一座小島。」

他們默默看著我，她透著一絲疲憊的欣慰，而他則愈來愈擔心。他們怎麼一句話也不說？是不是以為我還有話要說？

「我一直在觀察天色，」我說：「雨很快就會停了，今晚天氣會很好。如果你們希望我划船送你們到島上去，我很樂意效勞。」

「我不是跟你說了，艾索！」

「你是船夫嗎？」老先生鄭重其事地問。「我們是不是在哪裡見過？」

「我是船夫，沒錯，」我告訴他。「我不記得我們以前有沒有見過，因為我載過的人很多，每天工作的時間很長。」

老先生看上去更加害怕了，他蹲在太太身邊緊緊抱著她。我覺得最好換個話題。

「你們的馬還在淋雨。就算你們沒有綁住牠，也沒有阻止牠躲到樹下，牠還是站在原地。」

「那是一匹老戰馬了。」老先生樂得放下小島的話題，認真地說：「即使牠的主人不在了，牠還是很有紀律。我們承諾牠勇敢的主人會照應牠。但我現在很擔心我親愛的妻子，你知不知道這附近哪裡有遮風避雨的地方，還有爐火讓她暖暖身子？」

我不能撒謊，而且我有職責在身。「是這樣的，」我回答：「在剛剛說的那個小海灣旁，就有一個棲身的地方。是我自己搭的，用小樹枝和破布築成簡陋的屋頂。不到一個小時前，還有爐火悶燒，要重新燃起應該不難。」

他仔細打量著我，一時之間不知如何回答。老婦人現在閉著眼睛，把頭靠在他的肩膀上。於是他說：「船夫，我太太剛才是發燒胡言亂語了。我們不需要去什麼小島。我們就待在這棵舒服的樹下躲雨，雨停之後就啟程上路。」

「艾索，你說什麼？」婦人睜開眼睛。「我們的兒子已經等得夠久了，讓這位好心的船夫帶我們去那個海灣吧。」

老先生仍然猶豫不決，但他太太在他懷裡直打哆嗦，他帶著企求的眼神望著我。

「如果需要的話，」我說：「我可以抱著這位女士，這樣比較容易走到那裡。」

「我自己抱她，先生，」他說，一副輸了還不服氣的樣子。「要是她不能自己走，就由我來抱她。」

該怎麼辦呢？這個做丈夫的幾乎和老太太一樣虛弱。

「海灣離這裡不遠，」我輕聲說：「不過下去的路很陡，沿途坑坑窪窪的，還有盤繞的樹根。拜託讓我來抱她吧，先生，這樣最安全。如果路夠寬的話，你就跟在我們旁邊。來，等雨一停，我們就趕快下去，你看這位女士都冷得直發抖了。」

雨不久之後就停了，我抱著她走下山路，老先生蹣跚地跟在後面，等我們到了海邊，天上的烏雲積在一邊，彷彿是被一隻手不耐煩地掃到一旁。整片海岸透著向晚微紅的色調，模糊的太陽漸漸沉入海中，而我的船就在海浪中搖晃。我再次展現紳士風度，把她輕放在獸皮和樹枝編成的簡陋棚屋下，讓她枕著一塊生苔的石頭。他在她身旁忙東忙西的。

「你們看，」我蹲在熄滅的火苗旁說：「小島在那裡。」

婦人稍稍轉頭就看到海，隨即輕呼一聲。老先生蹲在堅硬的鵝卵石上轉頭看，一臉疑惑地望著大海。

「在那裡，朋友，」我說：「看那邊，就在海岸與地平線之間。」

「我的眼力不太好，」他說：「不過我想我看到了。那些是不是樹？還是岩石？」

「應該是樹，一個宜人的好地方。」我一邊說，一邊折斷樹枝添柴火。他們遙望著那座小島，而我跪在地上朝餘火吹氣。這對老夫妻不是自願要來的嗎？就讓他們決定要去哪裡吧，我對自己這麼說。

「妳覺得暖和了嗎？」他大聲問：「妳很快就會恢復神智的。」

「我看到小島了，艾索，」她說。而我怎麼能不聽到他們親密的對話。「兒子就在那裡等我們。怪的是，我們怎麼會把這件事給忘了。」

他咕噥幾句，我看到他又煩惱起來。「當然，老婆大人，」他說：「但我們還沒決定。我們真的要渡海去那種地方嗎？再說，我們根本付不出船資，因為我們把錫和硬幣都留在馬鞍裡了。」

我要不要繼續保持沉默？「沒關係，朋友，」最後我說：「我很樂意稍後再從馬鞍裡取回船資。那匹馬走不遠的。」有人說這叫狡猾，但我純粹是出於好心，我明知再也不會看見那匹馬。他們繼續低聲說話，我背對著他們添柴生火。不然要我妨礙他們說悄悄話嗎？這時她拉高嗓門，聲音比先前更加堅定。

「船夫，」她說：「我聽過一個故事，可能是小時候聽到的。故事是描述一個充滿樹木和小溪的溫暖島嶼，但是那個地方很古怪，很多人到了島上，然而島上的每個居民都像進入無人之境，見不到任何鄰居，也聽不到彼此的聲音。我們眼前這座島嶼會不會就是這樣？」

我繼續折斷小樹枝，小心放在火焰四周。「女士，我知道有幾座島嶼和妳剛才說的一樣。誰知道這個小島是不是其中之一？」

我沒有正面回應，反而讓她好奇起來。「我還聽說，」她說，「有時候這種古怪的情況不會發生，有些旅人得到了豁免權。這是不是真的，船夫？」

「親愛的女士，」我說：「我只是一個卑微的船夫，沒資格議論這種事。但既然這裡沒有別人，我就告訴你們吧。我聽人家說，可能在某些時候，或許是像剛剛結束的那種暴風雨發生的時候，或是月圓的夏夜，島上的人會察覺到除了自己以外，還有其他人在風中走動。妳聽說的可能就是這件事。」

「不，船夫，」她說：「事情沒這麼簡單。我聽說若男女一起生活了一輩子，因為感情深厚，或許就不用分開渡海，可以一起坐船到島上。我聽說他們也許能和登島前的那些年一樣，相依為命。這是不是真的？」

「我再說一次，女士，我只是個船夫，每天負責載運想渡海的人。我只能談論我每天工作時看到的事。」

「可是這裡除了你，我們沒有其他人可問。所以我請教你，如果你把我丈夫和我載到島上，我們是否能夠不分開，就像現在一樣，手挽著手在島上散步？」

「好吧，女士，我就坦白告訴妳。妳和妳丈夫是我們難得見到的一對。我看到你們即使淋著雨，依然全心全意照顧彼此。所以無庸置疑，你們一定可以在島上共同生活。這一點妳大可以放心。」

「聽你這麼說真是令人高興。」她說，彷彿因為卸下心頭重擔而全身癱軟。然後她又說：「而且誰知道呢？在暴風雨來臨的時候，或是月圓之夜，艾索和我說不定會看到住在附近的兒子。甚至和他說上一兩句話。」

火勢穩定，我站了起來。「你們看那裡，」我指著海面說：「船隻在淺水中搖晃。我把船槳放在附近的洞穴裡，浸在一個有小魚游來游去的池子裡。兩位朋友，我現在要去拿船槳，你們可以趁我不在的時候好好談談，對於要不要渡海做出最後的決定。現在容我先離開一會兒。」

但她不願意這麼輕易易放過我。「離開之前再告訴我一件事吧，」她說：「在你答應載我們渡海之前，你是不是要輪流盤問我們。因為我聽說船夫都是用這種方法，找出那極少數可以在島上雙宿雙棲的夫妻。」

他們雙雙看著我，夜光照在他們臉上，我發現那位老先生滿臉懷疑。我避開他的眼神，看著她。

「女士，」我說：「謝謝妳提醒我，我很容易在匆忙間忘了該做的事。確實就像妳說的，不過以你們的情況來說，這麼做只是例行公事。就像我剛才說的，我打從一開始就看出你們對彼此全心全意。請恕我先失陪了，因為我的時間不多。在我回來之前，請你們下決定吧。」

於是我把他們留在那裡，跨過岸邊，海浪的聲音愈來愈大，腳下則是潮濕的砂石。不管我什麼時候回頭看，都看到相同的景象，只不過畫面愈變愈小：白髮老先生蹲在他太太面前，兩人認真地討論著。她靠在石頭上，整個人幾乎被石塊擋住，我只能看到她的手隨著話語時起時落。真是一對堅貞的夫婦，但我有我的職責，於是我繼續往洞穴走去。

我把船槳搭在肩上往回走，他們還沒開口，我從他們的眼神就已經看出他們所做的決定。老先生說：「請你載我們到島上去吧，船夫。」

「那我們趕緊到船那邊，畢竟時間已經耽擱了，」話一說完，我就轉頭上路，像是忙不迭地奔向大海。但我馬上又轉回頭說：「啊，先等一下。我們必須做完這個愚蠢的儀式。現在兩位不妨聽我的建議。先生，請你稍微走遠一點，只要聽不到我們說話就可以，我會簡單問問尊夫人。她不必站起來。問完她之後，我再到那邊去找你。一下子就好了，到時我們再回來接這位女士上船。」

他盯著我看，希望我是一個信得過的人。最後他說：「那好吧，我到岸邊走走。」然後他對妻子說：「我們要暫時分開一會兒，老婆大人。」

「不要緊，艾索，」她說：「我的精神恢復得差不多了，有這位好心人的保護，應該很安全的。」

他慢慢往海灣邊走去，岸上鳥兒四散紛飛，但很快又飛回來繼續啄著海草和岩石。他的腳有些跛，背也駝了，宛如敗相已露的戰士，然而我看得出來他心中仍有些餘火。

婦人坐在我面前，抬頭淺淺一笑。我要問什麼？

「別擔心我的問題，女士，」我說。恨不得附近有一道牆壁，讓我可以面著牆壁說話，但此刻只有淡淡的晚風，夕陽餘暉照在我的臉上。我照著她丈夫的作法，在她面前蹲下，把袍子拉到膝蓋上。

「我不擔心你的問題，」她小聲說：「因為我很清楚自己心裡對他的感覺。儘管問吧，我會誠實作答，而我的答案只會證明一件事。」

我本著經驗問了一兩個尋常的問題，然後為了鼓勵她，也讓她知道我沒有心不在焉，偶爾我會多問一個問題。她回答得很坦率。她說著說著會閉上眼睛，但聲音一直保持清晰沉穩。我聽得認真，目光越過海灣，看著那位疲倦的老人焦急踱步的身影。

然後我想起自己的工作還沒完成，於是打斷她的回憶，說：「謝謝妳，現在我要趕到妳先生那裡了。」

他現在相信我了，不然為什麼會走到離她太太這麼遠的地方？他聽到我的腳步聲，彷彿大夢初醒般轉過身。暮色籠罩著他，我看到他的神情不再懷疑，但有一股深深的哀傷，眼眶裡還有幾滴淚珠。

「怎麼樣了？」他小聲問我。

「我很高興聽尊夫人說話，」我回答，配合他的口氣，把音量降低。海風愈來愈強勁。「我們早點問完，好早點上路。」

「儘管問吧，先生。」

「我不是要盤查什麼，不過尊夫人剛剛想起，有一天你們兩從市場買雞蛋回家。她說她把雞蛋裝在籃子裡，而你走在她身邊，一路盯著籃子看，擔心她不小心會把雞蛋打破。她想起這件事的時候很開心。」

「我想是吧，」他笑著對我說：「我很擔心雞蛋破掉，因為她前一次出去買東西的時候，失足摔了一跤，打破一兩顆蛋。路程很短，但那天我們滿心歡喜。」

「和她記得的完全一樣，」我說：「那就別再浪費時間了，問這些話只是為了符合慣例。我們去接尊夫人，抱她上船。」

我在前面帶路，往回走去接他太太，但他的速度慢得可以，連累我也快不了。

「別擔心海浪，朋友，」我說，以為他是為這個擔心。「出海口有天然屏障，從這裡到小島的一路上都會很平安的。」

「我信得過你，船夫。」

「既然如此，」我說，反正走得這麼慢，何不邊走邊聊？「要不是剛才趕時間，我本來想問你一個問題。你介意我說說嗎？」

「儘管說。」

「我只是想問，在你們共度的歲月裡，你記不記得有什麼事情，至今想起來仍然讓你非常痛苦？」

「你還在盤問我嗎？」

「哦，不，」我說：「我已經問完了。我問過尊夫人同樣的問題，現在問你只是要滿足我自己的好奇心。你可以什麼都不說，我不會不高興的。你看，」我指著我們經過的一塊岩石。「那些不只是藤壺，如果有時間的話，我會示範給你看如何撬開它，做一頓好吃的。」

「船夫，」他的語氣嚴肅，腳步變得更加緩慢。「如果你想聽，我可以回答你的問題。我不確定她的答案是什麼，因為即使是像我們這樣的夫妻，也有很多事情不會說出口。除此之外，直到今天為止，我們都被一隻母龍吐出的氣息給影響了，奪去了快樂和痛苦的記憶。但現在這隻母龍被殺了，我記起很多事情。你問有沒有哪個回憶讓我很痛苦。還會是哪個回憶呢，不就是我們的兒子？我們最後一次見到他的時候，他快長大了，但臉上還沒長出鬍子。當時我們大吵了一架，他負氣跑到附近的村莊，我以為他過幾天就會回來。」

「你太太也是這麼說的，」我告訴他：「她說是她弄得他離家出走的。」

「如果她認定前面這一段是她的錯，那麼我在後面那一段所犯的錯可就多了。她確實一度對我不忠，可能是我自己做了什麼，把她逼到別人的懷裡，或者是有些話我該說而沒說，有些事我該做而沒做？事情已經過去很久了，就像身邊飛過的鳥兒，已經成了天空上的一個小斑點。我們的兒子親眼看見我的痛苦，以他的年紀，不可能三言兩語哄過去的，但他也無從理解人心的詭譎無常。他走的時候發誓再也不回來了，等到她和我破鏡重圓的時候，他仍然遠在他鄉。」

「這些事你太太都告訴我了。而且過了沒多久，瘟疫肆虐，你們收到令郎病死的消息。我自己的父母也是死於那場瘟疫，我記得很清楚。但你為什麼要怪自己？不管這場瘟疫是上帝的旨意或魔鬼的詭計，你又有什麼責任？」

「我不准她到兒子的墓前去看看。我知道這樣做很殘酷。她一直希望和我去他安息的地方看看，但我就是不肯。事情過了這麼多年，我們前幾天才想到要啟程尋找他的墓地，但母龍的迷霧讓我們忘了自己究竟要找什麼。」

「啊，原來如此，」我說：「你太太不敢透露這一段，原來是你不讓她到兒子的墓地。」

「我這麼做很殘忍，相較之下，讓我戴一兩個月的綠帽子實在算不上什麼背叛。」

「你非但不讓你太太去祭祀，連你自己也不能到兒子的安息地哀悼，你這麼做究竟有什麼好處？」

「好處？什麼好處也沒有，只不過是愚蠢和死要面子罷了，再加上其他潛藏在男人心底深處的邪念。或許我只是想要懲罰她。我口口聲聲說原諒她，但這麼多年來，我心裡一直藏著報復的念頭。我這樣對她，還有我們的兒子，實在既幼稚又殘忍。」

「謝謝你把心裡的祕密告訴我，朋友，」我對他說：「或許這樣也好。雖然這段話和我的職責毫不相干，我們只是在聊天打發時間，但我承認先前我心裡有一點不安，總覺得你有事瞞著我。現在我可以毫無疑慮地划船載你們過去。但你告訴我，為什麼你願意打破多年的堅持，終於踏上這趟旅程？是不是有人跟你說了什麼？還是就像我們面前的潮汐和天色一樣，不知怎的就改變了心意？」

「我自己也很好奇，而且我認為不是單一事件讓我改變心意的，而是我們相處了這麼多年，她漸漸又得到我的心。或許就是這麼簡單。傷口復原得雖慢，但終究復原了。不久前的一個早上，晨曦帶來春天的跡象，雖然太陽已經灑進房間，我太太仍然睡得很熟。我看著她，知道最一絲黑暗已離我遠去，所以我們就啟程上路了。現在我太太想起我們的兒子早在我們之前就到了這座島嶼，他的墓地一定在島上的樹林裡，不然就是在海岸邊。船夫，我把一切都坦白告訴你了，希望不會讓你懷疑先前對我們的判斷。聽了我的這番話，我想應該有人會認為我們的愛是破碎有瑕疵的。但上帝知道，一對老夫妻對彼此的愛是一條漫漫長路，祂也明白，少了陰影，就不是完整的愛情。」

「別擔心，朋友。你剛才說的話，呼應了我一開始看到你們在雨中騎著那匹倦馬時的印象。別說了，誰知道下一場暴風雨什麼時候來襲。我們趕緊去找她，把她抱上船吧。」

此刻她坐在石頭上睡著了，一臉滿足的表情，身旁的火堆不停冒煙。

「這一次由我自己抱她，」他說：「我覺得我的體力已經恢復了。」

我能答應嗎？這麼做並不會讓我的工作輕鬆一點。「這些鵝卵石不好走，」我說：「萬一你抱她的時候跌倒了，會很麻煩的。我做慣了這種工作，她不是第一個需要抱上船的乘客。你可以走在我們身邊，高興跟她聊什麼都行。就像那時她拎著雞蛋，而你緊張兮兮地走在她身邊一樣。」

他臉上又顯露出恐懼。但他平靜地回答：「那好吧，就照你的話做。」

他走在我身邊，不斷低聲鼓勵她。我是不是走得太快了？因為這會兒他落後了，我抱著她涉水的時候，感覺他抓著我的背。然而此地不宜久留，我必須趕緊找到被淹沒在冰冷水面下的碼頭。我踩在石頭上，雖然懷裡抱著她，但身子挺直，安穩地上了船。船尾附近的毯子被雨淋濕了。我踢開上面幾層泡水的毛毯，輕輕放下她，讓她坐起來，然後從箱子裡翻出乾毛毯給她遮擋海風。

我把毛毯裹在她身上，同時感覺他爬上船來，船身隨著他的腳步搖晃了一下。「朋友，」我說：「你看海水變得湍急。這只是一艘小船，現在我一次最多只敢載一個乘客。」

我看到他的怒火，他的雙眼閃著火光。「我以為你很清楚，」他說：「我太太和我要一起搭船到小島去。你不是說了好幾遍，而且這不就是你盤問我們的目的？」

「千萬不要誤會，」我說：「我現在說的是實際的問題。你們兩個人當然可以一起居住在島上，像平常那樣手挽著手。如果你們在哪個樹蔭下找到令郎的墓地，或許可以考慮在周圍擺些野花，島上隨處可見蘇格蘭石南，林地上還有金盞菊。然而今天海象不佳，我請你在岸上稍等片刻。我會把尊夫人舒舒服服地安置在對岸，我知道碼頭附近有一個地方，三塊古代岩石像老戰友一樣相對而立。我會把她留在那裡，不但可以遮風避雨，也能看到海浪，然後我再趕回來接你。

但請你現在先下船，在岸上多等一會兒。」

究竟是暮光打在他臉上，還是他眼中依舊燃燒著怒火？

「只要我太太在船上，我就不會下船。照你的承諾，把我們一起送過去。還是非要我自己划船不可？」

「船槳在我手上，而且是由我決定這艘船能載多少人。難道你懷疑我會耍什麼陰謀詭計？你擔心我不會回來接你？」

「我沒有指控你什麼，然而有關船夫和他們的載客之道，一直有不少謠言。我無意冒犯，不過拜託你載我們一起渡海，別再耽擱了。」

「船夫，」是她的聲音，我轉過頭，看到她雖然閉著眼，但伸手向前，似乎是想找我。「船夫，請你先走開一會兒，讓我和我丈夫單獨談談。」

我敢把船留給他們嗎？然而她在幫我說話。我緊握船槳，走過他身邊，下船踩進水裡。海水深及膝蓋，我的袍子褶邊泡在水裡。小船綁得很牢，船槳在我手上，他們能玩出什麼花樣？但我仍然不敢走遠。我望向海岸，立定不動，卻發現自己又侵犯了他們的隱私，因為儘管海浪滔滔，我仍然聽得見他們小聲說話。

「他走了嗎？」

「他站在水裡，老婆大人。他不會離開這艘船的，而且我想他不會讓我們聊太久。」

「艾索，現在不是和船夫爭吵的時候。我們今天能遇見他，實在是莫大的好運，一個對我們這麼好的船夫。」

「然而我們常常聽說他們的詭計，不是嗎？」

「我相信他，艾索。他會遵守諾言的。」

「妳為何這麼有把握？」

「我就是知道，艾索。他是個好人，不會讓我們失望的。聽他的話，在岸上等他回來，他很快就會回來接你的。就這麼辦吧，我擔心會失去這難得的機會。他保證過我們可以一起住在島上，即使是那些終身廝守的戀人，也沒有多少人有這種運氣。為什麼只因為要多等一會兒，就拿這種天大的好運當賭注？別跟他吵了，不然誰知道我們下次會不會遇到一個狠心的船夫。艾索，拜託你跟他講和。我擔心他萬一生氣而改變主意怎麼辦？艾索，你還在嗎？」

「我還在妳面前。難道我們真的要分開渡海嗎？」

「只是一下子。他在做什麼？」

「仍然站在原地，從這裡只看得到他修長的背脊和發亮的腦袋瓜子。妳真的認為這個人信得過？」

「是的，艾索。」

「妳剛才和他聊得愉快嗎？」

「聊得很愉快。你不也一樣嗎？」

「我想是的。」

日落了，我背後突然一片寂靜無聲，我敢不敢轉頭看著他們？

「告訴我，老婆大人，」我聽見他說：「妳是否高興迷霧散去了？」

「迷霧散去可能會再度為這片土地帶來悲劇，不過對我們來說，它消失得正是時候。」

「我剛才在想，這些年來，要不是迷霧奪去我們的記憶，我們的愛還會不會像現在這麼堅定？或許是它讓傷口得以復原的。」

「現在說這個幹麼，艾索？快去和船夫握手言合，讓他載我們過去。如果他要輪流載我們兩個渡海，不要和他爭吵。你說怎麼樣？」

「好吧，就照妳說的做。」

「那你快下船，回岸上去。」

「我會的，老婆大人。」

「那你為什麼還待在船上？你以為船夫不會不耐煩嗎？」

「好吧，不過讓我再抱妳一次。」

他們是不是在擁抱對方？即使我把她裹得像襁褓中的嬰兒，即使他必須跪下來，在船底留下一個奇怪的印子？應該是吧。但只要他們不出聲，我就不敢回頭。海面上晃動的是船槳的影子嗎？還要多久？終於，我又聽見他們的聲音了。

「我們到島上再聊，老婆大人，」他說。

「就這麼辦，艾索。現在迷霧散了，我們有很多話要說。船夫是不是還站在水裡？」

「是，我現在去跟他說。」

「再見了，艾索。」

「再見，我唯一的愛。」

我聽見他涉水走過來。他是不是有話跟我說？他剛才說要和我講和。然而等我轉過身，他看都沒看我一眼，只是遙望低垂的落日。我也沒有尋找他的目光。他從我身邊走過去，沒有回頭。到岸上等我，我低聲說。但他沒聽見，自顧往前走去。

國家圖書館出版品預行編目資料

被埋葬的記憶
石黑一雄Kazuo Ishiguro 著　楊惠君 譯
初版. -- 臺北市：商周出版：家庭傳媒城邦分公司發行
2015.8　面；　公分
譯自：The Buried Giant
ISBN 978-986-272-856-7 (平裝)

861.57　　104013488

被埋葬的記憶

原文書名／The Buried Giant
作　　者／石黑一雄Kazuo Ishiguro
譯　　者／楊惠君
責任編輯／陳玳妮
版　　權／黃淑敏、劉鎔慈

行銷業務／周丹蘋、黃崇華
總 編 輯／楊如玉
總 經 理／彭之琬
事業群總經理／黃淑貞
發 行 人／何飛鵬
法律顧問／元禾法律事務所 王子文律師
出　　版／商周出版　城邦文化事業股份有限公司
台北市南港區昆陽街16號4樓
電話：(02) 25007008　傳真：(02)25007759
E-mail：bwp.service@cite.com.tw
Blog：http://bwp25007008.pixnet.net/blog
發　　行／英屬蓋曼群島商家庭傳媒股份有限公司城邦分公司
台北市南港區昆陽街16號8樓
書虫客服服務專線：(02)25007718；(02)25007719
服務時間：週一至週五上午 09:30-12:00；下午 13:30-17:00
24小時傳真專線：(02)25001990；(02)25001991
劃撥帳號：19863813；戶名：書虫股份有限公司
讀者服務信箱：service@readingclub.com.tw
歡迎光臨城邦讀書花園　網址：www.cite.com.tw
香港發行所／城邦(香港)出版集團有限公司
香港九龍土瓜灣土瓜灣道86號順聯工業大廈6樓A室
E-mail：hkcite@biznetvigator.com
電話：(852) 25086231　傳真：(852) 25789337
馬新發行所／城邦(馬新)出版集團【Cite (M) Sdn. Bhd.】
41, Jalan Radin Anum, Bandar Baru Sri Petaling,
57000 Kuala Lumpur, Malaysia.
Tel: (603) 90578822　Fax: (603) 90576622
Email: cite@cite.com.my

封面設計／鄭宇斌
封面圖片／CaraZimmerman經由 Getty Image提供
排　　版／極翔企業有限公司
印　　刷／卡樂彩色製版印刷有限公司
經 銷 商／聯合發行股份有限公司
電話：(02)2917-8022　傳真：(02)2911-0053
地址：新北市231新店區寶橋路235巷6弄6號2樓

2015年08月27日初版
2024年08月14日初版2.5刷
定價360元

Printed in Taiwan

The Buried Giant
Copyright: © 2015 by Kazuo Ishiguro
This edition arranged with ROGERS, COLERIDGE & WHITE LTD
through Big Apple Agency, Inc., Labuan, Malaysia
Traditional Chinese edition copyright:
2015, 2021 BUSINESS WEEKLY PUBLICATIONS, A DIVISION OF CITE PUBLISHING LTD.
ALL RIGHTS RESERVED 著作權所有，翻印必究

城邦讀書花園
www.cite.com.tw

ISBN 978-986-272-856-7

商周出版

廣	告	回	函
北區郵政管理登記證			
北臺字第000791號			
郵資已付，免貼郵票			

104　台北市民生東路二段141號2樓

英屬蓋曼群島商家庭傳媒股份有限公司城邦分公司　收

請沿虛線對摺，謝謝！

商周出版

書號：BL5088　　書名：被埋葬的記憶　　編碼：

請於此處用膠水黏貼

商周出版

讀者回函卡

不定期好禮相贈！
立即加入：商周出版
Facebook 粉絲團

感謝您購買我們出版的書籍！請費心填寫此回函卡，我們將不定期寄上城邦集團最新的出版訊息。

姓名：________________________ 性別：☐男 ☐女

生日：西元__________年__________月__________日

地址：________________________________

聯絡電話：__________________ 傳真：__________________

E-mail ：

學歷：☐ 1. 小學 ☐ 2. 國中 ☐ 3. 高中 ☐ 4. 大學 ☐ 5. 研究所以上

職業：☐ 1. 學生 ☐ 2. 軍公教 ☐ 3. 服務 ☐ 4. 金融 ☐ 5. 製造 ☐ 6. 資訊
☐ 7. 傳播 ☐ 8. 自由業 ☐ 9. 農漁牧 ☐ 10. 家管 ☐ 11. 退休
☐ 12. 其他__________________

您從何種方式得知本書消息？

☐ 1. 書店 ☐ 2. 網路 ☐ 3. 報紙 ☐ 4. 雜誌 ☐ 5. 廣播 ☐ 6. 電視
☐ 7. 親友推薦 ☐ 8. 其他__________________

您通常以何種方式購書？

☐ 1. 書店 ☐ 2. 網路 ☐ 3. 傳真訂購 ☐ 4. 郵局劃撥 ☐ 5. 其他______

您喜歡閱讀那些類別的書籍？

☐ 1. 財經商業 ☐ 2. 自然科學 ☐ 3. 歷史 ☐ 4. 法律 ☐ 5. 文學
☐ 6. 休閒旅遊 ☐ 7. 小說 ☐ 8. 人物傳記 ☐ 9. 生活、勵志 ☐ 10. 其他

對我們的建議：________________________________

____

____

【為提供訂購、行銷、客戶管理或其他合於營業登記項目或章程所定業務之目的，城邦出版人集團（即英屬蓋曼群島商家庭傳媒（股）公司城邦分公司、城邦文化事業（股）公司），於本集團之營運期間及地區內，將以電郵、傳真、電話、簡訊、郵寄或其他公告方式利用您提供之資料（資料類別：C001、C002、C003、C011 等）。利用對象除本集團外，亦可能包括相關服務的協力機構。如您有依個資法第三條或其他需服務之處，得致電本公司客服中心電話 02-25007718 請求協助。相關資料如為非必要項目，不提供亦不影響您的權益。】
1.C001 辨識個人者：如消費者之姓名、地址、電話、電子郵件等資訊。
2.C002 辨識財務者：如信用卡或轉帳帳戶資訊。
3.C003 政府資料中之辨識者：如身分證字號或護照號碼（外國人）。
4.C011 個人描述：如性別、國籍、出生年月日。

請於此處用膠水黏貼